MORRISONS VERSTECK

Satz: Maringer, Maishofen
Printed in Austria by Welsermühl, Wels
ISBN 3-7017-0652-2

Peter Henisch
Morrisons Versteck

ROMAN

Residenz Verlag

Für Rotkäppchen

Eidechsen (Lacertidae). Fam. der Skinartigen . . . Körper langgestreckt, ohne Rückenkämme, Kehlsäcke oder ähnl. Hautbildungen, mit schlankem, fast immer über körperlangem Schwanz und stets wohlentwickelten Extremitäten. Hautverknöcherungen kommen nur an der Kopfoberseite vor; die Augenlider sind beweglich. Der Schwanz kann an vorgebildeten Bruchstellen abgeworfen und mehr oder minder vollständig regeneriert werden.

Ich habe Jim Morrison, sagte er, nie leiden können.

Diese provokant langweilige Stimme, dieses unverschämt leere Gesicht, dieser lächerlich laszive Körper!

Diese mißglückte Nachgeburt Elvis Presleys!

Wie *der* zum Idol werden konnte, ist mir ein Rätsel!

Wenn ich ihn damals, so zwischen '68 und '70, kaum hab ich am Morgen das Radio aufgedreht, gleich habe hören müssen, war mir der ganze Tag vermiest.

Noch unerträglicher als Morrisons Organ war mir nur die Instrumentalbegleitung der DOORS.

Ray Manzareks ödes Orgelgedudel, John Densmores phantasieloses Schlagzeuggehämmer, zu Robby Kriegers Gitarrengewürge fällt mir nicht einmal ein Adjektiv ein ...

Sagte Morgenrot, aber

der weiß nicht, wovon er redet, schrieb Petra.

In diesem Park dort: Warum hatte sie ihn bloß angesprochen?

Aber sie hatte ihn gar nicht angesprochen. Erinnern wir uns genau, wie es gewesen ist.

Also, wie war es?

Er hatte sich ihr gezeigt.

Er hatte sich ihr gezeigt, und sie hatte ihn fotografiert.

Geistesgegenwärtig. In unerwarteter Gegenwart eines mutmaßlichen Geistes.

Aber nein: Sie hätte ihn keinen Augenblick für einen Geist gehalten.

Was man so Geist nennt. Ghost oder spirit. Wer glaubt schon an so was?

In immer noch aufgeklärten Zeiten wie diesen.

Außerdem würde ein Geist nicht derart erscheinen.

Wie? Darauf ging sie vorerst nicht näher ein.

Seine Art zu sprechen, immer noch die Billy the Kids, den er nie gespielt hat.

Plante eine Filmfassung von Mike McClures Stück THE

Beard, dieser Producer, wie hieß er doch gleich, Eliot Kistner, nein Kastner, a german name, ist aber nichts draus geworden, haben zu viel gesoffen und drüber den Film vergessen, damals in London.

The Beard, der Bart — er brauchte sich nicht dahinter zu verstecken, ihr konnte er nichts vormachen. Noch dazu, wo er doch einen Bart, einen gepflegten, weniger filzigen zwar, im charismatisch bis melancholisch blickenden Antlitz getragen hatte, auf vorletzten Fotos. Obgleich man ihn anders in Erinnerung behalten hat: die Büste auf seinem Grab, von idealisierender Glätte. Wie Jacques Louis Davids Napoleon. Jung Jim allerdings, berichten die Biographen, schätzte eher Alexander.

Du schreibst eine Biographie? sagte Morgenrot. Nein!

Einen Roman? Nein, einen Roman erst recht nicht!

Kann man überhaupt? Kann man heute noch? Kann man heute schon wieder?

So etwas schreiben? Wenn man nicht völlig naiv ist?

Was sollte ich sagen? Die Wahrheit? Die volle Wahrheit?

Unmöglich. Die hätte mir Morgenrot nie geglaubt.

Oder er hätte mich schlicht für verrückt gehalten.

Ein Alibi also. Und sei es ein narratives.

Biographien. Ein alter Hut. Spätestens seit Plutarch.

Den las er. Jung Jim. Eine recht ungewöhnliche Lektüre für einen werdenden Rockstar.

Aber ein typischer Rockstar war er auch kaum.

Auf diese Feststellung legte er nach wie vor Wert.

Seine Art zu lachen, noch immer die eines sadomasochistischen Riesenbabys, ganz und gar zahnlos.

Nein, Lady, Sie irren, hier hinten hab ich noch einige Zähne!

Das alles natürlich auf englisch, nein, amerikanisch.

Trotz des französischen, italienischen, spanischen, griechischen, arabischen oder, God knows, was für eines verfickten Akzents.

Fucking. Hard to translate. Wirklich, ein Geist würde so nicht reden.

Und ein Geist, damit fängt die Geschichte an, würde so nicht auftreten.

Wie? Na, du weißt schon. So sich entblößend, obszön.

Liebe Lady, was wissen denn Sie, was obszön ist?

Der Vater: Ein Karrierist in der US-Army.

Pearl Harbour 1941. Im Zeitraffer geheiratet. Rasch bevor Steves Minenleger wieder aus dem Trockendock heraus mußte.

Die Mutter (Clara): Besuchte ihre schwangere Schwester in Hawaii, das hätte sie lieber nicht tun sollen.

Das beste ist, nicht geboren zu werden, das zweitbeste, möglichst bald zu sterben.

On December 8, 1943, James Douglas Morrison joined the wartime baby-boom, so ein haarsträubender Blödsinn!

I joined nothing. Ich bin überhaupt nicht gefragt worden!

Wie kommt man dazu: eine Seele, herumflanierend, free & easy, in so was hineingezogen, hinein*gesogen* zu werden: eine American-way-of-life-Umarmung?!

Und dann aufzuwachen in Melbourne, Florida, near what is now Cape Canaveral: Da kannst du tatsächlich nur schreien, bis dir der Kopf rot wird!

Jim's father left him at six months to go back to the Pacific to fly Hellcats — wäre er doch gleich zur Hölle gefahren!

Die nächsten drei Jahre putzteufelte die Mutter in Clearwater, Florida, das hieße weit treffender Aqua Destillata.

Noch cleaner als sie waren nur meine Großeltern, Queen Victoria und ihr vertrocknender Prinzgemahl.

Rauchen: verboten; trinken: verpönt; Sex: völlig indiskutabel — mein Dad ist, das sieht ihm ähnlich, durch Knospung entstanden.

Obszön oder nicht obszön: Sie war jedenfalls nur mäßig an dem Teil interessiert, den er ihr zeigen wollte.

Vielmehr an dem, was er vor ihr zu verbergen versuchte, sich von ihr abwendend, zurück ins Gebüsch fliehend, kaum hatte sie die Kamera gezückt: seinem Gesicht.

Etwas in diesem Gesicht, schrieb sie, sei ihr gleich im ersten Augenblick bekannt vorgekommen.

Darum habe sie auch schon im nächsten Augenblick durch den Sucher geschaut und den Finger gekrümmt und abgedrückt.

Sie dürfen mir nicht in die Augen sehen und mit dem Kamera-Auge schon gar nicht.

The sniper's rifle is an extension of his eye. He kills with injurious vision.

(James Douglas Morrison: THE LORDS & THE NEW CREATURES, *Simon & Schuster, New York 1971).*

Pan hinter der Nymphe her / die Nymphe hinter Pan her, so ändern sich die Zeiten.

Lieber Paul!

Du wirst Dich wahrscheinlich wundern, daß ich Dir nach all den Jahren schreibe. Aber ich habe eine Bitte an Dich, die Du mir, wie immer Du unsere Beziehung heute einschätzen magst, doch hoffentlich nicht abschlägst. Schrieb sie. Ich darf ihren wirklichen Namen nicht nennen. Ich darf auch den Namen des Ortes nicht nennen (sie nannte ihn vorsichtshalber selbst nicht).

Ein Ort mit einem Park; ein Park (oder Garten) mit zwei Ebenen. Die untere, soweit ich das ihren Briefen entnehme, französisch, die obere englisch. Sie habe, so schrieb sie, gedacht, sie sei nur auf der Durchreise. Hätte nur eine zufällige Nacht dort verbracht und würde kaum länger als einen Tag bleiben.

Sie wollte woanders hin. Vielleicht nirgendwohin.

Nach dem Zwischenfall im Park aber sagte sie dem Hotelier, daß sie noch bleiben wolle, und zwar auf unbestimmte Zeit.

Das wunderte den Hotelier; er hatte das einzige Hotel am Ort; das Hotel hatte nur selten Gäste.

Noch seltener hatte es Gäste, die länger blieben.

Der Ort war keiner, an dem man länger blieb, obwohl er einen schönen Park hatte. Einen Park übrigens, der von den meisten Durchreisenden übersehen wurde. Etwas zurückversetzt lag sein Tor im hintersten Winkel des kleinen Hauptplatzes. Aber vom Fenster des Hotelzimmers, in dem Petra (ich gebe ihr diesen Namen) wohnte, sah man, so schrieb sie, ins Grüne, über die Mauer.

2. 11.: Morgens in Paris angekommen. Ein Zimmer gemietet in einem kleinen Hotel gleich in der Nähe des Friedhofs Père-Lachaise. Blick in die Rue du Repos. Tatsächlich eine ruhige Straße. In der Umgebung Blumenhandlungen. Hier riecht es wohl immer nach Allerseelen.

Nach dem Mittagessen (zwei Spiegeleier, das einzige, was man hier außer Sandwiches anbietet) noch einen Armagnac getrunken. Dann auf dem Friedhof. Das Grab ist nicht schwer zu finden. Schon in der Division 5 vereinzelte Hinweise auf der Rückseite vergammelter Grabsteine. Graffiti. Zitate aus Songs und Gedichten. Laßt uns zum Mond schwimmen.

Dann Division 6. Hier liegt er, falls er hier liegt. Jim is alive. Die Gerüchte sind nie verstummt. Auf dem Grab fehlt die Büste, die man auf den Fotos sieht, vielleicht hat sie jemand als Souvenir mitgenommen. Es ist aber geschmückt mit Blumen, Whiskyflaschen und Zigarettenpackungen.

Ich bleibe zwei Stunden. Das Grab wird rege besucht. Wahrscheinlich das Grab, an dem am meisten getrunken und geraucht wird. Zu spät merke ich, daß ich friere, hoffentlich habe ich mich nicht erkältet. In diesem Abschnitt ist die Friedhofsmauer mit abwechselnd nach innen und außen weisenden (abweisenden) Speerspitzen gespickt.

Der Ort: An drei Seiten von (gut erhaltenen) Mauern umgeben, die vierte offen ... Ein Hinweis? — Aber man findet, wenn man sich systematisch damit zu beschäftigen beginnt, eine ungeahnte Menge ganz oder teilweise ummauerter Orte und Städte in allen Windrichtungen. Der Park: ein Garten mit zwei Ebenen, einer unteren und einer oberen, durch eine Treppe getrennt oder verbunden, an deren Fuß, folgen wir Petras Beschreibung, ein Januskopf steht. Auf der oberen (höheren) Ebene soll jene denkwürdige Begegnung stattgefunden haben.

Zwei- oder dreimal hatte sie exponiert. Dann schlug sich der: wer immer er war, in die Büsche. Durch die Kamera in die Flucht geschlagen, war er im nächsten Augenblick wie vom Erdboden verschluckt. Schrieb sie. Im Laub, das den Boden bedeckte, raschelten mutmaßliche Eidechsen.

Dann stand sie im Abendlicht, im Amselgezwitscher. Und wußte nicht, wie und was ihr geschehen war. Nur dieses Gesicht, das wußte sie, kam ihr bekannt vor. *War* ihr bekannt vorgekommen, genaugenommen.

Es kam jetzt zuerst darauf an, das zu verifizieren. Also (nachdenklichen Schritts) in den Ort, das Städtchen, hinunter, am Januskopf vorbei. Irgendein Denkmal war da, im Gegenlicht schwebend. Und sie, vielleicht hie und da noch die Kamera hebend, eher abwesend, bloß um den Film auszuschießen, das können wir uns vorstellen.

Ungefähr gleichzeitig mit Petras Brief bekam ich die erste Einladung nach Amerika. Ich weiß nicht mehr genau, ob ich sie einige Tage früher oder später im Postkasten vorfand, in meiner Erinnerung liegen die beiden Briefe nebeneinander. Sehr geehrter Herr usw., Literaturkongreß in Soundso usf., Kombination mit einer Lesereise. Mein sogenanntes Werk, das angebliche Interesse daran, man würde sich freuen über eine Zusage.

Was mich betraf, fiel es mir schwer zu entscheiden, ob ich

mich über die Einladung freuen sollte oder nicht. Von meinem inneren Europa aus gesehen war Amerika eine zwar in mancher Hinsicht faszinierende, aber (das haben derartige Vorstellungen an sich) auch beunruhigende Jenseitsvorstellung. Ein paar Jahre früher hätte mir die Bestätigung, die mir nunmehr, für mein Selbstgefühl etwas zu spät, zuteil wurde, über die Beunruhigung hinweggeholfen. Jetzt aber war ich skeptisch: sowohl meiner fast aufgegebenen Schriftstellerei als auch ihrer unerwarteten Anerkennung gegenüber: da ich nicht wußte, ob ich zu- oder absagen sollte, zog ich es vor, den Brief aus den Vereinigten Staaten auf einen der Buch- und Papierstöße auf meinem Schreibtisch zu werfen und im Zuge diverser Umschichtungen aus den Augen zu verlieren.

Melbourne in Florida — wo ist das genau?

Etwa auf halbem Weg zwischen Jacksonville und Miami, auf der Festlandseite. Die Highways US 1 und 1.95 führen durch die Stadt, während die US 192 (auch Space-Coast-Parkway genannt) westwärts bis zur etwa 100 km weit entfernten Disney World verläuft. Weiter im Süden gibt es gute Surfmöglichkeiten.

Das Seebad Melbourne Beach, gegenüber von Melbourne, am Ufer des Indian River. Schildkröten kommen von Juni bis August zum Eierlegen an abgelegene Strandplätze. Von Cocoa Beach kann man die Raketenabschüsse vom Kennedy Space Center am besten sehen. Die jungen, ausgeschlüpften Wasserschildkröten sind sehr bald selbständig und machen sich auf ihren Weg hinaus ins Meer.

Der Challenger-Absturz im Fernsehen gehört nicht hierher. Oder doch? Ich will ein riesiger, heller Komet sein, soll er gesagt haben, Morrison nämlich, ein Meteor. Jeder bleibt stehn, zeigt nach oben und fragt: Was ist das? Dann: Shhhht! bin ich verschwunden. Man kann diesen hochinteressanten Vorgang beobachten.

Nein, sagte M., daran könne er sich nicht erinnern. Weder an diesen Ausspruch (das sei wohl ein Klappentext) noch an Melbourne. Klar sei er später noch öfter durch Melbourne gefahren. Aber Kindheitserinnerungen reichten bekanntlich kaum bis ins erste Lebensjahr zurück.

Seine früheste Erinnerung sei hingegen folgende: Der kleine Jim, umstellt von mehreren Großen (Erwachsenen). Umkreist, umringt, was weiß ich, alle reden sie auf mich ein. Fischblasenoptikgesichter: Komm her, Jimmy, komm zu mir!

Und ich weiß nicht, wohin ich mich wenden soll. Halloweenlarven — mir ist eins dieser Gesichter unsympathischer als das andere. Meine Großeltern, Tanten, Onkel, Bekannte. Das Gesicht meiner Mutter ist nicht dabei.

Aber das war gewiß schon in Clearwater drüben. Oder in Washington. Übrigens ist das egal. Was soll das überhaupt, wenn das ein Interview werden soll, muß ich Sie enttäuschen. Ich gebe seit dem 3. Juli 1971, 4 Uhr 30 frühmorgens, keine Interviews mehr.

Petra verwirrte den einzigen Fotografen am Ort.

Dem, schrieb sie, ein Grundkurs in fotografischer Ausarbeitung kaum geschadet hätte.

Daß er von einer Kundin bis in die Dunkelkammer verfolgt wurde, war ihm wahrscheinlich noch nie passiert.

Kennen Sie diesen Mann? Als Negativ sind alle Männer schwarz.

Die lichtverkehrte Abbildung, das Negativ, erhält an den Stellen intensivster Belichtung die größte Schwärzung.

Nigredo: Die Phase der Dunkelheit und des Schwarzwerdens.

Das ist, sagte M., wie man weiß, die gefährlichste Phase.

Vergiftungen können auftreten, Explosionen, die, so sagen die alten Schriften, einen unverschämten Dämon freisetzen, der eine Krankheit der Seele oder Irrsinn hervorruft.

Zur Erzeugung des Positivs wird das durch Herauslösung des unentwickelten (unbelichteten) Silberhalogens (Fixieren) dauerhaft gemachte Negativ durchleuchtet und auf die lichtempfindliche Schicht des Fotopapiers projiziert. Durch die Positiventwicklung wird dann die den natürlichen Hell- und Dunkelwerten entsprechende Abbildung sichtbar.

Albedo: So nennt man, so M., die Phase des Weißwerdens.

Verbindung der Gegensätze, sexuelle Vereinigung als Grundmuster, eigentlich eine vergnügliche Phase, wenn man einmal begriffen hat, worauf es ankommt.

Die dritte Phase wäre Rubedo: das Rotwerden.

Kennen Sie diesen Mann? Der Fotograf schüttelte entschieden den Kopf.

Bestimmt nicht. Er dachte nicht dran, einen solchen zu kennen.

Was Petra betraf, so hatte sie sich das Rotwerden längst abgewöhnt.

Lieber Paul! Du wirst Dich wahrscheinlich wundern, daß ich Dir nach all den Jahren schreibe. Aber ich hab eine Bitte an Dich, die Du mir, wie immer Du unsere Beziehung heute einschätzen magst, doch hoffentlich nicht abschlägst. Ich hab Dir doch damals fast sämtliche DOORS-Platten geschenkt. Du hältst sie gewiß in Ehren und hast sie noch immer. Nimm also bitte die Platten aus ihren Umschlägen. Und schick mir diese (die Covers) an unten stehende Postadresse. Möglichst bald, wenn es geht, und möglichst expreß. Ich kann im Moment nicht erklären warum; Erklärungen später.

Was würden Sie tun, wenn Sie so einen Brief bekämen?

Ich suchte die Platten, ich staubte sie ab, ich nahm sie aus den Covers.

Ich verpackte die Covers und ging auf die Post.

Ich schickte die Sendung, zwar nicht expreß, aber rekommandiert.

Dann saß ich zu Hause und wartete ab, was geschehen würde.

Einige Wochen geschah, wie erwartet, nichts.

Inzwischen hörte ich meine enthüllten DOORS-Platten.

Da saß ich und hörte sie mit gemischten Gefühlen.

THE DOORS, ABSOLUTELY LIVE, Seite 3 zum Beispiel.

Die oszillierenden Stiche von Ray Manzareks Orgelnähmaschine, die Doubletimebreaks von John Densmores Schlagzeug, die den musikalischen Faden zwar spannten, aber nicht abrissen, Robby Kriegers obstinates Ziehen an den musikalischen Motiven.

WHEN THE MUSIC'S OVER: ein Monster von einem Song: 14 Minuten und 55 Sekunden.

Seit ihren Anfängen im WHISKEY A-GO-GO in Los Angeles hatten die DOORS diesen ihren Klassiker immer wieder variiert und zelebriert.

Ray Manzarek sticht und John Densmore spannt und Bob Krieger zieht. Aber irgendwann, an einem noch weiten, gar nicht mehr so fernen Abend zu Miami, New York oder Paris (wo, das ist Interpretationssache) wird der Dehnungskoeffizient erreicht und im nächsten Moment überschritten sein. Was dann? I hear a very gentle sound with your ear down on the ground, ja eben: Und schon wird die Saite reißen, mit einem, wie manche glauben, genau auf Effekt kalkulierten, wie andere meinen, keineswegs beabsichtigten, aber routiniert bis genial in den Abgang integrierten, metallischen Mißton.

The combination was right, the way, John, Robby and I, with our kind of placid meditation, balanced off Jim's Dionysian tendencies.

(So Manzarek in einem der vielen nach Morrisons Abgang ihm abverlangten Interviews.)

It was as natural, sagte er, it could not miss.

Manzarek, Densmore & Krieger, suggestiv immer wieder

zu ihrem / unserem Grundrhythmus zurückkehrend, jenem Herzschlagzeitmaß, das dem *singer soul*, dem Sänger Morrison die Seele gibt, die er sich konsequent aus dem Leib schreit.

Die Wahrheit ist komplizierter. Zwei Felder zurück.
Ich hatte die Platten, die Petra urgierte, nicht mehr.
Fatale Scheiben! Ich hatte sie längst verkauft.
Und außerdem reaktivierte der Brief Erinnerungen.
Erinnerungen sehr ambivalenter Natur.
Einen aufgebrachten Augenblick lang war ich sogar versucht gewesen, die Platten in den Müllschlucker zu werfen.
Was mich von dieser Absicht abbrachte? — Der Sarkasmus meiner Frau.
Du kannst dir, so Ruth, diese Slapstickszene ersparen.

Ich Idiot! Warum auch hatte ich Petras Fotos in den Plattenhüllen verstecken müssen?
Antwort: Wo sonst? — Sie dort zu verstecken, lag nahe.
Außerdem hörte Ruth lieber Klassik und Jazz.
Kaum zu erwarten, daß sie die DOORS-LPs hörte.
Ich weiß auch bis heute nicht, ob sie die wirklich gehört hat.
Aber die Fotos hat sie leider gesehen.
Hatte sie, während ich weg war, danach gesucht?
Im Endeffekt unerheblich. Sie hat sie gefunden.
Porno-Fotos. Ich fand das sehr übertrieben.
Aber ich war es ganz einfach müde, zu streiten.
Von deiner *Freundin.*
Auch das traf nicht eigentlich zu.
Nicht *eigentlich?* fragte Ruth.
Nein, eigentlich nicht.

Das Fluchtauto der Ausbrecher vor dem Justizministerium, von einem Rudel aus Polizei- und Pressefahrzeugen umstellt. Wir waren alle dort, Wort- und Bildjournalisten der ganzen Stadt, aber zu sehr in die Nähe getraute sich keiner.

Die Ausbrecher, ihrer drei: der auf dem Rücksitz hielt eine Geisel, indem er ihr einen Unterarm gegen die Gurgel und wer weiß welche Waffe ins Kreuz drückte, der Fahrer, mit manchmal überkippender Stimme aus dem Fenster des alten Chevrolet schreiend, verhandelte. Der Beifahrer aber, ein Mensch mit Augen, die entweder vor Aufregung oder aus Veranlagung sehr weit aus ihren Höhlen traten, so daß man vor allem ihr Weiß sah, hielt eine Pumpgun in den wahrscheinlich zitternden Händen und konnte jeden Moment abdrücken.

Sie ging einfach hin, aus der unentschlossenen Männergruppe, die sie vorerst gar nicht als Frau wahrgenommen hatte, ausscherend. Daß sie eine Frau war, erkannte ich am ehesten am Gang. Sie trug ihre schwarze Motorradkluft und versteckte die Haare, die ich erst später sehen sollte, unter einer ebenfalls schwarzledernen Kappe. Dem Kerl mit der Pumpgun hielt sie einfach das auch nicht ganz unerhebliche Objektiv ihrer Nikon entgegen und schoß, bevor womöglich er schoß.

Das Foto, das so entstanden war: Blick in die Mündung, darüber die Basedowaugen, sah man am nächsten Morgen in allen Zeitungen, so auch in unserer. Ein paar Tage später rannte sie mich auf dem Korridor vor der Lokalredaktion beinahe um — eine starke Frau. Davon unbeeindruckt, daß ich Wirkung zeigte, fragte sie mich nach der Honorarabteilung, noch etwas benommen vom Zusammenprall, wies ich in die falsche Richtung. Sobald ich wieder bei mir war, lief ich ihr nach.

Da ich sie gerade auf der Höhe der Kantine erreichte, lud ich sie auf einen Kaffee ein: sie trank ihn schwarz.

Unter der Motorradjacke, deren Zippverschluß sie, an der Bar lümmelnd, bis zur Mitte geöffnet hatte: ein schwarzes T-Shirt.

Die Fingernägel schwarz lackiert, die Lippen (was damals sehr unüblich war — ja wenn ich es recht bedenke, ist Petra die erste Frau mit schwarzen Lippen, die ich je gesehen habe) tollkirschenfarben geschminkt: ich fragte, warum.

Weißt du nicht, sagte sie, daß der große Pan tot ist? Jim Morrison ist gestorben.

Jim Morrison, schreibt das Rock-Magazin ROLLING STONE, Nr. 88 vom 5. August 1971, a man who sang, wrote and drank hard as a leadsinger of the DOORS, has died — peacefully . . . Morrison's death, despite (and because of) strategic efforts of his wife Pamela and his friends, was shrouded in mistery. Schön formuliert. Er starb, fährt der ROLLING STONE fort, Samstag, den 3. Juli, am frühen Morgen. Aber erst am 9. Juli, zwei Tage, nachdem er auf einem Pariser Friedhof begraben worden war, gab das sein Manager der amerikanischen Presse bekannt.

Das hatte ich mitgekriegt, wenngleich nur am Rand: In einer Pariser Badewanne war Morrison irgendwann Anfang des vergangenen Sommers zum letzten Mal gesehen worden. Da waren die Ausbrecher noch brav in der Strafanstalt gesessen. Allerdings, wie sie später erzählten, den Ausbruch schon planend.

Die Strafanstalt S. (so ihr Direktor in einem kurz nach dem Ausbruch gegebenen Interview) sei eine der bestgeführten und komfortabelsten im Land. Aber (so die nach drei schlaflosen Nächten völlig übermüdeten Ausbrecher zum Psychiater, den sie als einzigen an die von ihnen besetzte Villa heranließen) ein in eine Zelle dieser Strafanstalt eingesperrter Mensch komme sich vor wie ein eingesperrtes Tier. Es war verflucht heiß in Paris an diesem Tag / in dieser Nacht, die Seine stank zum Himmel. Auch in der Strafanstalt S. wird es in dieser Nacht / an diesem Tag verflucht heiß gewesen sein.

Wahrscheinlich (so Petra) war es die Nacht vom 2. auf den 3. Juli.

Wahrscheinlich war Vollmond (durch die Zellenfenster nur

vergittert zu sehen), in solchen Nächten kommt man auf sonderbare Einfälle.

Vergebens auf Einfälle wartend, war Jim schon die ganze, zu heiße Woche um seinen Schreibtisch in der Rue Beautreillis herumgelungert.

Der 2. Juli 1971 war ein Freitag, schon am Donnerstag, dem 1., war es, erinnerte sich Petra, unter einem vom Eiffelturm aufgespießten Himmel unerträglich heiß.

Sie sei nämlich damals selbst in Paris gewesen. Im Auftrag einer gut bezahlenden Illustrierten habe sie eine Reihe von Regisseuren der NEUEN WELLE fotografiert. Godard, Chabrol, Resnais, Truffaut, was weiß ich. Last not least jedenfalls sollte sie die Regisseuse Agnès Varda ablichten, die sich selbst als die Großmutter der NOUVELLE VAGUE bezeichnete.

Mir war, muß ich zugeben, diese Frau kein Begriff.

Das könnte und sollte sie aber sein, sagte Petra.

Ob ich nicht LE BONHEUR gesehen oder wenigstens davon gehört hätte. Das sei ein hinterlistig idyllischer Film über kleinbürgerliches Glück am Wochenende, dessen Verlogenheit mit methodisch langsamer Präzision entblößt werde.

Rund eine Stunde lang siehst du nichts anderes als sehr schöne, sehr pastellfarbene Bildchen von einer Familie, Mutter, Vater, zwei Kinder, die, alle miteinander sehr hübsch, am Ufer der Loire oder sonst irgendeines französischen Flusses heile Welt spielen. Aber der Mann, dieser Arsch, hat offenbar ein Verhältnis mit der Madame einer anderen Ausflüglerfamilie. Oder (daran konnte sich Petra nicht mehr genau erinnern) er fängt sich dieses Verhältnis erst im Verlauf jenes Wochenendausfluges an. Wie dem auch sei, seiner Frau, dieser Gans, falle als Antwort darauf nichts Gescheiteres ein, als ins Wasser zu gehen — aber all das geschehe erst, dramaturgisch unheimlich raffiniert, in den letzten zehn bis fünfzehn Minuten.

Ich war nicht ganz sicher, ob mir der Film gefallen würde.

Gewisse Szenen hatte ich einfach satt.

So viel aber war gewiß: Petra schätzte die Varda.

Und zwar erstens als Geschlechtsgenossin, und zweitens, weil sie, so gesehen auch eine Berufskollegin, als Fotografin begonnen hatte.

Ihren Termin bei der Dame hatte sie jedenfalls am 29. oder 30. Juni vormittags. Sie klingelte an der Tür, zwar dauerte es nicht lange, bis ihr geöffnet wurde, aber sie sollte ein Weilchen im Vorzimmer warten. Als sie, aus fotografischer Neugier, einen Blick in den angrenzenden Raum warf, schlief da ein aufgedunsener Typ auf der Couch — Kopf welk herunterhängend, in den Nacken gekippt, ein Rinnsal Speichel floß ihm aus dem Mundwinkel — in dem sie (vorerst) niemals Jim Morrison erkannt hätte.

Sie hob aber instinktiv die Kamera und drückte auf den Auslöser.

Dann kam die Varda und machte ganz einfach die Tür zu. Fotografieren, habe sie, Petra in den Salon vorausgehend, ungefähr gesagt, sei ein schöner Beruf, aber noch schöner sei es, wenn sich die Bilder bewegten. Die Bilder bewegten sich allerdings ohnehin immer im Kopf, nichtwahr, manchmal könne man sie kaum stoppen. Sie ist sehr klein, sagte Petra, kaum mehr als 1.50, als ich so hinter ihr her gegangen bin, habe ich erst bemerkt, wie klein sie war.

Petra hatte, wie gesagt, LE BONHEUR gesehen, aber Agnès, wie sie die Regisseuse mit mich nicht ganz überzeugender Vertraulichkeit nannte, wollte lieber über LION'S LOVE reden. Das war ihr bis dahin letztes Werk, ein, wie sie betonte, Dokumentarspielfilm, den sie, nicht unbeeinflußt vom dortigen Underground, in Amerika gedreht hatte. Dokumentarspielfilm, diese in sich widersprüchliche Bezeichnung wollte Petra denn doch etwas näher erklärt haben. Diesen Weg, scheinbare Widersprüche zu vereinen oder, genaugenommen, als Widersprüche stehen zu lassen — schon der Kontrastwirkung halber, aber auch aus ihrem Verständnis von Realismus heraus, denn was sei denn die Realität schließlich anderes als ein Ensemble von Widersprüchen – diesen Weg wollte sie konsequent weitergehen.

Sprach Agnès Varda, Petra ging, wie erwähnt, hinter ihr her, das Vorzimmer war anscheinend sehr lang. Aber nein, sagte Petra, wir waren inzwischen längst im Salon, die Varda saß auf einer Chaiselongue. Petra umkreiste die Regisseuse mit der Kamera, die saß auf der Chaiselongue und zitierte Cocteau. Je näher man dem Geheimnis kommt, desto wichtiger ist es, realistisch zu sein.

Das hatte Cocteau über seinen ORPHÉE gesagt. Er besucht mich zuweilen, sagte M., er ist ein angenehmer Gesprächspartner. Il faut être absolument moderne, sagte Petra, sagte die Varda, das sagt aber Rimbaud. Morrison, falls er es war, lag hinter der von der Varda geschlossenen Tür und schlief sich seinen Rausch aus.

Der Löwe ist weit weg und doch ganz nah.

Ganz nah ist der Löwe aus Ungeschick / Raffinesse des Malers, der die Perspektive nicht beherrscht / sich nicht von ihr beherrschen lassen will.

Herangeholt durch ein Tele im Auge des Schöpfers / des Nachschöpfers, eines Voyeurs.

Der hintergründige Löwe. Im Vordergrund liegt die Zigeunerin. Liegt schlafend wie umgekippt, in der Hand noch den Wanderstab.

Dunkel von Angesicht. Mit geschlossenen Mondaugen.

Lippen ganz leicht geöffnet. Eine naive Träumerin oder eine ironische?

Der Löwe schnuppert an ihrem Asternhaar.

Im MUSEUM OF MODERN ART zu New York.

Daß dieses Bild in New York und nicht in Paris hängt!

Ich stehe davor und schreibe in mein Notizbuch.

Aber was hat dieses Werk des Zöllners Rousseau mit Jim Morrison zu tun?

Würde Morgenrot sagen. Stör meine Assoziationen nicht. Ich hab das Gefühl, da besteht ein Zusammenhang.

Der Löwe und die Zigeunerin. Die Ferne oder die Nähe. Die Konstellation zwischen den beiden.

Ich betrachte das Bild. Es sieht aus, wie ich es aus den Kunstbänden kenne. Und dennoch . . .

Die Alarmanlage gibt Laut. Ich bin der SCHLAFENDEN ZIGEUNERIN zu nahe getreten. Der schwarze Aufseher pfeift durch die Zähne und hebt eine Augenbraue.

Aber warum sollte der unbekannte Alkoholiker auf jener Couch, die übrigens überall auf der Welt stehen konnte (nichts auf dem Foto, das Petra mir zeigte, bewies Paris), ausgerechnet he himself sein? – Doch, Petra erklärte mir das damals, es war in der Dunkelkammer, wo sie die Bilder, in schwarzes Papier eingeschlagen, aufbewahrte, aber ich hörte ehrlich gesagt nur halb zu. Abgelenkt wurde ich durch ganz andere Fotos. Bist das du? fragte ich. Was dagegen? sagte sie. Verrenk dir nicht die Augen!

Solche Fotos, sagte sie, habe sie schon sehr früh von sich machen lassen. Ihre Beziehung zur Fotografie habe nämlich damit begonnen, daß sie, damals noch minderjährig, auf einer Autostoppreise durch England und Frankreich einen Fotografen kennengelernt habe. Das Geld sei ihr ausgegangen. Aber sie habe auf keinen Fall nach Hause zurück wollen. Der Fotograf war sympathisch, aber ein Aas.

Was brauchst du einen Busen, habe er zu ihr gesagt, Jane Birkin hat auch keinen. Mit diesen Worten habe er sie an die (kalte) Heizung seines Ateliers gefesselt. Tatsächlich habe er Serge Gainsbourg geähnelt. Aber die Fotos, die er von ihr gemacht habe, seien, zum Unterschied von denen der Birkin, nie in LUI erschienen.

Er sei kein besonderer Fotograf gewesen, aber sie habe viel von ihm gelernt. Über die Licht- & Schattenverhältnisse der

Welt. Vor und hinter der Kamera. Und natürlich bestehe da eine Dialektik. Die habe so manches in Schwung gebracht, zumindest bei ihr.

Eines Tages sei der Fotograf nach Paris (oder war es London?) gefahren, um Material (oder Stoff) einzukaufen. Da habe sie einen Griff in die Kasse getan. Wenn Du mich anzeigst – diesen Abschiedsgruß habe sie ihm auf einem Zettel hinterlassen – dann zeige ich Dich auch an. Von dem aus der Kasse entwendeten Startkapital habe sie ihre erste Kamera gekauft.

Aber zurück zu den Fotos in Petras Labor.

Die waren nicht wirklich (wirklich nicht) pornographisch.

Und wenn schon, dann sicher nicht *hard*, sondern bestenfalls *soft*.

Darüber laß ich mich mit dir auf keine Diskussion ein, würde Ruth sagen, sagte Ruth, hatte Ruth gesagt, du bist ja offenbar ein Kenner.

Jedenfalls hast du was mit dieser Frau gehabt.

Janein, sagte ich.

Das mußt du doch wissen, sagte sie.

Das ist eine Definitionsfrage.

Weißt du was, sagte Ruth, mit deinen Spitzfindigkeiten kannst du von nun an andere zum Narren halten.

(Soviel über das Ende einer offenen Zweierbeziehung.)

Wie sollte ich Ruth mein Verhältnis zu Petra erklären?

Stimmt schon. Wir landeten doch noch in Petras Schlafzimmer.

Über dem Bett: Der schönste Morrison, den es je gab.

Halskette, Brusthaare, Brustwarzen, zählbare Rippen.

Jim als Pin-up sozusagen (entkleidsame Jeans).

War er nicht sexy? so Petra. Was sollte ich antworten.

Ich fühlte mich nicht kompetent für männliche Schönheit.

Warum nicht? Vielleicht, ja wahrscheinlich, sei meine Reaktion das Ergebnis einer Verdrängung.

Schon möglich, sagte ich. Aber damit ließ sie es nicht genug sein.

Auch sie, sagte Petra, habe eine Weile gebraucht, bis sie sich eingestanden habe, daß sie sich eigentlich weniger aus Männern mache und mehr aus Frauen.

Pause.

Und Morrison, fragte ich schließlich, was ist mit dem?

Mit ihm, sagte Petra, mit Jim, sei das ganz etwas anderes.

Schnuppert also an ihrem Asternhaar.

Der Löwe nämlich. Am Haar der Zigeunerin.

Das heißt: Sofern er nicht ganz weit weg ist, der Löwe.

Aber wie mißt man Entfernungen in einem Traum?

Da liegt sie, da schläft sie, da träumt sie. Wie könnte sie heißen?

Ich habe sie Petra genannt. Ihre Augen sind fest geschlossen, ihre Lippen leicht geöffnet.

Lächelt sie? Wird sie beißen? Stellt sie sich tot?

Ihre Füße jedenfalls, die aus der buntgestreift abwärts fließenden Djellabah keck hervorgucken, ihre Füße und an diesen in den Sand gefersten Füßen besonders die hellbenagelten, leicht gespreizten Zehen, wirken sehr lebendig.

Sogar auf der Kunstkarte. LA BOHÈMIENNE DORMANTE. THE SLEEPING GIPSY.

Lieber Morgenrot! Bin also doch noch geflogen.

Die erste Veranstaltung (in Tallahassee, Florida) habe ich leidlich hinter mich gebracht.

Ein etwas ratloser Professor, aber diskussionsfreudige Studenten, wenn auch nur eine Hand voll.

Ich schreibe Dir aus New York, wo ich drei Tage Zeit habe.

Doral Inn, Lexington Avenue, 17. Stockwerk.

Mein Fenster öffnet sich auf einen ziegelroten Hinterhof.

Das heißt, es öffnet sich nicht. Jim Morrison, lese ich, ließ sich in der Nacht nach dem ersten Auftritt der DOORS hier im ONDINE einfach vom Fenstersims hängen, sich nur mit den Fingern festhaltend. Aber das war im HENRY HUDSON HOTEL, wo die Fenster (zumindest im Jahre 1967) anscheinend aufgingen.

Erst auf der Rückfahrt aus Paris sei ihr, so Petra, flash, wie ein Blitzlicht im Bewußtsein, aufgegangen, wen sie da womöglich zum letzten Mal live fotografiert hatte. Das war Dienstag oder Mittwoch der folgenden Woche, das Wochenende habe sie nämlich noch in Paris verbracht und den Montag oder Dienstag zur Besichtigung des Loire-Schlosses Chambord benutzt, das sie vorher noch nicht gesehen hatte. An einer Tankstelle habe sie eine Zeitung gekauft und, an ihre Honda gelehnt, mehrere Male die Todesnachricht gelesen. Danach sei sie so schnell gefahren, daß sie ihm (Morrison) gut und gern ins Jenseits hätte folgen mögen, aber es habe, wie ich aus ihrer physischen Anwesenheit hier und jetzt schließen könne, offenbar nicht sein sollen.

Diese lebendigen Zehen. Aber der Löwe!

Nah oder fern. Harmlos oder gefährlich. Unschlüssig oder nachdenklich.

Die Natur eines Löwen. Natürlich ist er ein Fleischfresser.

Und hat ihre Witterung aufgenommen. Und wird etwas seiner Natur Gemäßes unternehmen. Es sei denn . . .

Was macht er, der Löwe? Das Bild läßt die Antwort in Schwebe.

Trinkt er Wasser an einem fernen Strand?

Mutmaßlich salziges? Ein Schaf im Löwenpelz? Ich bin ein Ungeheuer, aber ich habe ein gutes Herz?

Oder küßt er sie auf die Schulter, die Frau, die Zigeunerin, die Traumfrau, die Träumerin — wer schickt ihr diesen Traum?

Wer träumt hier wen? — Eine Wechselbeziehung der Träume.

Eine Dreiecksbeziehung, wenn man's genau nimmt.

Die dort drüben, so M., die glauben, daß sie das Bild im MUSEUM OF MODERN ART hängen haben, aber ich schwöre Ihnen, die sind im Irrtum.

Die halten die Kopie für das Original und würden das Original für die Kopie halten.

Wenn ich schon da bin, sollte ich mich aber — zumindest vorübergehend — von der SCHLAFENDEN ZIGEUNERIN loßreißen und mir die Andy-Warhol-Retrospektive ansehen.

The first comprehensive retrospective devoted to the quintessential Pop artist featuring approximately 300 paintings!

Noch dazu, wo zwischen Warhol und Morrison eine nachweisbare Beziehung bestanden haben soll und keine bloß von mir projizierte:

Anläßlich des — wenn ich mich nicht verzählt habe — 3. New Yorker Konzerts der DOORS hat Warhol dem kometenhaft aufsteigenden Rockstar ein von ihm selbst gestyltes Telefon geschenkt; Jim warf es eine halbe Stunde später aus dem Autofenster.

Gegenseitige Wertschätzung. Warhol war auch mehr durch VELVET UNDERGROUND zu erwärmen.

Anderseits scheint ihm Jim gefallen zu haben.

Schon als die DOORS das erste Mal in New York waren, machte er dem hübsch melancholisch an der Bar lehnenden jungen Mann ein Filmangebot:

I'd like you to be the star of my first blue movie.

Angeblich hat Jim zugesagt, doch kam er nicht zu den Dreharbeiten.

Was blieb Warhol übrig, als auf Joe Dallesandro zurückzugreifen?

The following summer, Jim was also meant to appear in another Warhol movie, I, A MAN, with Nico.

Später hätte Warhols emsigster Factory-Popularisierer, Paul Morrissey, seinen DRACULA, heißt es, am liebsten mit Morrison besetzt, aber da weilte der schon auf dem Friedhof Père-Lachaise oder ganz woanders.

3. 11.: In der Rue Beautreillis. Eine unerwartet kurze, etwas heruntergekommene Straße am rechten Seine-Ufer. In der Nähe der Ile Saint-Louis; diese Insel soll Morrison recht geliebt haben. Nicht sehr originell: Durch die Rue Saint-Louis-en-l'Ile gehend, höre ich hinter und vor mir nichts als Amerikaner.

Die Rue Beautreillis hingegen ist kaum besucht. Zwar gibt es dort ein paar Restaurants und sogar ein kleines Theater, aber auch einige, anscheinend leerstehende Geschäftslokale und mehrere heruntergelassene Rollbalken. Die Biographen geben keine Hausnummer an, aber da die Wohnung, in der Jim und Pamela gegen Schluß gehaust haben, als groß, sonnig und im dritten Stock liegend beschrieben wird, kommen in dieser Gasse nur drei oder vier Bürgerhäuser in Frage. Ich fotografiere sie alle. Keine Gedenktafel.

Nach wie vor ist es kalt. Bevor ich gekommen bin, ist es angeblich frühlingshaft warm gewesen. Zu warm für diese Jahreszeit. Mir wäre es lieber, es wäre zu warm geblieben. Gleich um die Ecke, in der Rue Saint Antoine, suche ich Zuflucht in der Brasserie AU MOUSQUETIER. Wärme die Hände an der Teetasse. Ich glaube, ich habe Fieber.

Will noch ans linke Seine-Ufer, zu einem Hotel, das einfach und einprägsam L'HOTEL heißt, um 1970 *die* Nobelabsteige für Rockstars. Dort soll Morrison einmal aus dem Fenster gesprungen sein, allerdings auf ein Autodach; vor ihm wohnte da Oscar Wilde. Verschiebe diese Visite aber auf morgen. Mich fröstelt, auf dem Pont de la Tournelle gibt es eine Inschrift mit Tips für den Fall, daß jemand in den Fluß fällt.

Was soll bloß so faszinierend sein an einer Wasserleiche?

Noch dazu an einer in der Badewanne ertrunkenen. Sogar dieser Tod ist banal.

Nicht ertrunken, sage ich. In der Badewanne aufgefunden. Falls die Geschichte wahr ist.

Lebendig oder tot, Morgenrot mag Morrison nicht, soviel steht jedenfalls fest.

Was heißt, ich mag Morrison nicht? *Van* Morrison mag ich!

Der ist der viel bessere Morrison. Aber er hat nicht soviel Wind um sich gemacht. Daher ist er der weniger bekannte.

Wenn ich schon in New York bin, will ich die Brooklyn überqueren, aber mit so viel Wind habe ich nicht gerechnet.

Er fetzt mir die Seiten aus dem Notizbuch. Und der schöne schwarze Schirm mit der silbergrauen Aufschrift MUSEUM OF MODERN ART ist auch nicht mehr zu retten.

Bald nach meinem ersten Besuch bei Petra tauchten die Ausbrecher wieder auf. Untergetaucht waren sie, nachdem ihnen bei den Verhandlungen vor dem Justizministerium für 24 Stunden freies Geleit zugesichert worden war. Nach Ablauf von 12 Stunden hatten sie, vereinbarungsgemäß, die letzte Geisel freigelassen und waren danach ein paar Tage nicht mehr gesehen worden. Das war sowohl für die Medien als auch für die von dieser Droge Abhängigen enttäuschend.

Zwei bis drei Tage konnte man noch mit Spekulationen über den Verbleib der drei auskommen. Hatten sie in der Stadt Unterschlupf gefunden, hielten sie sich irgendwo in den Wäldern versteckt, oder war es ihnen tatsächlich gelungen, über die grüne Grenze zu entwischen? Dann aber zeigten sich die ersten Entzugserscheinungen. Wo waren sie bloß, warum nahmen sie keine Geisel mehr, warum überfielen sie keine Bank, erschossen sie keinen Tankwart?

Endlich, am 8. Tag, wurde ein nächtlicher Einbruch in einen ländlichen Supermarkt gemeldet. Indizien sprachen dafür, daß sich die Ausbrecher dort mit Lebensmitteln versorgt hatten. Am 9. Tag sah und identifizierte sie ein Gendarm, dem sie bei dieser Gelegenheit die Dienstwaffe abnahmen. Ein paar Millionen Menschen, die sich in ihre Alltäglichkeit eingesperrt fühlten, atmeten auf und harrten weiterer Nachrichten.

Nun war der Winkel unseres Landes, in dem die drei Ausbrecher mit einem vor einer Eisenhandlung gekaperten Kleinbus unterwegs waren, ein recht entlegener. So daß ihre Verfolgung zum Zweck der Berichterstattung einer Pressefahrt ähneln würde – zumindest stellte ich mir das so vor. Der Hausfotograf hatte sich, wahrscheinlich unter dem Eindruck der von uns Wortjournalisten immer drastischer beschriebenen Gefährlichkeit der Outcasts (sie waren kaltblütig, brutal, hinterhältig, ja sogar entmenscht, denn sie kannten offenbar kein größeres Gut als ihre Freiheit . . .), krank gemeldet, vielleicht war er es auch wirklich, wir waren mitten in der spätherbstlichen Grippeperiode. Was lag also näher, als dem Chefredakteur vorzuschlagen, die Lieferantin des sensationellen Pumpgun-Fotos mit mir auf die Reise zu schicken.

Das heißt: So ganz nahe lag es, nach der Verunsicherung, die ich durch Petra erfahren hatte, eigentlich nicht. Aber ich dachte, und damit hatte ich ja recht, das letzte Wort zwischen uns sei noch nicht gesprochen. Merkwürdig, daß ich dabei vorerst fast keine Angst hatte (ich meine vor den Ausbrechern). Aber womöglich war meine Angst einfach kleiner als mein männliches Imponierbedürfnis.

Auf dem Rücksitz der Honda verging mir indessen verschiedenes. Zwar hätten wir durchaus mit meinem VW fahren können, aber das Argument, daß wir, hinter den Ausbrechern her, auf Petras zwei Rädern schneller und wendiger sein würden als auf meinen vier, hatte einiges für sich. Rein aus Panik klammerte ich mich in einer Weise an sie, die ihr (schrill überschrie sie, um mir das mitzuteilen, die Stimme des Motors) typisch sexistisch vorkam. Woran soll ich mich denn festhalten? (so meine Entgegnung, ebenfalls geschrien), darauf allerdings entgegnete sie ihrerseits etwas Sexistisches.

Zwar hatte sie nichts dagegen, die erste Nacht, die wir auf den Spuren der Ausbrecher miteinander verbringen mußten, in einem etwas durchhängenden Doppelbett an meiner Seite zu liegen, aber die von ihr zugelassene Intimität hatte ihre Grenzen. Außerdem verstand sie es, mich vorbeugend zu irritieren. Im Schrankspiegel, der, dem Bett vis-à-vis, die Versuchung, sie anzufassen, verdoppelte, hatte ich, meinen phallischen Blick folgsam von ihr abwendend, wenigstens ihr virtuelles, aufrechtes Bild vor mir. Aber daneben (störend) auch meines, recht lächerlich und häßlich.

Mehr oder minder kranken wir alle an der Psychologie des Voyeurs. Nicht auf strikt klinische oder kriminelle Art, aber in unserer ganzen, physischen und emotionellen, Haltung gegenüber der Welt. Wann immer wir diesen Ausdruck von Passivität zu ändern versuchen, sind unsere Aktivitäten grausam, ungeschickt und obszön. Wie die eines Invaliden, der vergessen hat, wie man, einen Fuß vor den anderen setzend, geht.

Schlag nach bei Jim Morrison: Petra brachte mich in die von ihrem Idol beschriebene Position.

Zweiter Abend: Unsere Herberge wesentlich rustikaler, also kein Schrankspiegel.

Blieb nur der Blick durch den Spalt der Badezimmertür, die sie wenigstens nicht schloß.

Der Voyeur, der Spanner, der Geilspecht: ein zwielichtiger Komödiant.

In der Badewanne plätschernd, erzählte sie mir mit lauter Stimme, so daß ich es, ob ich nun wollte oder nicht, von draußen hören konnte und sollte, schon wieder von Jim. Klar, was ihr an ihm gefalle, sei seine erotische Ausstrahlung. Und zwar gerade als bisexueller Appell. (So ungeniert sprach sie von ihm, als ob er noch lebte.) Über das Körperliche hinaus aber sei seine Ausstrahlung eine geistige. Eine Frequenz, die sozusagen von ihm ausgehe: Vibrations. Die spürst du, behauptete sie, im Solarplexus. Du mußt dich, um das zu spüren, nur etwas entkrampfen.

Sprechen wir von jemand anderem, schlug ich vor, als sie endlich zu mir ins Bett kam, zum Beispiel von dir.

Ihr Vater, erzählte sie, sei ihrer Mutter davongerannt, was sie nicht wundere.

Sie habe sich bemüht, möglichst schnell erwachsen zu werden, was ihr — zumindest körperlich — gelungen sei.

Stimmt, sagte ich.

Hör auf, sagte sie, an mir herumzugrapschen.

Was sie von klein auf interessiert habe: Film. Angefangen von den Walt-Disney-Filmen. Erklärter Favorit: ALICE IN WONDERLAND. Aber mit acht oder neun sei sie unversehens in LA BELLE ET LA BÊTE geraten.

Zuerst sei ihr diese Geschichte von der Schönen und dem Ungeheuer, schwarzweiß und merkwürdig antiquiert, wie sie anfing, sehr unattraktiv erschienen. Auch sei sie sich durch die — verglichen etwa mit CINDERELLA — scheinbar so unavanciert aufgearbeitete Märchenatmosphäre für dumm verkauft vorgekommen. Petra, schon damals eins sechzig groß: die Klassengrößte. Und habe gerade aufstehen und gehen wollen — aber in diesem Moment sei auf der Leinwand das Ungeheuer erschienen.

Das Ungeheuer! Die Wirkung dieses sogenannten Tiers in seinem verzauberten Schloß sei ungeheuerlich gewesen!

Von den zwei ersten Sätzen an, die es gesagt habe:

(Zum Vater): Soso, lieber Herr, Ihr stehlt also meine Rosen. Ihr stehlt meine Rosen, die mir das liebste sind auf der Welt.

Und dann sagt der Vater: Herr, ich habe nicht gewußt etc.

Und das Ungeheuer antwortet: Sagt nicht Herr zu mir, man nennt mich die Bestie.

Sie habe, so Petra, den Film inzwischen mindestens zwanzigmal gesehen. Aber schon beim ersten Mal, nach diesem, seinem dritten oder vierten Satz bereits, habe sie das Ungeheuer liebgewonnen.

Den Abend darauf saßen wir *zu zweit* in der Badewanne.
Und erzählten uns unsere Lieblingsfilme.
Die meisten hatten wir ohnehin beide gesehen.
Aber wie reizvoll: die eigenen Vorlieben in den Erzählungen des anderen wiederzuerkennen.
In den Augen des anderen widergespiegelt.
Dieser Blick durchs Fenster, dieser Blick auf die gegenüberliegende Fassade, dieser Blick ins Fenster hinein.
An seinem Fenster befindet sich James Stewart zugleich in der Situation des Zuschauers, der einen Film sieht, und in der eines Filmemachers, der filmt. Hitchcocks geniale Idee besteht darin, daß er den Film mit einer einzigen, riesigen Dekoration gedreht hat, die ausschließlich aus dem Blickwinkel von Jeff gezeigt wird.
Und / aber der Blickwinkel eines fast wegabstrahierten Protagonisten, identisch mit dem Blickwinkel der Kamera.
Denn bei Resnais ist es im Grunde genommen doch die Kamera, die da durch endlose Gänge und Säle geht.
Endlose Gänge, endlose Säle, wieder & wieder.
Du hörst eine Stimme. Du hörst ihre Schritte nicht.
Ja, aber auch der Blick des Fotografen, wie er am frühen Morgen (oder ist es am späten Nachmittag?) den etwas vernebelten Park betritt. Seine Sucht zu fotografieren, die Welt zu objektivieren, im Rahmen des Suchers erst wird die Wirklichkeit wirklich. Sein bewaffnetes Auge (er geht nie unbewaffnet). Und die Zusammensetzung möglicher Realität, die Rekonstruktion dessen, was vielleicht geschehen (passiert) ist, durch das Puzzle seiner — und das ist ja in Wahrheit Michelangelo Antonionis — Phantasie.

Der Reiz von Extremsituationen, Einbrüchen, Fluchten.

Rififi, sagte ich.

Fahrstuhl zum Schafott, sagte sie.

Gaukler-, Betrügerfilme: La Strada, Il Bidone.

Wir plätscherten in der Badewanne. Draußen im Wald froren die Ausbrecher.

Mit zwölf oder dreizehn sah sie À Bout de Souffle.

Außer Atem. Tatsächlich. Auch ihr blieb die Luft weg.

Was für ein Tempo! Für den Polizistenmord, der alles in Schwung bringt, braucht Godard ganze drei Einstellungen.

Was für ein Schnitt! Da wird eine Bettdecke aufgeschlagen und darunter ist Paris.

6. 11.: Ich glaube, das Fieber ist fürs erste übertaucht. Zwei Tage zu Hause geblieben in meinem häßlichen Hotel. Nennt sich Hotel Excellent, das ist ein Sarkasmus. Es ist allerdings so häßlich, daß es beinah schon wieder schön ist.

Dunkel, verraucht, ein Boden voll Zigarettenstummel.

Boxerfotos an der Wand. Ein gewisser Gilbert Leduc, längst vergilbter Champion du Monde in der Gewichtsklasse lourd léger.

Lampenschirme aus schimmelgrünem Blech mit verstaubten Samtquasten.

An der Bar einige Stammalkoholiker mit einer gewissen Restwürde.

Bin lieber hier unten geblieben als im Zimmer. Habe den Mantel anbehalten und den Shawl um den Hals gewickelt — auch so kann man sich gesund schwitzen. Ein Thé au rhum nach dem anderen, zur Abwechslung Grog au cognac oder Punch Clément, ab und zu bin ich eingeschlafen. Dann waren meine Träume rhythmisiert durch das Klicken der Billardkugeln.

Geträumt und zwischendurch nachgedacht und geschrieben. Das Problem ist nur, daß es mir nun schwerfällt, meine eigene Schrift zu entziffern. Dieser Grabkult um Morrison, dürfte das heißen. Manche pflanzen Zigaretten wie kleine Phalli in die Blumenerde.

Am dritten Abend endlich kam alles ganz anders. Nicht mehr als fünf Minuten entfernt von dem Gasthaus, in dem sie sich / in dem wir uns aufgewärmt hatten, denn es war bitter kalt dort oben, war den Ausbrechern das Benzin ausgegangen. Ihr (insgesamt achtes) Fluchtauto stand mitten auf der kurvenreichen Paßstraße. Seit ein paar hundert Meter weiter unten der Tunnel durch den Berg getrieben worden war, fuhren hier, hieß es, fast nur mehr Forstfahrzeuge.

Kommen Sie ja nicht näher! schrie der Gangster.

Gegen den Schnee oder den Sand konnte man vorerst nur seine Silhouette ausnehmen, wie sie breitbeinig dastand, die Pumpgun im Anschlag.

Bremste Petra? Nein, sie fuhr einfach weiter.

Wenn auch mit kaum mehr als Schrittgeschwindigkeit und abgeblendetem Scheinwerfer.

Sie fährt einfach immer weiter, ich sehe uns fahren.

Die Silhouette des Gangsters, breitbeinig dastehend.

Nur einen Moment lang fällt ihm Licht ins Gesicht.

Das Aufleuchten einer Erinnerung. Aber da hat er sich schon wieder abgewandt.

Das war die Geschichte eines Gefängnisausbruchs in Arizona oder New Mexico. Wir wollten hinaus in die Gegend fahren und einfach drehen. Nach dem Vorbild Godards waren spontanschöpferische Abweichungen vom Drehbuch durchaus eingeplant. Aber die erste Abweichung war, daß wir in der Wüste nach Peyote suchten, und die zweite, daß wir dort, an diesem sandigen Arsch der Welt, eine ganz erstaunliche Kneipe fanden.

So ist auch aus diesem Filmprojekt nichts geworden. So M. Ohne besonderes Bedauern. Das war eine Feststellung.

Bleiben Sie stehn, habe ich gesagt! (Die Stimme des Ausbrechers überschlug sich wieder).

Was soll's, antwortete Petra. Wir sind keine Polizisten, sondern Journalisten. Außerdem: braucht ihr nun unser Benzin oder nicht?

An alles, was an diesem Abend, in dieser Nacht, weiterhin geschehen ist, kann ich mich nur fragmentarisch erinnern. Wie wir auf den Gangster zurollen, wie der Kerl mit einem Schlauch, an dem er kurz saugt, um die Flüssigkeit in Bewegung zu bringen, unser Benzin abzapft. Das sehe ich übergenau vor meinem Erinnerungsauge. Aber wie wir die Hütte gefunden haben, ob wir freiwillig mitgegangen sind oder von den Ausbrechern mit Waffengewalt genötigt, daran erinnere ich mich zum Beispiel nicht.

Nur daß der zweite Gangster, der kleine, breite, mit rußgeschwärztem Gesicht (denn aus dem offenbar lang nicht benutzten Ofen stob, kaum daß er ihn aufmachte, eine Wolke Ruß) ständig riesige Scheite nachlegte, das weiß ich. Und daß der dritte, der stille, blasse, im Schrank eine Flasche Schnaps fand, die zwar auch Methylalkohol enthalten konnte, aber niemand erblindete. Um die Hütte randalierte der Wind, wir tranken, ich lallte, Petra hatte mir das Mikrophon weggenommen und machte an meiner Stelle das Interview. Und der fanatische Heizer heizte, als wäre die Hütte ein Fahrzeug, irgend etwas zwischen Lokomotive und Dampfschiff, mit dem wir im wilden Flug über alle möglichen Grenzen kämen.

Der Stille, Blasse: Wie Sie sich sicher erinnern (so ungefähr sprach er ins Mikro), ist uns die Flucht aus dem *Filmsaal* der Strafanstalt gelungen. Wir haben nämlich, fuhr er fort, nochmalige Einsichtnahme in unsere Prozeßakten beantragt, und diese Möglichkeit gab es einmal pro Woche im Filmsaal des Gefängnisses. Bei solchen Gelegenheiten pflegten die Justizwachebeamten Waffen zu tragen und überdies zur Geiselnahme geeignete Personen im Filmsaal zu sitzen. Erzählte der Stille, Blasse, den die Zeitungen (auch unsere) zuerst als den

Harmlosesten, dann aber als den Gefährlichsten (weil den Kopf) der drei bezeichnet hatten: Er drückte sich gepflegt aus.

Zur Geiselnahme geeignete Personen, also etwa der Richteramtsanwärter S. oder die Anstaltssekretärin L. Die sei an dem kleinen Schreibtisch gesessen, auf dem bei den Filmvorführungen, erhöht durch einige aufeinander gestapelte Telefonbücher, der Projektor stand. Der Filmprojektor sei übrigens auch jetzt dort gestanden, aber etwas beiseite gerückt und mit einer Plastikhülle bedeckt. Ein Anblick, der ihn, so der Kopf der drei Ausbrecher, ein paar Sekunden lang etwas nachdenklich, ja melancholisch gestimmt habe, denn die Filmvorführungen seien ihm in dem ganzen öden Anstaltsleben immer das liebste gewesen.

Übrigens, sagte er, seien ihm von den meisten Filmen die Schlußszenen in besonderer Erinnerung geblieben. An die Anfänge könne er sich manchmal gar nicht mehr erinnern, aber gewisse Schlußszenen gingen ihm nicht aus dem Sinn. Die Szene, die ihn am allertiefsten beeindruckt habe, sei allerdings genaugenommen gar keine Schlußszene. Sie sei aber so gut, ja besser als manche wirklich am Schluß eines Films stehende Schlußszene, ja in gewisser Hinsicht sei sie die beste und absoluteste Schlußszene, die man sich vorstellen könne.

Vielleicht, ja wahrscheinlich, haben Sie diesen Film ja auch gesehen — er hieß LOHN DER ANGST. Und möglicherweise ist Ihnen der Schauspieler, der mich in diesem Film am meisten berührt hat, ebenfalls ein Begriff — der große Charles Vanel. Er spielt, Sie erinnern sich, einen böse verhärteten alten Mann. Und der junge Yves Montand, mit dem er eine Ladung Nitroglyzerin durch eine unwegsame Gegend irgendwo in Südamerika zu transportieren versucht — ein Himmelfahrtskommando, aber sie haben das angenommen, um wegzukommen, nichts wie weg aus dieser Hölle voll Fliegen und Tropenkrankheiten — sein Kumpel also ist ihm in einem grauenhaften, kleinen Teich voll ausgeronnenem Nitro versehentlich übers Bein gefahren (die Szene geht Ihnen doch auch nicht aus dem Sinn, nichtwahr?) . . . Und natürlich wird das Bein brandig und natürlich geht der Alte drauf, das war zu erwarten. Aber bevor er stirbt, erinnert er sich an eine Straße in Paris, in der er als Kind gewohnt hat. Und in dieser Straße in Paris, da war ein Bretterzaun, und immer, wenn er daran vorbeigegangen ist, hat er sich gefragt: Was ist dahinter? Und jetzt liegt er da, Kopf auf den Schoß seines Freundes gebettet, und auf einmal reißt er die Augen auf, weit, denn jetzt sieht er endlich, was dahinter ist, und das sagt er auch mit seinem letzten, enttäuschten, erschrockenen Wort, und dieses Wort ist: Nichts!

Und dann die Umarmung mit Petra im Morgengrauen.

Die Gangster waren weg, verschwunden im blauen Schnee, ich hatte ihr Nachbild noch vor Augen.

Blick durchs Fenster, von dem wir die Eisblumen scheuerten, da stapften sie davon.

Dann sahen wir nichts mehr von ihnen als ihre Spuren.

Wieso hatten sie uns eigentlich nicht als Geiseln genommen?

Zu beschwerlich.

Und wieso hatten sie uns nicht zum Abschied erschossen . . .?

Daß sie den Film aus der Kamera und das Tonband aus dem Kassettenrecorder genommen hatten, bemerkten wir erst später.

Nur gelegentlich wird deutlich, daß es sich bei den vorangegangenen Bildfolgen um Traumsequenzen gehandelt haben könnte.

Das war aber schon ein Satz aus unserm Diskurs über Buñuel. Den führten wir in der folgenden (kurzen) Nacht. Besonders gern erinnere sie sich, sagte Petra, an eine Szene aus dem Film BELLE DE JOUR, in der Séverine, die sie im Puff interessanterweise Belle nennen, einem geheimnisvollen Chinesen begegnet. Der läßt sie in ein für die Zuschauer uneinsichtiges Kästchen blicken, aus dem ein Summen wie von Insekten ertönt. Das scheint sie nun gleichzeitig zu erregen und zu vergnügen. Außerdem erzeugt der Chinese mit den Fingern ein kastagnettenartiges Geräusch, das an die Glöckchen der Pferde aus einem vorangegangenen Traum erinnert. In einer anderen Szene besucht die Deneuve einen Herzog mit nekrophiler Neigung, für den muß sie eine im Sarg liegende, schöne Tote verkörpern. Aber auch das scheint ihr insgeheim Spaß zu machen.

Jaja, sagte ich, diese Lust am wenigstens symbolischen Ausagieren infantiler Sexualwünsche. Bei diesen Worten berührte ich Petras Knie. Wir saßen zum dritten Mal in der Badewanne (diesmal in ihrer). Aber als wäre seit dem zweiten Mal nichts geschehen und als wären sie durch unser Gesprächsthema und die Konstellation nicht nahegelegt, verbat sie sich nach wie vor intime Berührungen.

Das verstimmte mich. Außerdem war ich erschöpft.

Ich stieg also etwas abrupt aus der Wanne. Ich schüttelte mich ab.

Was hast du denn? fragte sie. Nimm das doch nicht persönlich ... Ich hab dir doch gleich gesagt, ich steh nicht auf Männer.

So, du stehst nicht auf Männer! Und was ist mit Morrison? — Du stehst nicht auf Männer, aber auf Morrison fliegst du!

(Meine Stimme hallte im Badezimmer.)

Laß ja Morrison aus dem Spiel, sagte sie. Mit Morrison, das ist eine andere Geschichte.

Nämlich die: Er hatte sich ihr gezeigt. Er hatte sich ihr gezeigt, und sie hatte ihn fotografiert. *Intuitiv*, schrieb sie, habe sie die Kamera gehoben, durch den Sucher geschaut und auf den Auslöser gedrückt. Und jetzt hatten wir (alle drei) die Bescherung.

Aber das wußte ich vorerst natürlich noch nicht. Bestenfalls (schlimmstenfalls) hatte ich eine Ahnung. Ich hatte fürs erste nur Petras ersten Brief. Ach hätte ich es doch geschafft, ihn zu ignorieren!

Das war es auch, was ich einige Tage versuchte.

Aber es nützte nichts. Das heißt: Es gelang nicht.

Oder mag sein, daß es an den Tagen gelang.

Doch in den Nächten träumte ich wüst von Petra.

Die meisten Träume vergaß ich, sobald ich erwachte. Wußte nur, *daß* ich von ihr geträumt hatte, aber nicht *was*. Die Folge: ein quälend erregtes Unbehagen. Das hörte nicht auf, bis ich wieder anfing, zu träumen.

So ging das dahin. Diese Tage machten mich krank. Ich sähe so blaß aus, sagten meine Kollegen. In der Redaktion ließ ich mich damals ohnehin möglichst wenig anschauen. Doch auch wenn ich im Vorbeigehen mein eigenes Bild im Spiegel erblickte, erschrak ich und fühlte mich anschließend doppelt elend.

Und dann, eines Nachts, da zwang ich mich aufzuwachen. Und gleich zu notieren: Petra auf ihrer Honda. Sie fährt eine Serpentinenstraße in einer mir fremden Gegend, ich sehe die Straße aus ihrer Perspektive, d. h. wie in einem Videospielautomaten. Und ich empfinde eine von Kurve zu Kurve sich potenzierende Angst, sie und ich, der ich nun anscheinend wieder auf dem Rücksitz sitze, werden die nächste Kurve schon nicht mehr erwischen und in den Abgrund stürzen, der zweifellos auf uns lauert.

Vielleicht habe ich völlig falsch auf diesen Traum reagiert. Aber am Morgen danach brach ich auf, um Platten zu kaufen. THE DOORS, STRANGE DAYS, WAITING FOR THE SUN und MORRISON HOTEL bekam ich schon im ersten Plattenladen. THE SOFT PARADE, ABSOLUTELY LIVE (das Doppelalbum) und, last not least, L. A. WOMAN, im zweiten und dritten.

Mit den LPs ging ich auf die Post und erstand ein vorgefertigtes Paket. Zum spürbaren Befremden des Postpersonals nahm ich die Platten aus den Covers und verpackte nur diese.

Auf das Paket schrieb ich die von Petra angegebene Adresse. Und schickte die Sendung expreß, wie es Petra verlangt hatte.

Dann ging ich nach Hause und trank einen doppelten Kognak. Und dann (es ist wahr), dann verführten mich die hüllenlosen DOORS-Platten. Der Reihe nach hörte ich sie und immer wieder. Manzareks Orgel, Kriegers Gitarre, Densmores Schlagzeug und / aber vor allem Morrisons Stimme.

Ungefähr eine Woche danach kam der zweite Brief. Aufgegeben allerdings, wenn ich der Briefmarke und dem Poststempel glauben sollte, in einer ganz anderen Weltgegend als der erste. Darin ersuchte mich Petra, alles Gedruckte, das ich über die DOORS und speziell über Morrison auftreiben konnte, zu schicken oder noch besser, wenn ich ihr die Liebe tun / mir die Arbeit machen wollte, alles Wesentliche zu exzerpieren. Sie sei, wie ich wisse, ehemals ganz gut über die Materie informiert gewesen, aber nach Jahren der Abstinenz (was immer das heißen mochte) nicht mehr so ganz auf dem laufenden. Aus Gründen, deren Erklärung sie auf Brief 3 verschob, benötige sie diese Informationen *dringend.* Es hänge viel davon ab, daß sie wohlpräpariert sei. Ich möge, was ich schicke, an untenstehende (Brief 1 gegenüber wohlgemerkt veränderte) Anschrift adressieren. Da ich ein Schatz sei, solle ich mich in vorschüssiger Dankbarkeit umarmt fühlen.

So kam die Geschichte in Schwung (nahm das Unheil seinen Lauf). Ich ging, obwohl ich einige Artikel auf dem Schreibtisch liegen hatte, deren verbindendes Charakteristikum darin bestand, daß sie mich langweilten, in Buchhandlungen, suchte in Bibliotheken, stöberte in Archiven. Trat — lächerlich genug — einem mehr als fünfzehn Jahre nach Auflösung der Band immerhin noch existierenden DOORS-Fanklub bei, der, gegen Überweisung einer gewissen Summe, die regelmäßige Zusendung eines Magazins mit dem Titel DOORS QUARTERLY versprach. Und kontaktierte, einen möglichst harmlosen Grund für meine Recherchen vorschützend, ein paar Kolleginnen und Kollegen, die ich auf diesem Gebiet für kompetent hielt, allen voran Morgenrot.

Also paß auf. Die Geschichte ist ungefähr diese:

Der Protagonist (Paul) bekommt eines Tages einen Brief von der Protagonistin (Petra).

Der Mann im Hintergrund aber ist Morrison.

Originell, sagte Morgenrot. Warum schreibst du nicht lieber einen Roman über Bob Dylan?

Bob Dylan, der hat eine progressive Funktion.

Gehabt. Das ist wahr. Aber eindeutig. Unbestreitbar.

Dagegen ist dieser Morrison ganz und gar zweideutig.

Wenn schon Morrison, dann Van Morrison, laß dir von mir, einem alten Freund, einen Rat geben.

Einige Jahre nach Morrisons mutmaßlichem Ableben erschien ein Buch. Das nannte sich THE BANK OF AMERICA OF LOUISIANA, und sein Autor, wer immer er war, nannte sich Jim Morrison. Dieser behauptete, die Bank von Amerika von Louisiana, nein, nicht etwa schlicht zu besitzen, sondern zu *sein.* Auf diese Weise beherrsche er die Finanzwelt.

Nun gibt es zwar eine BANK OF AMERICA, aber eine BANK OF AMERICA OF LOUISIANA gibt es nicht. Wahrscheinlich gibt es eine Bank of America *in* Louisiana, aber die war anscheinend nicht gemeint. Auch behauptete der Autor, den Titel »Die Bank von Amerika« nicht in einem *kommerziellen*, sondern in einem *künstlerischen* Sinn zu benutzen. Wie immer er das gemacht hat: Das Buch ist vergriffen.

Ein Buch, das ich noch bekommen habe, heißt LIGHT MY FIRE. Es scheint von dem nämlichen Jim Morrison zu sein, der darin in einigen Absätzen auf das erste Buch Bezug nimmt. It's just tough shit, schreibt er, if these assholes, who ran that huge bank in 1973 never thought to copyright its name and, now realizing that I have done it, are freaking out.

I have always been a controversial type of person; everyone knows this.

Kennen Sie diesen Mann? – Der erste, an den Petra diese Frage stellte, der Fotograf nämlich, hat, wir erinnern uns, schon auf Seite 13 entschieden den Kopf geschüttelt. Wir gehen vielleicht nicht fehl in der Annahme, daß sein Unwille, seine Abwehr, etwas mit dem Charakter der Fotos zu tun hatte. Vielleicht auch mit dem Charakter des Fotografierten. Aber primär doch wohl mit der Art und Weise, wie (und wie weit) der Typ auf den Fotos zu sehen war. Zumindest auf einem (dem allerersten) von ihnen. Auf den anderen war er ja schon auf dem Rückzug. Der Typ en face, der Typ im Profil, der Typ, wie er sich abwendet. Bewegungsphasen. Der Typ, wie er schließlich die Hände vors Gesicht schlägt.

Männliche Genitalien: kleine Gesichter. (Daran hätte Petra ihn trotzdem schwerlich erkannt.) Eine Nase, über die Mauer hängend, zwei halbe Augen. Traurige Augen. Mojo Risin' was here.

Das erste Foto war eindeutig auch das beste. Das schärfste, das deutlichste – auch was das wirkliche Gesicht betraf. Mit der Abwendung nahm die Unschärfe zu. Das war der Grund, warum Petra, ins Hotel zurückgekehrt, eine Schere anforderte.

Kennen Sie diesen Mann? – Auch etwas verkürzt hatte das Foto des Unbekannten nicht den erhofften Effekt. So viel sei zumindest klar, sagte der Hotelier, in *seinem* Hotel habe der Typ da bestimmt nicht logiert. Ähnlich die Reaktionen in den drei den Bewohnern des Ortes zur Verfügung stehenden Kaffeehäusern. Man legte anscheinend Wert auf die Feststellung, daß der auf dem Foto Abgebildete hier nicht verkehrte.

Wenn sie, schrieb Petra, halbwegs richtig verstand. Sie kannte die Sprache nicht. Sie war nicht ganz sicher. Kaum mißzuverstehen indes der Effekt auf dem Markt: Für je eine Schrecksekunde verstummten die sonst so lauten Verkäuferinnen und Verkäufer und gaben die dortzulande auffallende Stille mit dem Foto, das von Hand zu Hand ging, weiter.

Nein, da irren Sie sich, sagte der Briefträger, in den Petra nicht nur wegen seiner Freundlichkeit und gewisser Sprachkenntnisse große Hoffnungen gesetzt hatte. Er lud sie zum Abendessen in den Nachbarort ein, in dem es ein richtiges Restaurant gab. Der wohnt nicht bei uns. Ich kenne, wie Sie sich denken können, so gut wie alle, die hier bei uns wohnen. Wenn der hier bei uns wohnte, dann müßte ich ihn kennen.

Dann allerdings stand er auf und führte ein Gespräch mit dem Wirt. Wobei sie, den Eindruck hatte zumindest Petra, die Stimmen dämpften. Ab und zu sahen sie sich dabei nach ihr um. Aber vielleicht war das nur die etwas unroutinierte Art des Briefträgers, dezent zu bezahlen.

Weit weniger höflich und freundlich war der Gendarm. Auf Petras Frage ging er zunächst gar nicht ein. Wenn überhaupt jemand, dann sei *er* derjenige, der hier frage. Woher kommen Sie wohin wollen Sie wo übernachten Sie wie lange gedenken Sie zu bleiben?

Das alles schrieb er mit Sorgfalt in sein Notizbuch. Er sei nicht verpflichtet — das sagte er, ohne aufzuschauen — ihr irgendwelche Auskünfte zu geben. Hingegen sei sie verpflichtet, ihm jedwede Auskunft zu geben, und zwar sogar bereitwillig. Im übrigen kenne er das auf dem Foto abgebildete Subjekt natürlich auch nicht.

Zuletzt fragte Petra die alten Männer, die sie, zwecks Ablichtung sagenhaft zerklüfteter Gesichtslandschaften, vor ein paar Tagen, wie lang war das schon her, von ihrem Hotelzimmer aus mit dem Tele belauert hatte. Die saßen auf ihren Korbsesseln genau vor dem Eingang zum Park und sahen, sofern sie nicht schliefen, wer ein und aus ging. Und die ähnlich zerfurchten alten Frauen fragte sie, die, allerdings zu anderen Tagesstunden, auf ihren Klapphockern an der viaduktartigen Einfahrt des Ortes saßen. Die mußten doch, dachte sie, jeden kennen, der, und sei es auch nur selten, an ihnen vorbeikam.

Die Herren reagierten eine Weile gar nicht, erst dann, als hätten sie aus einer den Tod wie ein tägliches Training vorwegnehmenden Erstarrung aufwachen müssen, wiegten sie in mutmaßlich verneinender Absicht ihre auf Schildkrötenhälsen sitzenden Köpfe. Die Damen hingegen (und das empfand die mit den dortigen Gesten und Lautkürzeln noch nicht vertraute Ausländerin als besonders ärgerlich) schoben herausgefordert / herausfordernd das Kinn unterm Kopftuchknoten hervor und schnalzten mit der Zunge. Es gab allerdings auch welche, die sie zu umarmen und, wenn sie das recht verstand, zu segnen versuchten. Mit knöchernen Zeigefingern zeichneten sie rätselhafte Figuren auf Petras Stirn.

Kennen Sie diesen Mann? — Niemand *wollte* ihn kennen. Petra hatte dem nichts entgegenzusetzen als ihre Erinnerungsschnappschüsse aus dem Park und die diese Erinnerungsschnappschüsse belegenden Phantomfotos. Fotos eines Unbekannten, der ihr bekannt vorkam, allerdings nicht aufgrund des Körperteils, auf den er ihre Aufmerksamkeit zu lenken versucht hatte. Männliche Genitalien: Trinitäten formend, Vater Sohn Geist.

Dann endlich lagerte mein Paket auf der Post. Sie hatte Tag für Tag danach gefragt, die Beförderung dorthin dauert viel länger, als man denkt, schon hatte sie an mir gezweifelt. Jetzt hatte sie, was sie brauchte: sieben Stück Covers. Und immer wieder vergleichend, die Konturen der Gesichter an der Fensterscheibe ihres Hotelzimmers durchpausend, da und dort mit Zeichentalent und Sinn für die Zeit, die seit Morrisons Abgang verstrichen war, ergänzend, modifizierend, diese und jene Gesichter zur Deckung bringend, wurde sie ihrer Sache immer sicherer.

Petras Beschreibung des Ortes: Bei allen Details vermied sie zuviel Lokalkolorit. Ein Ort mit Mauer, ein Ort mit Park, so wenig steht fest. Die Mauer, im Prinzip, wie es scheint, quadratisch angelegt, an einer Seite vom Krieg zerstört oder einfach geschleift. Zwei Mauerseiten des Parks gehören zur Stadtmauer.

Der Park hat zwei Ebenen, eine untere und eine obere. Die untere französisch, die obere englisch, oder ist es am Ende umgekehrt? Am Fuß der Treppe, die diese beiden Ebenen trennt und verbindet, auf einem Sockel ein Januskopf, der schaut in Vergangenheit und Zukunft. Im unteren Teil des Parks ein (wahrscheinlich unerhebliches) Denkmal.

Das entnahm ich (entnehme ich) Petras Briefen.

Selbstverständlich noch nicht den ersten zwei.

In Brief Nr. 3, der, das hatte ich fast schon erwartet, wieder aus einer völlig anderen Windrichtung kam, begann Petra, wenn auch vorerst recht sparsam, mit den in Brief 1 und 2 angekündigten Erklärungen.

Nur *so*viel: Ich bin einer Weltsensation auf der Spur. Das hatte ich befürchtet.

Die Umgebung: Da gab es schöne Motive.

Teils sanft gehügelt, teils zerklüftet die Gegend.

Zwei Berge, vielleicht, aber keineswegs sicher, im Süden.

Die Silhouette des einen von freundlich anmutigem Schwung, jene des anderen, vielleicht eines (Ex-)Vulkans, böse abgeplattet.

Vereinzelte Bäume (Pappeln oder Zypressen).

Seltsame Erdaufschüttungen, aus denen sie nicht schlau wurde.

Bewachsen mit gelben Blüten (Löwenzahn? Ginster?).

Sandige (steinige) Wege. Ein Ziegelwerk. Ein Friedhof.

Die Landschaft dort, schrieb sie, Weite und doch ein Raum.

Ich begann, diesen Raum zu sehen. Mit geschlossenen Augen.

Und Petra darin. Ihre Kreise erweiternd. Suchend.

Auf ihrem heißen Eisen? Nein. Auf dem Fahrrad!

Sie habe sich, schrieb sie, ein klappriges Fahrrad geborgt.

Petra? Ein Fahrrad? Was war bloß in sie gefahren?

Petra. Ein Fahrrad. Hätten wir keine anderen Hinweise — dieser würde vollkommen ausreichen als Symptom einer Krise.

Sie strampelte. Es war heiß. Ab und zu trank sie Wasser aus einer Ziegenlederflasche.

Von irgendwo oben sah sie hinunter (zurück).

Die alte Serpentinenstraße lag neben der neuen, wie eine überfahrene Schlange.

Schrieb sie. Vielleicht ein Indiz. Aber Schlangenassoziationen beim Anblick von Serpentinen sind wahrscheinlich nicht nur vom wirklichen Schlangenreichtum der Gegend abhängig.

Bei einer Schlangenfreundin wie Petra schon gar nicht.

Weißt du was? Ich hab mir gedacht, wir könnten zum Abschied miteinander einen Trip werfen.

Das waren die Worte, mit denen Petra mir eröffnete, daß sie nach Amerika gehen würde.

Sie habe dort drüben, erzählte sie, einen Job und einen Bekannten.

Nein, sagte ich.

Doch, sagte sie.

Sie habe den Trip eigens für unseren Abschied aufgehoben.

Fatal. Ich hatte mich so an sie gewöhnt.

An Petra und unser Badewannenverhältnis.

An unser nacktes und sauberes Visavis.

An unsere Filmgespräche halb unter Wasser.

Morrison hatte ich fast schon in Kauf genommen. Zwei

Tage nach meinem abrupten, nächtlichen Aufbruch war ich (versuchsweise) zurückgekehrt. Können wir baden? hatte ich einfach gefragt. Von Sex im landläufigen Sinn war zwischen uns nicht mehr die Rede.

Und jetzt dieser Schock. Sie wollte mich glatt im Stich lassen.

Auf dem Trockenen sitzen lassen wollte sie mich.

Während sie übers große Wasser davonfuhr.

Wann? fragte ich.

Bald, sagte sie. Aber komm, wir wollen den heutigen Tag nützen.

Also reisen wir oder reisen wir nicht?

Nein. Dazu hing ich zu sehr an meinem kleinen, gehätschelten Selbst, als daß ich es mirnichts dirnichts auf eine so große, ungewisse Reise schickte.

Außerdem reichte mir schon die Badesucht.

Obwohl keine körperliche Abhängigkeit und keine körperlichen Entzugserscheinungen auftreten, können doch psych. und körperl. Schäden nicht ausgeschlossen werden.

Du bist mir eine. Erst sagst du mir, daß du mich womöglich auf Nimmerwiedersehen verläßt, und dann, wenn du dir denken kannst, daß ich infolge dieser Ankündigung alles andere als entsprechend disponiert bin, dann bietest du mir einen Trip an.

Sie modifizierte: Sowieso nur einen halben.

Nein danke, sagte ich. LSD machte mir prinzipiell Angst.

Dieses Steigen und Fallen in schwindelnde Höhen und Tiefen, dieses Sichhingeben, Sichaufgeben, Sichaussetzen, Sichauflösen infolge oraler Aufnahme von Lysergsäurediäthylamid — schon der Gedanke daran war mir reichlich unheimlich.

Sie lockte: Ich werde dein zitterndes Händchen halten.

Nein, sagte ich.

Doch, sagte sie. Sie habe sich auch ein schönes Premierenprogramm für mich ausgedacht.

Wir könnten einträchtig diesen Trip werfen und dann miteinander ins HAUS DES MEERES gehen.
Wenn du auf Trip bist, ist nämlich das Haus des Meeres das absolut Größte.

Da gingen wir trotzdem hin. Aber sie warf den Trip, den sie schwesterlich mit mir geteilt hätte, allein.
Dann saß sie, wie ein Kind auf die Fersen gesunken, vor dem Aquarium mit den Piranhas und lachte.
Ich wußte nicht, was ich tun sollte; Väter mit kleineren und solideren Töchtern an der Hand gingen auf Distanz.
Sie lachte noch lauter und zeigte mit spitzem Zeigefinger.
Über die zahnlosen Piranhas amüsierte sie sich wie eine Königin, aber vor den Schlangen und Echsen im nächsten Stock stand sie wie eine Philosophin.
Wie schön sie sind, sagte sie angesichts dreier Kobras, die sich unter ihrem Blick tatsächlich sehr anmutig wanden.
Ein schimmerndes Tier mit drei Köpfen, nur durch die Glasscheibe am Zungenkuß gehindert.
Die grüne Rieseneidechse aber, deren exotischen Namen ich nicht behalten habe, wollte sie an meiner (oder eines Teddybären) Stelle ins Bett nehmen.

I am the Lizard-King, I can do anything. Ja bitte, was denn?
Es gibt nur einen richtigen Weg zum Echsenkönig, und du wirst vielleicht mehrere Anläufe brauchen, um ihn zu finden.
Ich soll den Ort nicht erkennbar machen, auch nicht an seinem Ambiente, aber daß es rundherum verlassene Gehöfte gab, die sie eins ums andere durchsuchte, eintretend durch meist unversperrte, aber seit Jahren nicht mehr geöffnete Türen, auch eindringend durch Fenster, deren kaum mehr durchsichtiges Glas sie zerschlug, so viel oder wenig zu erzählen muß doch erlaubt sein. Sie war nicht nur Schlangenfreundin, sondern hatte auch keine übertriebene Angst vor Kakerlaken, Spinnen und Skorpionen, ja nicht einmal vor

Menschen, etwa dem abenteuerlich aussehenden (doch von ihr vorerst unbemerkten) Schafhirten, der auf bloßen, schwarzen Füßen von hinten an sie herantrat und ihr mit großen, ebenso harten wie seltsamerweise zarten Händen die Augen zuhielt.

Mit Morgenrot traf ich mich meistens im PEGASUS.

Das Pegasus war ein Anachronistenlokal.

Besitzer: Einer jener Schriftsteller, die um und nach '68 den Tod der Literatur konstatiert, nein postuliert hatten.

Inzwischen schrieb er schon längst wieder lange Gedichte.

An einem der runden Tischchen aus falschem Marmor pflegte Morgenrot zu sitzen und in sein Bier zu sinnieren.

Durch mein Eintreffen geweckt, ließ er den Blick seiner Bernhardineraugen an mir auf und ab laufen.

Hast du das Morrison-Projekt noch immer nicht aufgegeben?

Nicht gut siehst du aus. Die Geschichte zehrt an dir.

Klar. Fragte sich nur, welche Geschichte. Die mit Morrison oder die mit Petra.

Aber für mich waren diese beiden Geschichten nicht zu trennen.

Also hör zu, sagte ich: die Protagonistin (Petra) bildet sich ein, den angeblich toten Jim Morrison in seinem Versteck gefunden zu haben.

Und der Protagonist (Paul), der ihre Briefe empfängt, weiß nicht recht, was er davon halten soll, aber der Inhalt ihrer Briefe, ob sein rationales Bewußtsein nun daran glaubt oder nicht, spukt ihm Tag und Nacht im Kopf herum.

Besonders bei Nacht. *Seine* Träume sind inspiriert von *ihren* Träumen.

Was soll die Grimasse? Das Wort »inspiriert« gefällt dir nicht? Also gut, sagen wir »infiziert«.

Schon besser, sagte Morgenrot, daraus geht hervor, wie ungesund dieser Umgang ist.

Ich bleibe dabei: Mit diesem Jim Morrison und / oder auch seinem fragwürdigen Geist soll man sich gar nicht erst einlassen.

Ich bin nicht Morrison, sagte er, lassen Sie sich das gesagt sein.

Jede Ähnlichkeit mit noch lebenden oder längst verstorbenen Personen wäre rein zufällig.

An einem Ort wie diesem ist man, um nicht mehr zu sein, was man zufällig war.

No more Morrison. Nevermore Morrison. Morrison nevermore.

Wer sind Sie überhaupt, was wollen Sie von mir, was haben Sie hier zu suchen?

Warum spüren Sie mir nach, wer hat Sie geschickt, wie haben Sie mich gefunden?

Zufällig, sagen Sie? Ganz einfach, sagen Sie? Und gesucht haben Sie mich gar nicht?

Fuck! Das muß mir passieren! Ich bin halt doch ein looser.

Sein Vater hingegen: ein *winner.* Auch über den Sohn.

It is one of the great ironies of rock & roll history that, following Jim's death and the death of his wife Pamela two years later, control of the Morrison estate and any DOORS-related properties reverted back to his father, a man with whom, weakly expressed, the son never harmonized.

Porträt vor der Flagge. Vier Zeilen Orden an der Brust. Rear Admiral Steve Morrison.

After a history-making cruise into the Indian Ocean in a show of strength, and participation in the Gulf of Tonkin incident off Vietnam, Captain Morrison held his final officer's push-up contest on the BONHOMME RICHARD (he always won).

Übergab also das Steuerruder an seinen Nachfolger, der ehrgeizige Käptn, packte seinen Seesack und war mit dem

Kopf schon wieder woanders. In London nämlich, wo er dem Oberkommando der US-Marinestreitkräfte in Europa zugeteilt war — eine weitere Etappe auf seinem Weg nach möglichst weit oben. Zuvor jedoch tat er noch einen kurzen Sprung nach Hause, wo war das gerade, ach ja, Coronade an der Westküste, zu einer Weihnachtsfeier im Kreis seiner Lieben. Stimmt, sagte M., das war Weihnachten 1964, sie sangen Jingle Bells, White Christmas und Rudolf the red-nosed Reindeer, ich schwieg, ich verweigerte mich, ich ließ einen andächtigen Furz, und das war, halleluja, das letzte Mal, daß ich meinen Alten gesehen habe.

Ein Weihnachtsgedicht: Familiale (von Jacques Prévert).
La mère fait du tricot / Le père fait la guerre.
Oder ist es der Sohn, der Krieg macht; Jedenfalls findet sie das ganz in Ordnung, die Mutter.
Wenn es der Sohn ist, der Krieg macht, macht der Vater Geschäfte.
Aber wenn es der Vater ist, der Krieg macht — was zum Henker macht der Sohn?
Le fils est tué et ne continue pas.
(Seine Aussprache des Französischen, immer noch gräßlich.)
Der Sohn wird getötet und macht nicht weiter. So einfach ist das.

Schrieb Petra. Il ne continue pas, wiederholte er. Alles, nur nicht so weitermachen.

Generation ist Reproduktion. Entsetzliche Vorstellung!

Father!

Yes, son?

Ich will nicht so werden, wie du geworden bist.

Aber deswegen brauchte er nicht gleich zu sterben, damit konnte er sich noch runde sieben Jahre Zeit lassen.

Obwohl es manchmal den Anschein hat, daß er drauf aus war.

Self-destructive, schreiben die Rock-Chronisten.

Gewiß nicht drauf aus war er allerdings, ausgerechnet in Vietnam ins napalmverbrannte Gras zu beißen.

Für Vaters Vaterland. Auf dem Feld einer sehr zweifelhaften Ehre.

Da schon lieber das gute, angeblich unverschnittene Gras rauchen, das am Strand von Venice angeboten wurde dem Vernehmen nach.

Dem Vernehmen nach gab es ein Leben vor dem Tod, und das wollte er bis zur Neige auskosten.

Bis zur Neige. Das ging recht flott. Er war ein rascher Trinker.

Und die Mädchen sollten dort auch recht entgegenkommend sein, und L. A. war auch sonst eine Stadt von spezifischem Magnetismus, man erwartete dort nicht von ungefähr gewaltige Vibrations.

Also nichts wie hin und an der U. C. L. A. inskribiert und warum bitte nicht Kinematographie?

Kinematographie, das klingt mir wie Pornographie, so Morrison senior, dieses Laster werde ich nicht finanzieren.

War diese Wahl (Jims Emanzipationsversuch) ein Zufall?

Film verleiht eine Art von falscher Ewigkeit. Die Anziehungskraft des Kinos liegt in der Angst vor dem Tod.

Das jedoch kommt erst später. Zurück also. Rückblende.

Evtl. Zwischentitel: STATIONEN EINER KINDHEIT.

In Melbourne und Clearwater drüben waren wir schon.

Aber da ist noch eine weitere Erinnerungssequenz aus Morrisons frühem Florida:

Außen, Tag. Klein Jim fährt mit seiner Mutter in einem weißen Chevrolet.

Wo fahren sie hin? Sie fahren in den schwarzen Kontinent.

Jims Mutter, im Wind flatternd, trägt ein weißes Kleid.

Im offenen Chevrolet. Sehr flatterhaft im Wind. Sie kommt ihm in dieser Erinnerung sehr schön vor.

So M., schrieb Petra. Und sie haben die Großeltern ausgetrickst.

Und die Großeltern ahnen nicht, wohin Jim und seine Ma unterwegs sind.

Back home nämlich in den DARK CONTINENT unten in den BUSH GARDENS von Tampa.

MARRAKESCH, sagt Jims Mutter, NAIROBI, TIMBUKTU . . .

Timbuktu: Geschäfte, Delphinshow, Fahrten & Festhaus.

Marrakesch: Internationaler Einkaufsbazar mit Bauchtänzerinnen.

Nairobi: Alligatoren und allerlei Affen.

Im Inneren des NOCTURNAL MOUNTAIN diverse Nachttiere.

Dark Continent: Eine Kombination von Dschungeltieren, sensationellen Fahrten, Unterhaltung und Abenteuer.

Zwischenfrage: Gab es das damals schon?

Vorsicht: Psychologie des Interviews: den schwierigen Partner nicht gleich wieder aus dem Konzept bringen.

Ist doch egal, Ma'am: In meiner Erinnerung gab's das schon immer! Das Original allerdings. Nicht den blassen Ersatz.

Hey du, haben sie dir als Kind auch erzählt, daß die Babys aus Afrika kommen?

(Es gibt welche, die vermuten den toten Jim Morrison bei lebendigem Leib in Afrika.)

Dort sind wir alle im großen Teich geschwommen.

Das Venusklima der mütterlichen Nähe, der väterlichen Ferne.

Ein Klima, in dem sich Klein Morrison durchaus wohlfühlte.

Den Uniformierten, der sein Vater sein sollte, kannte er vorerst nur von Fotos.

Aber das reichte, so M., schrieb Petra, das reichte.

Und dann kehrt der Vater zurück und bringt dieses Marsklima.

Martialisch klirrende Kälte, einige hundert Minusgrade.
Fast ein Jahr nach Kriegsende (his patriotic duty first).
Ich war drei. Er stand sehr aufrecht in der Diele. Er kam mir sehr groß vor.
The Unknown Soldier. Das ist dein Daddy, behauptete Ma.
Er hebt mich sehr hoch und küßt mich. Er riecht scharf nach Rasierwasser.
Etwas sehr Nördliches, Frisches: ein Nordpolgeruch.
Seine Wangen sind blau und stechen; nichts Weiches.
Dann zog er zu Ma ins Zimmer. Das hatte Folgen.
Wollte ich, was ich bis dahin manchmal gedurft hatte, sobald die Großeltern schliefen, aus meinem daneben liegenden Zimmer antappend, zu ihr ins Bett schlüpfen, so lag da schon einer.
Dieser Typ mit seinem Eiszapfenschwanz!
Sagen Sie nicht, so etwas kann man in diesem Alter noch nicht mitkriegen, sonst sage ich kein Wort mehr.
Er lag meiner Mutter bei, mir konnte er nichts vormachen!
Zog die Decke hoch, stramm, setzte sich auf, in der Mitte gewinkelt, knipste ein grelles Licht an.
Er zeugte mir eine Schwester, die ich nicht bestellt hatte.
Die wurde uns allerdings erst in Washington, D. C., geliefert.

Im Auto, Nacht. Die Morrison-Family in einem dunklen Dodge.
Steve, wie sich's gehört, am Steuer, Claraschatz neben ihm, Klein Jim auf dem Rücksitz.
Regen, dann Schnee, die Scheibenwischer teilen die Zeit wie ein Metronom.
Reklame- und Tankstellenlichter. Jims Trotzphasengesicht.
Schlafen soll ich! Aber ich kann nicht! Ich will nicht!
Ich friere. Ich weine. Die werden schon sehen, wozu das führt.

Ich könnte mich auch verkühlen! Ich könnte krank werden!

Und Mummy wechselt den Platz. Und in dieser meiner Erinnerung trägt sie einen Silberfuchspelzmantel. Und für den Rest der Nacht darf ich in ihrem warmen, weichen, schwarzen Schoß liegen.

Washington, D. C., also. Die Stadt wird von einer Ringautobahn umschlossen. Numero 1-495, im allgemeinen Beltway genannt. Der Highway, der von Florida bis hinauf nach Maine verläuft, heißt 1-95 und benutzt die östliche Seite des Beltway. An die Ankunft in Washington sowie an den ersten Aufenthalt dort konnte sich M. aber lieber kaum mehr erinnern.

Die Ankunft verschlief er wahrscheinlich, völlig erschöpft.

Vermutlich hat ihn sein Vater ins Haus getragen.

Die Erinnerungskamera, um ihre eigene Achse gedreht: eine Holzveranda im Kolonialstil, auf dem Kopf stehend.

Eiszapfen hängen (stehen) sehr starr von der Dachrinne.

Washington, D. C., bietet so viel Interessantes und Sehenswertes, daß drei Tage oder sogar eine Woche nicht ausreichen, um alles zu sehen.

In dem halben Jahr, das die Morrisons fürs erste in der den Vater anheimelnden Nähe des Präsidenten (damals Harry S. Truman) zubrachten, sah der zu diesem Zeitpunkt etwa dreijährige Sohn allerdings fast gar nichts.

Ihm tränten die Augen. Ein hartnäckiger Bindehautkatarrh. Er war anfällig gegen Luftzug.

Oder es war eine Allergie. Er konnte Washington nicht leiden.

Im Flugzeug, Tag. Um ein Persönchen vermehrt fliegen die Morrisons nach New Mexico.

Diese Szene sah M. schon verhältnismäßig deutlich.

Ma viel und hysterisch beschäftigt mit seiner knittergesichtigen, stinkenden Schwester. Pa blödsinnig bemüht, ihm angesichts der Reliefkarte da unten die Geographie der Vereinigten Staaten zu erklären.

Ich war damals vier oder so, er konnte mich mal.

Ohnehin gab es Wolken, die fuhren grau in der Gegenrichtung.

Irgendwann flogen wir über den Mississippi: Ol' Man River: Mein alter Herr tat einiges, um meine Aufmerksamkeit auf das Vater-Land zu lenken, für das er unausgesetzt seine Pflicht tat.

Aber aus seinem Mund klang alles wie ein Militärmarsch.

Dann jedoch dieser Anflug auf Albuquerque.

Seit einer Stunde etwa hat das Land aufgehört, ebenso zivilisiert wie langweilig grün zu sein und liegt nun wüst, in Farben zwischen Ockergelb und Rostrot. Nordwestlich die felsige Kette der Jemez-Mountains, im Osten, mit seinen 3163 Metern beeindruckend, der Sandia-Peak. Von Norden nach Süden schlängelt sich glitzernd der Rio Grande.

KIRTLAND AIR FORCE BASE: Hier wurde Morrison senior erwartet: WELCOME.

Graue Fliegerstaffeln mit Haifischgesichtern.

In White Sands, knappe 300 Kilometer entfernt von hier, explodierte am 16. Juli 1945 die erste Atombombe.

Mit rußgeschwärzten Gläsern vor den Augen standen die extra dazu in die Wüste abkommandierten Soldaten und bewunderten den Atompilz.

Dad konnte nichts dafür. Das war Oppenheimer.

Dad stieß erst jetzt dazu. Das war 1947.

Er tat seine Pflicht. Für vorerst ein Jahr war er militärischer Instrukteur bei einem der inzwischen hübsch in Schwung gekommenen US-Airforce-Atomwaffenprogramme.

Er war stolz auf Amerika. Er war stolz auf den Job. Die Atombombe hatte den Krieg beendet.

New York, Cincinnati, Minneapolis, St. Louis, Albuquerque.

So eine Lesereise ist ja nicht nur, sondern auch.

Eine Gelegenheit nämlich. Zu recherchieren.

Wenn du nicht abstürzt, kannst du eine Menge Material mitbringen.

Du kannst Abstecher machen. In all die Gegenden, die etwas mit Morrison zu tun haben.

Zu jenen rätselhaften Erdaufschüttungen im mittleren Westen?

Eine Schlange mit einem Ei im Maul? Die alte Schlange mit dem immer neuen Weltei?

Das, sagte Morgenrot, habe ich weniger gemeint, aber wenn du dir einbildest, daß es mit deinem Sujet zu tun hat, kann ich dich nicht hindern.

Ein nur aus der Luft erkennbarer Typ mit einer Keule und einem riesigen Penis.

Imponiergehabe. Verkehrszeichen für über die Gegend fliegende Schamanen. No parking without permission.

Phallus (zu griech. phallos mit gleicher Bedeutung): das männl. (erigierte) Zeugungsorgan; als Inbegriff von Potenz und Fruchtbarkeit in Darstellungen seit der Steinzeit nachweisbar.

Alles was Flügel hat, fliegt. Triumphaler Eigenwille.

Okay, habe ich gesagt. Also ich fliege. Wenn ich's mir nicht doch noch überlege.

Denn vielleicht kann ich meine Geistreisen ja besser vom Schreibtisch aus machen.

Bedenklich, hat Morgenrot gesagt. Eine Abnützungserscheinung, hat Morgenrot gesagt. Wenn einer wie du auch schon so esoterisch daherredet.

Steter Tropfen höhlt den Stein. Unsere Generation ist längst nicht mehr das, was sie einmal war. Aber du kannst die zweite Einladung nicht auch noch ausschlagen.

Also Flugzeuge. Also Greyhounds. Also Hotels.

Also Notizen aus Flugzeugen, Greyhounds and Hotels. Also Fahrten in Mietautos.

Für diesen Fall empfiehlt es sich, ein Tonbandgerät mit einem guten Mikro dabei zu haben.

Man muß auch ökonomisch denken. Vielleicht kannst du ein paar von deinen weniger wirren Gedanken für den Rundfunk verwerten.

Und Fotos: Natürlich Fotos. Erinnerungsstützen.

Z. B. das da: Vom 13. Stock des AMFAC-Hotels.

AIRPORT – FREE PARKING. Einige tausend Autokarosserien glitzern sehr eindrucksvoll in der Spätsonne.

Ein Tennisplatz im Grundriß. Ein geräuschloses Tennisspiel. Ein Düsenflugzeug, vor seinem Kondensstreifen herstürzend.

Es soll auf der Straße nach Santa Fé passiert sein. Genaugenommen auf der Straße von Santa Fé nach Albuquerque zurück. Die Familie hatte wohl einen Ausflug gemacht. Vielleicht nach Taos in den berühmten Pueblo.

Und wir fuhren zurück, sagte M., und es war in der Dämmerung. Daß es die Morgendämmerung war, ist unwahrscheinlich. Obwohl er das sagte (in früheren Interviews). Nehmen wir an, es war die Abenddämmerung, das ist realistischer.

Auf einer Straße wie aus dem Film EASY RIDER. Diese erfüllte, leere Weite der Landschaft. Der Blick nach Westen im Gegenlicht: blaues Grün. Bergketten wie Scherenschnitte. Das Auto der Morrisons sehr klein. Die Fahrzeuge auf der Gegenfahrbahn öffnen die Augen.

Groß: Steve Morrisons Hände, behandschuht, am Lenkrad. Dann seine Rechte am Autoradio: ein Country- und Westernsender stört hier den anderen. Why don't you leave them boys alone etc. Männliche Kälber, wiederkäuend, am Rand der Straße.

Highway 25. MacDonalds and Burger-King next exit. Race track next right.

Dead end ahead. Please drive safely. Riesige Lastautos auf der Gegenfahrbahn.

Don't take your gun to town, warnt eine Mutter ihren Sohn.

Das war das erste Mal, daß ich den Tod als Tod kapiert hab.

Eine triste Ballade: Mujer (the woman):

Die Rede ist von einer Frau, die einen offenbar Sterbenden sanft an der Schulter berührt.

La muerta, die Tödin, die Frau, die sein ganzes Leben lang (sein ganzes Leben kurz) auf ihn gewartet hat.

Zwei Drittel der in den Pueblos lebenden indianischen Bevölkerung sprechen nach wie vor lieber Spanisch.

Und war auch schon das eine Sprache von Okkupanten.

Auf der Böschung ein Kreuz, rot und gelb, aus Steinen und Blumen.

Was da geschrieben steht, das können wir im Vorbeifahren nicht ausnehmen.

Was alles geschrieben steht: Vor lauter Lügen spricht die Werbung ab und zu die Wahrheit.

Instant living. Mobile home. I know, where I'm going.

Die Sonne, nun überraschenderweise wieder aufgetaucht, wie sie die Böschung entlangfährt.

Deadline, was für ein Wort! Cochiti-Pueblo.

Keep off medium. Emergency parking only.

Wir fuhren zur Seite und hielten an, ich war vier oder fünf.

Ich war noch so klein, also mußte ich mit den Frauen im Wagen bleiben.

Mit Ma und Grandma. Dad und Grandpa stiegen inzwischen aus, vielleicht um zu helfen.

Ich weiß nicht. Die Sonne fällt in die Grube zwischen zwei Berggipfeln. Ich habe nichts gesehen.

Klein Jim, seine Hand, wie sie seine Augen bedeckt:

Alles, was ich gesehen habe, war die lustige rote Farbe und ein paar Leute, die auf der Straße umherlagen.

(Ein Lastwagen mit indianischen Arbeitern aus einem der umliegenden Pueblos, mit einem der Autos vor uns zusammengestoßen, die Räder drehen sich noch immer in der Luft.)

Die rote Farbe. Das Blut auf der Straße. In einem Song, den der erwachsene Jim texten wird, rinnt dieses Blut durch halb Amerika.

Und ich spürte das Vibrieren der Angst, die in der Luft lag, aber ich sag dir, ich schwör dir, da vibrierte noch etwas ganz anderes.

Indianer, verstreut auf der Dämmerungsstraße blutend / & mein Bewußtsein, eine allzu dünnwandige Eischale.

Indianer, mein Indianer, wofür bist du gestorben?

Antwortet der Indianer: Für nichts, mein Kind, für rein gar nichts, aber das macht nichts.

Genug, sagte M. Ich habe mich hinreißen lassen. Erzählen — ich gebe es zu — ist eine Versuchung. Reproduktion von Bildern, die längst verblaßt sind. (Von Bildern, die man schon fast erfolgreich gelöscht hat.)

Der Fluß dort, das Tor da, die Mauer, die Hecke, der Hund. Deutliche Zeichen, sollte man glauben — nicht deutlich genug? Und die Inschrift in allen verfügbaren Sprachen! Sie können doch lesen? Gehn Sie, bevor es zu spät ist.

Dieser Mahnung und Warnung zum Trotz ging sie *nicht.* Und wahrscheinlich wäre er — ich will aus arbeitshypothetischen Gründen dabei bleiben, ihn M. zu nennen — auch ziemlich enttäuscht gewesen, hätte sie seiner Aufforderung Folge geleistet. — Ich kann Sie nicht zwingen, es ist *Ihre* Entscheidung . . . Ich habe das Gästezimmer von Spinnweben befreit und eins der seit Jahren vorbereiteten Leintücher aus dem Schrank genommen; vielleicht duftet es etwas zu stark nach Lavendel.

In diesem Lavendelduft lag sie und konnte nicht einschlafen. Das Grau des Morgens ist gewichen, und die Sonne steht bereits hoch über dem fernen Horizont, der gezackt erscheint, ob von Bäumen oder von Bergen kann ich nicht erkennen, denn er ist so weit entfernt, daß große und kleine Dinge nicht mehr unterscheidbar sind. Ich bin nicht schläfrig, und da man mich nicht wecken wird, bevor ich selbst erwache, schreibe ich natürlich, bis mich der Schlaf überfällt. Es gibt viele merkwürdige Ereignisse niederzuschreiben.

8. 11.: Den halben Tag auf dem Friedhof. Graffiti entziffert, notiert und fotografiert. Fotografiert auch (soweit wie möglich) die Freaks, die das Grab besuchen. There are things that are known, and things that are unknown, inbetween the doors.

Was sind das für Leute, was motiviert sie, die hierher kommen? Gewiß, manche sind nur neugierig, andere werden vielleicht durch die Musik angelockt. Can't you hear the song, coming out the grave? Ein bis zwei Stunden läuft ein Kassettengerät.

Einige wohl aus Morrisons Generation. Si tu me quittes, est-ce-que je peux venir? Die meisten jedoch viel jünger als ihr Idol jetzt wäre. Oder auch ist. Jim è sempre vivo nei nostri cuori.

Apostelgesichter. Die Frauen am Grabe. Ich fotografiere.

Now the music's over. Aber: Open the doors, Jim is not dead.

Gegen 17 Uhr 30 erscheint in schwarzer Uniform ein Friedhofsflic:

Sie müssen jetzt gehen, Monsieur, sagt er. Dort ist der Ausgang.

Erst am nächsten Tag bemerkte sie, schrieb Petra, die vielen Eidechsen. An ihrem Bett war ein Imbiß gestanden, mit dem sie sich, noch liegend, gestärkt hatte, von M. war vorläufig nichts zu sehen gewesen. Comme il faut. Sie unternahm einen Rundgang. Zwar sei es nichts Außergewöhnliches, daß im Gemäuer einer Burg Eidechsen hausten, aber diese Burg sei die eidechsenreichste, die sie je gesehen habe.

Übrigens sei schon die Aussicht von den Zinnen einen Rundgang bei Tageslicht wert. Sie werde sie aber nicht detailliert beschreiben. Hier, wohlgemerkt also bei Tageslicht, tauchte er (M.), zumindest in Petras Tagebuch, wieder auf. Das beruhigte mich vorerst, allerdings war diese Beruhigung nur eine sehr vorübergehende, relative:

Sie müssen achtgeben, habe er nämlich gesagt, daß Sie nicht abstürzen! An manchen Stellen ist das Geländer schon ziemlich morsch! Bei diesen Worten gab er ihr einen demonstrativen Stoß. Er rettete sie aber, schrieb sie, indem er sie halb von hinten umarmte, halb festhielt.

Was mich betrifft, so versuchte ich, mich an Faktischem festzuhalten.

Evtl. Zwischentitel: STATIONEN EINER KINDHEIT, 2.

Was man so Fakten nennt. Daten. Und örtliche Veränderungen.

In the early months of 1948, Steve Morrison's career took him — and his family — to Los Altos in California, already Jim's fifth home in his barely more than four years.

Dort kam Jim in die Elementarschule, und sein Bruder Andy wurde geboren.

M. sah das umgekehrt: Sein Bruder Andy wurde geboren, und er kam in die Elementarschule.

Der Vater fuhr wieder zur See. Das war Jim nicht so unrecht.

Aber zwischen Clara und mir, so M., wurde es nie mehr so, wie es in Florida gewesen war.

Man muß ihn, schrieb Petra, nur zum Reden bringen.

Die Kunst des Interviews, las ich, besteht in erster Linie im Zuhören.

Im Zuhören*können.* Im Nicht-allzu-viel-Dreinreden.

Er hört sich ja selbst gern sprechen. Er dürfte jahrelang geschwiegen haben.

Der Vater fuhr wieder zur See. D. i. die Liebe der Matrosen.

Die Braut des Soldaten ist das Gewehr. Aber mein Vater war bereits verheiratet.

Mit meiner Mutter. Leider. In meiner Badewanne war ich Kapitän.

Aber Mummy wollte mich nicht einmal mehr einseifen.

Zu meiner von mir unbestellten Schwester gesellte sich ein mir höchst unerwünschter Bruder.

Der saugte mit dumm aufgeblasenen Wangen an der noch immer recht attraktiven Mutterbrust, die mir schnöde verwehrt wurde.

Sogar visuell. Ich durfte sie nicht einmal mehr ansehen.

Wann immer Clara ihre Bluse aufknöpfte, scheuchte man mich aus dem Zimmer.

Seine Schaulust zumindest versuchte er mit Hilfe seiner Schwester ersatzzubefriedigen, indem er die glatte Möse des schlafenden Engelchens freilegte.

Wurde er bei solchen Aufdeckungsversuchen selbst entdeckt, so bekam er wenigstens ein paar trockene Ohrfeigen.

Ganz gegen die Erziehungsprinzipien seiner Eltern, die sich, so las ich, gegenseitig gelobt hatten, ihre Kinder nie in Wut zu schlagen.

Aber das war vielleicht, mutmaßte M., gar kein Akt der Wut, sondern ein heiliger Rest von mütterlicher Zuwendung.

At age seven, Jim was imported again, when Steve's career took him once more to Washington. A year later, in 1952, Steve was sent to Korea to coordinate carrier-based air-attacks, dann starb Harry S. Truman an einer Herzattacke. Steve Morrison kämpfte gegen die Roten: Als Jim zum ersten Mal davon hörte, glaubte er, sein Vater kämpfe gegen die Indianer. Das hätte der zweifellos auch getan, wenn er nicht achtzig bis hundert Jahre zu spät auf die Welt gekommen wäre. Das sah ihm ähnlich. Er sah, nebenbei bemerkt, Gary Cooper nicht unähnlich. Männliche Längsfalten wangenabwärts verlaufend: Morrison senior. Der Held des Westens: Ein Film, an dessen Ende Gary Cooper ganz allein einer riesigen Übermacht von Rothäuten gegenübersteht. Senator McCarthy muß dieser Film zu Tränen gerührt haben.

Morrison senior was at best an infrequent resident in the family's varied households during Jim's early life. Sein Präsident war nun Eisenhower, immerhin ein ehemaliger General, 1942 Oberbefehlshaber der amerikanischen Truppen in Old Europe. Ein anderer General, Mac Arthur, unter dem Steve Morrison schon im Pazifik gedient hatte, soll dafür gewesen sein, auch im Zuge des Korea-Krieges Atombomben einzusetzen, und zwar auf einem kurzen, mit tödlicher Sicherheit kriegsentscheidenden Abstecher nach Rotchina. Ein gründlicher Mann, aber den hatte noch der blutige Zivilist Truman seines Postens enthoben.

Warum ausgerechnet die Militärs die Zivilisten blutig nennen?

Ein typischer Fall, sagte M., von Projektion.

Die immer wiederkehrende Abwesenheit des Vaters, nach der Auffassung von Psychologen, die das erhoben haben, die primäre Ursache für psychische Störungen bei Kindern von Berufssoldaten.

Ich würde eher sagen, so M., es ist die immer wiederkehrende Anwesenheit des Vaters.

Östlich der Sandia-Mountains: Dieser Ausflug hat nichts mit Jim Morrison zu tun. Zwar erzählen die Biographen die Geschichte von einer Schlittenfahrt (mit Brüderlein &

Schwesterlein, die seiner bösen Willkür für eine extreme Downhill-Minute ausgesetzt waren, sei Jim, erheblich größer und schwerer als sie, hinten auf der Rodel drauf, so daß sie nicht abspringen konnten, aus Lust an ihrer Angst mutmaßlich erigierend, auf eine neumexikanische Almhütte zugerast), aber die Story scheint mir überbewertet, noch dazu an den Anfang der Biographie gesetzt, und ich lasse die Sandia-Mountains hinter mir. Wilder Westen, Kakteen, ein mit grünen Flaschenscherben verbarrikadiertes Mini-Fort, Private Property, Keep Away, beißt dich keine Klapperschlange, so fällst du wahrscheinlich in Fallgruben, fängst dich in Fußangeln. Und dann Mádrid, wohlgemerkt mit einem Akzent auf dem a, nicht die Hauptstadt von Spanien also, sondern ein Nest vertrocknender Hippies, südlich von Santa Fé, ich betrete den Saloon, niemand schießt auf mich, aber aus der hinter den Bildern von Billy the Kid und Pat Garret getarnten Stereoanlage treffen mich die Schallwellen der DOORS-Nummer RIDERS ON THE STORM.

Ein Foto, entwendet aus dem Familienalbum:

Jim mit rund zehn, ein angeblich hübscher Bub.

Dunkelhaarig, die Ohren, infolge der solid ausrasierten Frisur, unvorteilhaft weit abstehend.

Zu mollig. Und zwar nicht, wie die Biographen zurückhaltend formulieren, vielleicht, sondern bestimmt.

A handsome if slightly chubby boy, whose intelligence, natural charm, and good manners made him a favorite of teachers and president of his fifth grade class.

Das war 1953. In Claremont, Raum L. A.

Der Liebling der Lehrer also. Klassensprecher.

Seinem schlafenden Bruder, der an Asthma litt, verklebte er allerdings dem Vernehmen nach eines Nachts mit einem Cellophanstreifen den Mund.

Nein, sagte M., daran kann ich mich nicht mehr erinnern.

Auch wenn es mein kleiner Bruder dem großen Jerry Hopkins erzählt hat. Dieser Hopkins war zwar kein übler Journalist und der ROLLING STONE eine Zeitschrift, mit der man sich's zumindest nicht verderben durfte. Aber die meisten von der Presse waren Blutsauger, und wenn ich sage Blutsauger, dann meine ich Blutsauger, da weiß ich, wovon ich rede.

Übrigens sehr aufmerksam von Ihnen, Madam, daß Sie mir etwas mitgebracht haben. Tot sein ist schwierig, wissen Sie, man bekommt in diesem Zustand nur schwer etwas zu trinken. So etwas Gutes bringt mir der Postbote selten. Obwohl es egal ist, wissen Sie, in meiner Verfassung schmeckt man die Unterschiede nur mehr aus der Erinnerung.

Ich las viel, ich war ein guter Schüler, aber ich redete immer, wenn ich nicht gefragt war.

Ich bin an allem über Revolte, Unordnung und Chaos interessiert, besonders jedoch an Aktivitäten, die scheinbar keinen Sinn haben.

Ich treibe die Situation so weit, wie es nur auszuhalten ist: Ich bin einfach neugierig, was geschieht.

Ich glaube, der höchste und der tiefste Punkt sind das wichtigste: Ich nehme mir die Freiheit, alles zu versuchen.

Ich wollte immer schreiben, aber ich stellte mir vor, es würde nicht gut werden, ehe nicht die Hand bloß den Kugelschreiber nahm und wie von selbst schrieb.

Die logische Ausweitung des Ichs ist Gott, die logische Ausweitung des Gedankens, in Amerika zu leben, ist Präsident zu werden.

Der einzige Reiz, die Bühne zu entern, ist m. E. die Absperrung.

Die logische Ausweitung des Gedankens, in Amerika zu leben, ist Präsident zu werden, die logische Ausweitung des Ichs ist Gott (evtl. Insert: INTERVIEWSÄTZE).

Ich möchte die Leute frei haben, nicht in Ketten.

Ich glaube, daß jede Generation, wenn sie sich als Ensemble

von wachen, menschlichen Wesen bestätigen will, mit der Vergangenheit brechen muß, radikal.

Du kommst auf die Bühne und prallst dort mit einem Bündel potentieller Energien zusammen, du weißt nicht, wie die Geschichte ausgeht.

Wir haben unseren Spaß, die Kids haben ihren Spaß, die Cops haben ihren Spaß – das ist eine Art von tragikomischem Triangel.

Doch dann (im Dokumentarfilm) eine Serie von Abläufen zu sehen, von denen ich simpel geglaubt hatte, daß ich sie im Griff habe ...

Dich betrinken ... du hast das unter Kontrolle bis zu einem gewissen Punkt ... jeder Schluck ist eine neue Entscheidung.

Plötzlich begriff ich, daß auch ich nur eine Puppe war, eine Marionette am Faden von Kräften, deren Wirkungsweise ich nur sehr ungefähr verstand.

Es gibt eine Menge von kleinen Entscheidungen: Trinken das ist wie ... die Zeitlupe im Vergleich zum Zeitraffer, d. h. wie die langsame Kapitulation im Verhältnis zum Selbstmord.

Sie hatte ihm, schrieb sie, die Flaschen mitten in den zentralen Hof gestellt. Über das schmiedeeiserne Gitter kletternd, hätte sie allerdings beinahe eine verloren. Das geschah, als sie sich an einer der nicht mehr erwarteten Dornen ein wenig die Haut an der linken Hand ritzte. Aber alles in allem kamen sie und der Wein (der beste, den sie in der Gegend hatte bekommen können) wohlbehalten drüben an.

Als sie die Flaschen neben dem Ziehbrunnen (schätzungsweise 200 Meter bis zum wahrscheinlich am Fuße des Hügels gesammelten Grundwasser) arrangieren wollte, fiel eine um und zerplatzte (die kleine Verletzung an der linken Hand erwies sich nun doch als etwas hinderlich). Zwischen den Pflastersteinen sickerte die trotz Vollmond fast schwarz aussehende Flüssigkeit träg in die Erde, der Geruch des Weins verbreitete sich in der Luft, Petra setzte sich auf einen oberflächlich von allfälligem Getier gereinigten Stein und wartete. Zeit ist in solchen Situationen schwer abzuschätzen, aber es werden wohl fünf bis zehn Minuten vergangen sein, bis er sich entschloß, zu erscheinen. Er ging etwas schwerfällig, wie ein Mann, der gute zwanzig Kilo zu viel hat, aber im Vergleich zu Elvis Presley, sagte er später, ist das gar nichts.

Wer sind Sie? fragte er. Just another lost angel? Hoffentlich nicht! . . . Die hängen mir nämlich zum Hals heraus, müssen Sie wissen . . . Heißen Sie Pamela oder Patricia? Nein? Das beruhigt mich . . . Auf diese Sorte von Engeln ist kein Verlaß.

Wenn Sie wüßten, wie lang ich auf diese beiden gewartet habe . . . Schön, sie haben sich nicht vertragen dort drüben . . . Dort oben, dort unten; alle räumlichen Ortsbezeichnungen sind bekanntlich relativ . . . Hier hätten sie Zeit gehabt, das zu relativieren.

Wenn wenigstens eine von beiden gekommen wäre . . . Ophelia oder Cleopatra, das Seelchen oder der Körper, mir waren beide Erscheinungsformen lieb . . . Die eine ist tot, wie ich höre, die andere lebt noch . . . Das macht keinen Unterschied: Sie haben mich sitzen lassen: Alle zwei.

Und jetzt sind *Sie* da. Ich weiß ehrlich gestanden noch nicht, was ich davon halten soll.

Rimbaud sagt, wir Dichter sollen uns mit Frauen erst gar nicht einlassen, und vielleicht hat er ja recht.

Kann sein, ich hätte mich mit Babe verabreden sollen, aber der muß jetzt auch schon einiges über vierzig sein, nicht wahr?

Dylan Thomas allerdings meint, es lohnt sich so oder so nicht, der einzige Freund des Mannes ist die Flasche.

Wissen Sie, deswegen mag ich den Alkohol: er hat so eine poetische Tradition . . . Sehen Sie, Poe, Brendan Behan, Baudelaire: lauter Alkoholtote . . . Natürlich, ein wenig haben sie alle auch mit anderen Drogen experimentiert . . . Aber der

Alkohol hat so etwas ungekünstelt Einfaches, so etwas unleugbar Volkstümliches, in dieser Hinsicht kann er durch nichts ersetzt werden.

Denn was sonst noch verbindet heutigen Tags (auch schon gestrigen Tags war es, liest man, nicht anders) uns Autoren mit dem Volk? . . . Ich hab's versucht, liebe Lady, diese Verbindung wieder herzustellen, hab's ehrlich versucht . . . Die Rockmusik, hab ich gedacht, ist die goldene Brücke . . . Eine Brücke, auf der wir alle zusammen tanzen können, wie die Leute in jenem Lied auf dem Pont d'Avignon, nur etwas weniger naiv.

Was wollt ihr, hab ich gefragt, weshalb seid ihr gekommen? . . . Um ein Konzert mit mehr oder minder guter Musik zu hören, um eine mehr oder minder gelungene Show zu sehen, oder erwartet ihr euch etwas anderes? . . . Ich habe mir großartige, massenhafte, goldene Kopulationen vorgestellt . . . Aber der mit unzureichenden Mitteln in Gang gesetzte alchimistische Prozeß ist schiefgelaufen, und das Gold hat sich in Scheiße verwandelt.

Sie müssen mir übrigens verzeihen, wenn ich an diesen von Ihnen mitgebrachten, mich fast zu Tränen rührenden Qualitätsweinen nur schnuppere. Aber ich brauche, so leid es mir tut, inzwischen was anderes. Wenn Sie allerdings einen Schluck davon trinken wollten, wäre es mir eine besondere Freude. Wie, sagen Sie, heißt die Zeitung, für die Sie schreiben?

Diese Worte, schrieb Petra, fielen in der Bibliothek. Ich freue mich, daß Sie die Bibliothek gefunden haben, denn ich bin sicher, hier sind viele Bücher, die Sie interessieren werden. Nehmen Sie irgendein Buch, sagte M., und schlagen Sie es auf. Ich sehe nicht hin, Sie lesen mir einen Satz vor, und ich sage Ihnen, woher er stammt.

Ja, sagte Petra, ich weiß, damit haben Sie schon in Ihren Collegejahren angegeben. Vermutlich war Ihre Bibliothek damals noch etwas überschaubarer, aber im Prinzip ist auch dieses bildungsbürgerliche Imponiergehabe nichts Neues. So, sagte M., er war merklich verstimmt, woher wollen Sie das wissen? Ganz einfach, sagte / schrieb Petra, ich hab es gelesen.

Natürlich. Ganz einfach. Ich hatte es exzerpiert.

Was haben Sie sonst gelesen? fragte M. nach einer Pause.

Aus Ihrer Zeit am St. Petersburg-College?

Zum Beispiel.

Nur in ein großes, schwarzes Cape gehüllt, begrüßte Jim die Kinder, die am Halloweenabend ihren Umzug machten, lud sie auf Süßigkeiten ins Haus ein und klappte dann seinen Mantel auseinander.

Warum tun Sie das? fragte sie.

No comment, sagte er. Warum tun *Sie* das, was *Sie* tun?

Sie verstand ihn nicht gleich.

Reden wir nicht über Exhibitionismus, sagte er, reden wir über Voyeurismus.

Ich bin Journalistin, sagte sie, Fotografin!

Na eben. Vampirzahnlos lachte er. Eine extrem voyeuristische Beschäftigung.

Schon komisch. (Sein Lachen war selten, aber jetzt konnte er kaum damit aufhören.) Wie wir einander hier gegenübersitzen: eine extrem komische Konstellation. Der Exhibitionist und die Voyeurin, die angeblich noch Lebende und der angeblich schon Tote. Ich würde Sie übrigens furchtbar gerne ficken, aber ich glaube, das geht nicht.

Davon war im Brief Nr. 4 allerdings noch nicht die Rede.

Petras Verhältnis zu M. beschränkte sich zu diesem Zeitpunkt noch simpel darauf, daß sie ihn suchte.

Natürlich, daß sie gerade an diesen Ort gefahren sei, um ihn zu suchen, das dementierte ihr Bewußtsein.

Doch das Bewußtsein ist bekanntlich *eine* Abteilung und das Unbewußte eine ganz andere.

Sie wollte woanders hin (vielleicht nirgendwohin).

Von dort, wo sie gewesen war, hatte sie wieder einmal genug gehabt.

Hiermit erhebt sich die Frage: Wo *war* sie gewesen?

Seit ihrer Abreise nach Amerika hatte sie nichts mehr von sich hören lassen.

Was ich (von Dritten) gehört hatte, waren Gerüchte:

Sie sei entweder verheiratet gewesen oder sonst irgendwie interniert.

Sie habe als Model gearbeitet (in einer Peep-Show).

In Los Angeles sei sie aufs Dach eines Hotels gestiegen und habe angekündigt, eine Runde zu fliegen.

Das alles (und mutmaßlich mehr) wollte sie jedenfalls hinter sich lassen.

Das Wetter, die Beziehungen, den Job, die politischen Verhältnisse.

Eskapismus, so Morgenrot.

Sicher, was sonst?

Fantasy (Morgenrot).

Nein, so ich: Realismus.

Sie hatte ihn nicht gesucht, aber sie hatte ihn gefunden.

Er war ihr über den Weg gelaufen, sie hatte seinen Weg gekreuzt, so etwas nennt man Schicksal.

Ein reaktionärer Begriff, sagte Morgenrot.

Schicksalstragödien, sagte M., haben mir immer imponiert.

Allen voran Ödipus. Sehen Sie, das ist die erste (und vielleicht beste) Kriminalstory.

Da geht einer weg von dem Ort, an dem er sich jahrelang daheim gefühlt hat, aber dadurch gerät er erst recht nach Hause, das heißt seinem Schicksal in die Hände.

Na schön, das weiß man, das hat man im Kopf behalten.

Aber haben Sie sich schon einmal überlegt, was es heißt, daß dieser Ödipus dann eine Fahndung einleitet, und diese

Fahndung ist doch nicht mehr und nicht weniger als eine Fahndung gegen ihn selbst?!

Sie sagen, er weiß es nicht. — Weiß er es wirklich nicht?

Das könnte ein Stoff für ein Lustspiel sein, habe ich recht?

Tatsächlich ist es der Stoff für ein Trauerspiel!

Genau dieser Zwischenbereich jedoch ist es, in dem sich das menschliche Leben abspielt . . .

Wow! sagte Petra. Wie sind Sie bloß so ein Philosoph geworden?

Gut, sagte M. Ich kann mich auch wieder in Schweigen hüllen.

Tun Sie das nicht, sagte Petra. Ihre Ausführungen sind hochinteressant.

Glauben Sie ja nicht, so M., Sie können mich verarschen.

Sie schwang sich auf ihre Honda und fuhr sich davon.

Aber vielleicht (ja wahrscheinlich) hatte sie ihre Maschine längst nicht mehr (wir erinnern uns an das auf Seite 45 erwähnte Fahrrad).

Egal, welches Verkehrsmittel sie benutzte, unterwegs fiel ihr, schrieb sie, die Fahrt nach Paris ein, obwohl sie eine ganz andere Strecke fuhr.

Genauer: Die Fahrt aus Paris zurück: und zwar in Form eines für den Bruchteil einer Sekunde aufblitzenden Déjà-vu-Erlebnisses.

Auf eine nähere Erläuterung dieses Erlebnisses wollte sie sich nicht einlassen.

(Sie dürfen alle Räume im Schloß betreten, ausgenommen jene, deren Türen abgeschlossen sind und die sie natürlich auch nicht betreten wollen.)

Vielleicht auch konnte sie nicht. Wußte sie im nachhinein nicht mehr zu sagen und schreiben, was sie geglaubt hatte, erlebt zu haben.

(Es gibt Gründe, daß die Dinge so geregelt sind, und würden

Sie mit meinen Augen sehen und das wissen, was ich weiß, dann —).

Würden Sie alles besser verstehen. Nur das wußte sie: daß sie etwas empfunden hatte, wie eine Verdoppelung.

Easy Rider. Auch ein Film, der sie schwer beeindruckt hatte. Das vorweggenommene Aufflammen des Motorrads.

War aber keine Honda, sondern eine Harley-Davidson. Wasser löscht Feuer. Wir waren, wie gesagt, über Filme redend in der Badewanne gesessen.

Feuer brennt Wasser nicht. Come on baby, light my fire again. Sie war mir davongefahren, sie war sich vielleicht sogar selbst davongefahren, wo war sie.

Süden, Osten, Westen — würde es helfen, zu wissen, in welche Richtung sie gefahren war?

Nach Norden wahrscheinlich nicht, aber vielleicht ist just das Tarnung.

Paul! Du sollst mir auf keinen Fall nachspionieren!

Ist so ein Satz nicht ein halber Appell, genau das zu tun?

Der Ort: an drei Seiten von Mauern umgeben: ein Ort mit einem Park.

Der Text eines Fotobandes, der mir später in die Hände geraten ist, nennt diesen (oder einen ähnlichen) Park einen Englischen Garten.

Zwei Ebenen, eine untere und eine obere, durch eine Treppe getrennt und verbunden, am Fuß der Treppe ein Januskopf, mutmaßlich Sandstein.

Eine Nase des Januskopfs soll abgeschlagen sein, fragt sich nur welche, im Fotoband ist es die der oberen, in Petras Briefen die der unteren Ebene zugewandte.

11. 11.: Erhebliches Fieber.

Bin anscheinend doch zu früh ausgegangen. Nun hält mich die Pariser Grippe eingesperrt.

Diesmal tatsächlich im Zimmer. Schlimmer: im Bett.

Der Einsatz hängt durch. Die Federn quietschen bei jeder

meiner Bewegungen. Ich weiß nicht mehr, wie ich liegen soll.

Versuche die Sprüche in Ordnung zu bringen, die ich an Morrisons Grab notiert habe.

Aber das ist nicht so einfach (Chaos im Kopf).

(Tosendes Chaos.) Ist es möglich, daß sie unten im Gastzimmer DOORS-Platten spielen?

Wenn ich gezielt hinhöre, ändern sie das Programm und spielen schwerblütige Chöre.

Das Lavoir, das Bidet: wie der Rost hervordringt.

Wanzenfarben. So frißt er sich durch. Unter dem Email hervor.

Tout jeu contient l'idée de mort. Ist das wahr?

Ho inscenato la mia morte per tornare di nuovo.

Jim, you are stoned — don't you realize that you are dead?

Beware of the dirty old sodomites all around here!

Hi Jim, I am coming. Well, see you soon Jim (Sandy).

Motherfuckers of all countries, unite!

Wie sind Sie hierher geraten?

Sie werden lachen, ich weiß es nicht.

Machen Sie keinen Witz.

Nein, er mache keine Witze.

Wenn die Musik vorbei ist, löschen sie vorerst für eine Weile das Licht aus.

Oder es gibt einen Kurzschluß. Dann sieht man gar nichts.

Und was hört man?

Getöse im Kopf. Erinnerungsgeräusche.

Das Schlagen der Brandung gegen die Blechwand der Wanne.

Rauschen des Bluts in den Ohren. (Die Erinnerung der Muschelschale ans Meer.)

Chöre: Etwas zwischen Matthäuspassion und Atomheartmother.

Und dann geht das Licht wieder an. Doch es ist ein Zwielicht.

Da ist eine Paßhöhe, auf der du unversehens stehst. Schwarze Vögel fliegen.

Schwarze Vögel fliegen und schreien. Aber wenn du die Augen zumachst, siehst du ihr Gegenbild.

Weiße Vögel. Doch vielleicht hast du die Augen die ganze Zeit über zu gehabt und jetzt werden sie dir geöffnet.

Links ein Berg, rechts ein Berg, der eine ein sanft geschwungener Sinus, der andere ein böse abgeplatteter Vulkankegel.

Du bist vom Himmel gefallen, wie ein Fallschirmspringer, die Schatten der Vögel fallen wie Schatten von Drachen.

Flugsaurier (Pterosauria), ausgestorben in der Kreidezeit, Formate von etwa Sperlingsgröße bis zu 7 oder 8 Meter Flügelspannweite.

Und *das* soll ich glauben? so Petra.

Es war, sagte M., immerhin das Angebot einer Geschichte.

Haben Sie keine andere?

Vorläufig nicht.

Sie sind die erste Person, die hier bei mir aufgetaucht ist, seit ich untergetaucht bin.

Ich meine, die erste Person aus der Welt, die ich hinter mir gelassen habe, über mir, unter mir.

Über mir, wie den grünschwankenden Wasserspiegel der Badewanne in der Rue Beautreillis, unter mir wie das ganze Paris mit seinem verdammten Friedhof Père-Lachaise.

Wenn Sie wüßten, wie groß in all den Jahren manchmal meine Sehnsucht war, mit jemandem aus der Welt, die ich hinter mir gelassen habe, über mir, unter mir, alles egal, zu reden.

Wenn Sie wüßten, wie groß meine Sehnsucht war, in diese Welt (jene Welt), Ihre Welt (meine Welt), zurückzukehren.

Eine Welt, in die ich, wie Sie sich, da Sie mir hier gegenübersitzen, da ich Ihnen hier gegenüberstehe, zweifellos vorstellen können, nicht zurückkehren *kann.*

Also ist es besser, sie zu vergessen. Also führen Sie mich nicht in Versuchung. Also lassen Sie mich in Frieden ruhen.

Warum sind Sie übrigens ausgerechnet jetzt gekommen?

Warum nicht früher? Warum nicht später? Warum gerade in diesem Augenblick?

Hat das große Erdbeben endlich stattgefunden? Ist die erste Bombe des letzten Weltkrieges gefallen?

Man weckt doch nicht mirnichts dirnichts einen Toten!

Die Posaunen des Jüngsten Gerichts? Trara?

Er legte, schrieb Petra, die Hand ans Ohr, lauschte: Ich hör nichts!

Nein, sagte sie. Soviel ihr erinnerlich sei, stehe der Rest der Welt noch immer.

Übrigens dürfe sie ihn darauf aufmerksam machen, daß ja *er* ihr erschienen sei, und nicht etwa *sie* ihm, daß also *er* sich *ihr* gezeigt habe oder wie er das nennen wolle, sie habe sich nicht aufgedrängt.

Das ist etwas anderes, sagte er, das war inkognito, ich wollte

Ihre Aufmerksamkeit nicht auf meine ehemalige Person lenken.

Von Zeit zu Zeit zeige ich mich. Aber ganz anonym.

Getrieben von einem Bedürfnis, das ich noch immer nicht ganz abgebaut habe.

Der Tod ist zuallererst eine Entzugserscheinung.

Natürlich stand das noch nicht im Brief Nr. 5.

Dieser Brief ließ (wie einige vor und nach ihm) überhaupt auf sich warten.

Lang genug, daß ich hätte auskneifen können.

Noch. Was gingen mich Petras Hirngespinste an? Die Hirngespinste einer Frau, die ich vor beinahe 20 Jahren zum letzten Mal gesehen hatte?

Sicher, sie hatte mich damals ziemlich gereizt.

Und ihre Briefe hatten einiges an Erinnerungen und Sehnsüchten reaktiviert.

Auch hatte sie den Verlauf meines Beziehungslebens nicht unerheblich beeinflußt.

Aber das war es ja eben. Der wie immer geartete Umgang mit ihr führte erfahrungsgemäß zu Disturbationen.

Sie suchte einen Exhibitionisten, den sie für Jim Morrison hielt? — Sie würde ihn nicht finden.

Oder sie würde ihn finden und draufkommen, daß es sich um einen ganz gewöhnlichen Kinderschreck handelte.

Warum sie dabei so geheimnisvoll tat? Was ging's *mich* an?

Bedauerlich, wenn sie inzwischen total übergeschnappt war, aber ein bißchen verrückt war sie zweifellos auch schon früher gewesen.

Glaubst du, er ist davongekommen?

Der schon.

Über die Paßhöhe ist er gegangen, über die Grenze.

Die grüne Grenze. Die weiße Grenze. Die Schneegrenze.

Die anderen zwei hatten aufgegeben. Er nicht.

Der Ausbrecher nämlich. Der Stille, Blasse. Der Filmfreak.

Auch der hatte ihr imponiert. Auch für den hatte sie sich noch lang interessiert. Auch der so ein Grenzgänger.

Ganz im Unterschied zu mir. Aus der ernüchternden Distanz der Jahre stellte ich mir die Frage, warum sie sich überhaupt mit mir abgegeben hatte.

Der Ausbrecher war wahrscheinlich erfroren, aber das hatte ich ihr damals nicht sagen wollen.

Nein, sagte Petra. Das nehme ich Ihnen nicht ab. Mir machen Sie nichts vor.

Ich mache Ihnen nichts vor, sagte er. Ich sage Ihnen nur, wie es ist. Ich war selten so realistisch.

Es ist nicht leicht, ein neues Leben zu beginnen, und sei es ein Leben nach dem Ableben.

Man hat eine andere Vorstellung davon. Man glaubt, ohne weiteres mit dem alten abschließen zu können. Aber das ist ein Irrtum.

Zumindest im Fall von gewissen Obsessionen.

Stimmt schon, er habe sich nicht mehr wohl gefühlt in seiner Lizardking-Haut, da war eine Häutung fällig.

Aber einfach hierher zu kommen, dieses Refugium zu finden, einiges, das ihm an Kapital geblieben sei, hierher zu transportieren, sich an diesem jenseitigem Ort einzurichten, damit war es nicht getan.

Die Droge, an die er sich am meisten gewöhnt habe, sei die Öffentlichkeit gewesen.

Du trittst auf die Bühne, du zeigst dich, sie sind auf dich geil.

Sie rufen deinen Namen. Sie wollen dich berühren. Du könntest mit ein paar 100 oder 1000 pro Abend schlafen.

Ja, manchmal gehen sie dir auf die Nerven, und du möchtest dich umdrehen und ihnen wie ein Pavian deinen Arsch zeigen.

Aber sie würden auch das mögen. Und daß sie auch das

mögen, würdest du auch mögen. Die Erregung ist eine wechselseitige.

Stimmt schon, er habe davon loskommen wollen. Es sei ja im Prinzip ebenso ordinär wie lächerlich.

Nicht zuletzt deswegen sei er ja nach Paris gegangen.

Müsse sich einer wie er so simpel zur Schau stellen?

Hab ich das notwendig? habe er sich gefragt. Habe ich nicht andere Talente? Man hat doch viel sublimere Möglichkeiten als Schriftsteller.

Er hätte es besser wissen müssen. Er als Experte.

Es ging mit der Droge Öffentlichkeit wie mit anderen Drogen.

Du kommst nicht so ohne weiteres runter davon.

Wenn du zu plötzlich absetzt, fällst du in Depressionen.

Ja, *fällst* du, das ist schon das richtige Wort dafür.

Du fällst und du fällst. Da kann es schon sein, daß du verdammt tief unten landest.

Zum Teufel, sagte er, andere Gespenster erscheinen mit dem Kopf unter dem Arm!

Was soll ich denn tun, wenn mich die Sucht übermannt?

Natürlich bedaure sie, schrieb Petra, daß sie kein Mikrophon dabei habe.

Aber wahrscheinlich würde er, wenn sie ihm ein Mikrophon unter die Nase hielte, ohnehin kein Wort reden.

Sei er doch so schon recht leicht aus der Stimmung zu bringen.

Was sehen Sie mich so an? frage er manchmal. Oder: Was sagen Sie nichts? Oder: Warum unterbrechen Sie mich gerade jetzt?

Ganz abgesehen davon, daß, was er ihr hier gewähre, selbstverständlich *kein Interview* sei.

Manchmal tue er so, als ob er ihre Anwesenheit neben sich

vergessen habe / gar nicht wahrnehme, oder rede statt mit ihr mit sich selbst wie mit jemandem anderem.

Besonders häufig komme das vor, wenn er sie, in den von ihm bevorzugten Abendstunden, die weitläufigen Spiralwege seines Refugiums auf und ab führe.

Aber dann höre er oft mitten im Satz zu reden auf, sei es, weil er den Faden verlöre, sei es aus dem Verdacht heraus, schon zu viel von sich preisgegeben zu haben — Sie sind ja immer noch da, sage er dann zum Beispiel, und das scheine ihn gleichzeitig zu ärgern, zu freuen und zu wundern.

Sie schreibe alles, schrieb Petra, so gut es ginge aus dem Gedächtnis auf.

Ich brauche nicht zu glauben, daß sie bewußt etwas weglasse oder hinzufüge.

Sie schreibe im übrigen mit nüchternem Kopf.

Ihre Abende mit M. zögen sich meistens bis an die Stunde der Morgendämmerung hin, aber die Vormittage, an denen sie selten etwas von ihm zu sehen oder zu hören bekäme, seien lang genug, daß sie sowohl ausschlafen als auch ihre Aufzeichnungen fortführen könne, die sie mir vorsichtshalber zukommen lasse.

Dieses »vorsichtshalber« irritierte mich etwas.

Aber wahrscheinlich, dachte ich, war es nur Bluff.

Vielleicht wollte sie mich hineinlegen. Vielleicht war das alles (wir hatten Mai oder Juni) nur ein verspäteter Aprilscherz.

Dafür trieb sie allerdings einen erstaunlichen Aufwand.

Selbst wenn sie nur auf Umwegen zum Ziel gelange, so Petra, sei sie entschlossen, es im Auge zu behalten.

Was war geschehen?

Er hatte Paris verlassen, soviel stand fest.

Er floh aus der Stadt. Er ging nach Süden über die Grenze.

Das Chaos, sagte er, ließ er hinter sich. Er schaute sich nicht mehr über die Schulter.

Und eines Morgens erwachte er in einem grünen Hotel.

Nein, sagte Petra.

Doch, sagte M. Kann allerdings sein, daß dieses Hotel nicht ausgesprochen grün, sondern eher blau war.

Hören Sie auf, sagte Petra.

Warum? Ich hab doch gerade erst angefangen.

Sie wollten doch, daß ich erzähle. Also werden Sie nun, da ich mich doch noch dazu habe überreden lassen, gefälligst an meinen Lippen hängen und zuhören.

Na schön, sagte Petra. Da lag also eine befremdliche Kreatur neben Ihnen.

Ja, sagte M. Woher wissen Sie das? Mit einer Haut, die von Schweiß schimmerte.

Seid Ihr alle da? Ja!

Petra schüttelte den Kopf.

Wach auf, verdammt noch einmal. Du kannst dich nicht erinnern, wo es war.

Ist dieser Traum nie vorbei? Die Schlange war von fahlem Gold. Glasiert und geschrumpft.

Wir hatten Angst (oder hatten wir Lust?), sie zu berühren.

Die Leintücher waren heiße, tote Gefängnisse.

Diese Metapher, so Petra, ist nicht überzeugend.

Shut up! sagte M. Auf jetzt und renn vor den Spiegel im Badezimmer, schau!

Ich kann doch nicht jede Schlangenbewegung dieses Zeitlupenjahrhunderts durchstehen!

Ich laß meine Wange die kühlen, glatten Kacheln hinabgleiten, fühle das gute, kalte Blut, meine Seele, die wehtut.

Und draußen, auch draußen, die Schlangen, kalt zischelnd, der Regen . . .

Hör bitte auf!

Warum denn? Jetzt wird es erst spannend.

Ich weiß, sagte Petra. Nun folgt das kleine Spiel, das du so gern gespielt hast, der kriechende Rückzug ins Kleinhirn, ins Zwischenhirn, ins Stammhirn, aber das kenn ich.

Und ist es Wahnsinn, so M., hat es doch Methode.

Auch *wenn* oder gerade *weil* ich es auf rund 250 Trips vorweggenommen habe, ist das ein nicht unwesentlicher Teil der Wahrheit.

(Die Wahrheit über Jim Morrison. Was *nachher* geschah.)

Übrigens, glaub mir, nimmt jeder in solchen Momenten die Selbsterkenntnis seiner spezifischen Wahrheit vorweg.

Ob er nun Trips wirft oder nicht. Radio Fantasy sendet sie regelmäßig. Was diese Welle betrifft, so ist jeder gleichzeitig Sender und Empfänger.

Man kann allerdings den Lautstärkeknopf so weit zurückdrehen, daß man fast gar nichts mehr wahrnimmt.

Apropos Lautstärke. M. hatte natürlich nicht nur eine imposante Bibliothek, sondern auch eine reichhaltige Plattensammlung.

Die Gewölbe seines Refugiums seien weitläufig, was, verbunden mit der entsprechenden Power einer gewaltigen Stereoanlage, einen unerhörten Sound gäbe.

Palestrina klang dort phänomenal. Desgleichen Penderecki.

Und natürlich Deep Purple. Desgleichen Uriah Heep. Selbstverständlich King Crimson.

Der Herr des Hauses hörte am liebsten Blues-Nummern.

Von John Lee Hooker und Muddy Waters besonders.

Was Jazz betraf, schätzte er Mose Allison und Thelonious Monk.

Und Ellington! Seit er in dieser Burg hause, sei ihm, so scherzte er, der Duke zum speziellen Freund geworden.

Das alles, sagte er, steht Ihnen zur Verfügung.

Er habe zwar keine Ahnung, was sie sich von einem längeren Aufenthalt hier bei ihm verspreche, aber sie solle sich, wenn sie sich durchaus nicht entschließen könne, ihn wieder sich selbst zu überlassen, wenigstens nicht langweilen.

Er selbst sei den Umgang mit Menschen nicht mehr gewohnt, weswegen sie für den größeren Teil des Tages auf seine Gesellschaft verzichten müsse.

Vielen Dank, sagte Petra. Sie brauchte Tage, wenn nicht Wochen, um den Schallplattenkeller systematisch zu durchsuchen. Dort gab es alles, nur keine DOORS-Platten.

Was gab es noch und was gab es nicht an jenem Ort, wenn ich Petra glauben wollte?

Einen Hund (Cerberus), der, in einen, wenn auch geräumigen Käfig gesperrt, bei Annäherung unerwünschter Besucher (also so gut wie aller) bellen sollte (bei ihrer Annäherung hatte er das *nicht* getan).

Groß war er, schwarz, fast vollkommen haarlos und dementsprechend häßlich.

Petra fütterte ihn manchmal, weil er ihr leid tat.

Des weiteren gab es Käuze, Fledermäuse und noch einige Nachttiere.

Es dürfte allerdings nicht zutreffen, daß M. erst in der Dämmerung auftauchte.

Zwar scheint ihm die sinkende Sonne lieber gewesen zu sein als die aufsteigende.

Aber ein Frühaufsteher war er dem Vernehmen nach schon ehedem nicht gewesen.

Ob es Spiegel gab, weiß ich nicht, Petra hat nichts davon geschrieben.

Sie war jedoch, obwohl ich sie als gutaussehend in Erinnerung hatte, keine eitle Person, also hat das nichts weiter zu bedeuten.

Was es allem Anschein nach nicht gab, war eine Zentralheizung.

Auch wenn die Tage heiß waren, waren die Nächte kalt. M. liebte es, das Feuer im Kamin zu schüren.

Aus der Vogelperspektive, schrieb Petra, wirkt sein Versteck wie ein mit der Öffnung nach oben liegendes Schnekkenhaus.

Frage: Wann und wie will sie die Anlage aus der Vogelperspektive gesehen haben?

Aus der Entfernung scheint das Kastell nicht so groß, doch wenn man einmal drin ist, kann man ohne weiteres eine gewisse Zeit dort zubringen.

Eine *gewisse* Zeit. Was immer das quantitativ oder auch qualitativ bedeuten mag. Sie fühle sich, schrieb sie, aber nicht als Gefangene.

M. wisse natürlich nicht so recht, was er von ihr halten solle.

Manchmal habe sie durchaus den Eindruck, daß ihm ihre Anwesenheit angenehm sei, dann wieder packe ihn offenbar irgendein absurdes Mißtrauen.

Wer schickt Sie, wer finanziert Sie, wer steht hinter Ihnen?

Gehen Sie bleib, sage er manchmal auch ohne Worte, in einem Atemzug.

Haben Sie sich nicht gewundert, mich hier zu finden?

Die meisten haben mich ganz woanders vermutet.

Ja, sagte Petra, ich weiß, in Marokko zum Beispiel.

Wo sie noch einige Wochen vor Ihrem starken Abgang mit Pamela waren.

Oder in Mexiko. Wegen des Filmprojekts mit Larry Markus.

(Story eines Filmdramaturgen aus L. A., der eines Tages Frau, Kinder und Job hinter sich läßt, um sich zwischen Hochland und Dschungel selbst abhanden zu kommen.)

Oder auf irgendeiner griechischen Insel.

Wer bin ich denn? fragte M. Doch nicht Leonard Cohen!

Es gibt auch Geschichten, in denen er am hellichten Tag mitten in Frisco oder L. A. auftaucht.

Der Informant (oder die Informantin) hat ihn zweifelsfrei erkannt.

Aber als er (sie) den vermeintlichen Morrison anspricht, hey Jim oder entschuldigen Sie, Mr. Morrison, da gibt dieser natürlich keine Antwort.

Sondern geht weiter, womöglich beschleunigten Schritts, bis ihn die Gewährsperson irgendwo im Menschengetümmel vom Fisherman's Wharf oder Olvera Street aus den Augen verliert.

Oder er erscheint in stockdunkler Nacht in irgendeiner gottverlassenen Rundfunkstation im mittleren Westen.

Nur um mit einer der seinen täuschend ähnlichen Stimme einen der alten Songs zu singen.

Respektive ein Interview zu geben, das alles erklärt.

Aber leider ist das Tonbandgerät, das all das dokumentieren sollte, auf Wiedergabe statt auf Aufnahme gestanden, der Techniker muß um diese späte Stunde schon sehr müde gewesen sein, und bevor man den mutmaßlichen Morrison noch ersuchen kann, freundlicherweise zu wiederholen, was er gesungen oder gesagt hat, ist er bereits wieder in der Nacht, aus der er gekommen ist, verschwunden.

Was mich betrifft, lieber Morgenrot, könnte ich mir jetzt, da ich hier bin, auch eine Rückkehr Jim Morrisons nach New Mexico vorstellen.

Tot oder lebendig. Er hat die vielleicht prägendsten Jahre seiner Kindheit hier verbracht, und es gibt viel, was ihn mit diesem rostroten, sandgelben, türkisblauen Indianerland verbindet.

Ich wohne noch immer (schon wieder) im AMFAC-Hotel, nach meinem Wochenendausflug (Santa Fé, Taos, Los Alamos) habe ich nun noch bis inkl. Dienstag (nachmittags Lesung an der hiesigen Universität) Zeit, die ich mir schreibend vertreibe.

Du wirst Dich wahrscheinlich fragen, warum ich Dir immer die gleiche Kunstkarte aus dem New Yorker MUSEUM OF MODERN ART schicke, aber ich werde Dir nicht antworten.

Zum zweiten Mal Albuquerque (Zwischentitel: STATIONEN EINER KINDHEIT, 3).

Morrison sen., the Executive Officer and number two man at what was called the Naval Air Special Weapons Facility.

Die Morrisons zurückkehrend aus Kalifornien. Old Morrison wieder empfangen am Flughafen von Kirtland.

Militärisch. Man salutiert. Ich höre das Ausstoßen unartikulierter Befehlsschreie.

Diese hampelmannhafte Art der Bewegung.

Dieses Einanderanbrüllen ohne ersichtlichen Grund.

Die militärischen Umgangsformen (so M.) sind mir, gerade weil ich von Kind an immer wieder damit in Berührung gekommen bin, bis ins Erwachsenenalter lächerlich erschienen.

Und beängstigend. Seine Alpträume von Exekutionskommandos. Er selbst in der Hauptrolle.

Manzarek brüllt die Befehle, Krieger legt die Gitarre an, Densmore zerbricht den Trommelschlegel an der Schlagzeugkante.

Morrison klappt in der Mitte zusammen und tut seinen letzten Seufzer auf dem Bühnenboden.

Singt aber bald darauf weiter. Utopie oder Zynismus?

It's all over. The war is over. 1955 war der Koreakrieg kurz vorbei, vom Vietnamkrieg ahnten die meisten noch gar nichts, aber nach der Schlacht von Dien Bien Phu sieht man ihn, retrospektiv, schon am Zeithorizont aufsteigen.

(Historische Ereignisse). Clara, Jims immer weniger mädchenhafte Mutter, arbeitete, lese ich, 1955—57 als Halbtagssekretärin.

Sie mußte zum Augenarzt und sah Jim fortan nur mehr durch die Fernbrille.

Der wurde schwierig, wollte keine Klavierstunden mehr ertragen, hatte kein Interesse mehr am Ehrenamt des Klassensprechers.

Mit einem Brummen statt eines Grußes durchquerte er die Stätten familiärer Geselligkeit und zog sich, das kann ich mir vorstellen, in seine pubertäre Höhle zurück.

Er las viel, er sprach wenig, er stach seine Schwester, wenn er sie erwischte, mit Zahnstochern und anderen spitzen Gegenständen.

Aber (so M.) ich erwischte sie ziemlich selten.

Aus möglicherweise kompensatorischen Gründen begann er, Gedichte zu schreiben.

M. wollte sich dieses Frühwerks nicht mehr erinnern.

Hingegen fiel ihm nun etwas ganz anderes ein:

Anläßlich einer Wochenendfahrt nach Los Alamos seien sie (seine Eltern, seine Geschwister und er) wieder an jener Unfallstelle vorbeigekommen.

Deadline. Cochiti Pueblo. Du erinnerst dich. Du weißt schon.

Sie müssen dort öfter vorbeigekommen sein. Wahrscheinlich sind sie die Strecke nach Santa Fé ja recht häufig gefahren. Aber dieses eine Mal sei ihm das bis dahin ins Dunkel des Vergessens abgedrängte Schockerlebnis plötzlich blitzlichtartig erleuchtet wieder vor der inneren Kameralinse erschienen.

Da habe er exponiert. Und den Film entwickelt.

Die Dunkelkammer der Seele: Ein Petra-Vergleich.

Sie seien, wie gesagt, auf dem Weg nach Los Alamos gewesen, Morrison sen. habe dort mit Frau und Kindern irgendeinen wissenschaftlichen Eierkopf besucht, weil das seiner Karriere nicht schaden konnte.

Die Örtlichkeit, lange Zeit unzugänglich, ist eine richtige kleine amerikanische Stadt geworden (16.000 Einwohner, davon 4.000 Angestellte des wissenschaftlichen Laboratoriums, immerhin 600 tragen den Doktortitel).

Der Explosionsstoff der ersten Bombe kam aus der Anlage für Isotopenspaltung in Oak Ridge, Tennessee, aber die

Bombe selbst wurde in Los Alamos, New Mexico, zusammengesetzt.

Ich zog mich mit einem der Eierkopfsöhne zurück, der hatte einen Chemiebaukasten.

Der Grund, warum die Kommission für das Projekt ausgerechnet diesen idyllischen Ort ausgesucht hatte, war das Vorhandensein eines Pfadfindercamps.

Ich drehte den Bunsenbrenner, der mir von allem am meisten imponierte, so stark auf, daß die Vorhänge im Zimmer des Eierkopfjunior Feuer fingen.

Dann kamen die Väter mit Feuerlöschern und löschten.

Zu meinem Bedauern. Mir hatten die Flammen gefallen.

Mein Alter, das Aas, drehte durch und vergriff sich an mir.

Warum hast du das getan, Jimmy? Meine kurzsichtige Mutter versuchte mir gut zuzureden. Kein Kommentar.

Das war bereits auf dem Heimweg. Den nahmen wir durch die Jemez Mountains.

Rot ist eine schöne Farbe. Wieder in der Ebene passierten wir einige Pueblos.

Was sagst du nichts, Jimmy? Verdammt noch einmal, bist du stumm?

Der Indianer in mir hätte gern Kontakt mit seinen roten Brüdern aufgenommen, aber wie sollte er das anfangen?

Damals erwachte auch Jims Interesse am Film.

Im Kino sei er natürlich seit seinem 5. oder 6. Lebensjahr gewesen, aber in dieser Phase der Absonderung bekamen seine Kinobesuche eine andere Qualität.

Er suchte bewußt das Dunkel der Lichtspieltheater.

Es war überhaupt nicht so wichtig, *was* er sah, aber die Situation, in der er sich, kaum hatte er einen Kinosaal betreten, kaum hatte er einen Platz in einer sonst möglichst unbesetzten Reihe gefunden, vorfand, war eine in gewisser Hinsicht magische.

Das Kino hat seinen Ursprung nicht in der Malerei, nicht

in der Literatur, nicht in der Skulptur oder im Theater, sondern in uralter, volkstümlicher Zauberei. Es ist der zeitgemäße Ausdruck einer sich immer aufs neue abspulenden Geschichte von Schatten, einer Freude an beweglichen Bildern, eines Magieglaubens. Es vermittelt sich von alters her über Priestertum und Hexerei, über das Zitieren von Phantomen. Mit vorerst nur geringfügiger Hilfe von Spiegeln und Feuer beschworen die Menschen dunkle, geheime Besuche aus den Regionen begrabenen Bewußtseins.

(Jim Morrison, Lords & New Creatures) Das schrieb er erst später.

Aber bereits und gerade damals keimten ihm solche Ideen: in den Kinosälen von Albuquerque.

Behauptete M. Ob er nun Tom & Jerry-Streifen sah, Laurel & Hardy-Filme oder die zu dieser Zeit so beliebten Historienschinken mit Robert Taylor, der ewig mädchenhaften Jean Simmons, später mit Richard Burton.

Ein Film hängt von all den anderen ab und treibt dich weiter zu anderen.

An einen davon, den er um diese Zeit, also mit 13 oder 14, gesehen habe, könne er sich ganz besonders erinnern.

Nicht etwa, weil der als Film so besonders gewesen sei, aber wegen der Umstände, unter denen er gedreht wurde, und wegen der Folgen, die diese Dreharbeiten gehabt hätten.

Langzeitfolgen. Man habe auch später erst davon erfahren.

Ihn aber habe der Film schon damals eigenartig angezogen.

Er habe ihn, sagte er, drei oder vier Mal gesehen.

Was war's, das ihn lockte? Vielleicht der sinnige Titel.

DEADLY DUST hieß der Streifen. Erinnern Sie sich?

Er hatte, im wahrsten Sinne des Wortes, eine merkwürdige Ausstrahlung.

Gedreht, sagte M., in der neumexikanischen Wüste.

Oder war's Arizona, Nevada? Egal.

Gedreht wurde jedenfalls, während nur allzu wenige Kilometer vom Drehort entfernt eine besonders schöne Atombombe gezündet wurde.

Ein Test, sagte Dad, Routine, ein Test wie so viele andere.

Plutonium. Netter Name. Da wird sich der alte Pluto aber gefreut haben.

Sie nahmen den Sand, heißt es, noch ins Studio mit.

Um dort authentisch weiterdrehen zu können. Eine Geburtsszene.

John Wayne und der mexikanische Schauspieler Pedro Armendariz als Geburtshelfer.

Was da geboren wurde. Tatsächlich zum Totlachen.

Nach und nach, heißt es, starb das gesamte Filmteam.

Der arme Armendariz war der erste, der abkratzte.

John Wayne war der Härteste. Er hat es am längsten mit seinem Krebs ausgehalten.

Sehn Sie nur! sagte M. (er hatte in den Gewölben seines Verstecks natürlich auch ein Filmstudio).

Diese Schauspieler wissen nicht, was ihnen in den Augenblicken ihres Agierens vor der Kamera widerfährt.

Die Anziehungskraft des Films liegt in der Angst vor dem Tod.

Die Anziehungskraft des Films liegt in der Lust am Zusehen.

Wir können auch einen Pornofilm anschauen, in dem sich die Darsteller aller Wahrscheinlichkeit nach mit Aids anstecken.

Lust & Tod. Wie nah das beisammen liegt. Leben & Sterben.

Das Tragische und das Komische: fast zum Verwechseln.

Er hat einen ausgeprägten Sinn fürs Makabre, schrieb Petra, zu etwa zwei Drittel besteht seine cineastisch sicher nicht unbedeutende Sammlung aus Gruselfilmen.

Und wie denn nicht, sagte M. Die stehn doch am Anfang.

Mit den Gruselfilmen beginnt doch die Filmkunst.

Die frühesten Fassungen von JEKYLL & HYDE, der FRANKENSTEIN von 1910, natürlich DAS KABINETT DES DR. CALIGARI.

Wie da die Außenwelt einer aus den Fugen geratenen Innenwelt in Form einer expressionistischen Projektion dargestellt sei, darüber gerate er immer wieder ins Schwärmen.

Sein Lieblings-Stummfilm sei allerdings NOSFERATU.

In diesem Film spiele nämlich der Schatten die Hauptrolle.

Das Kino ist eine neue Form einer uralten Tradition: des Schattenspiels.

Raffiniert: Diese Negativaufnahmen aus den vom Sturm aufgewühlten Wäldern Transsylvaniens.

Und dann: wie der Schatten des Vampirs auf die deutsche Fachwerkidylle fällt.

Dieser Schatten. Die Krallen des Schattens. Die Ohren.

Wie er mit gnomenhaft angewinkelten Armen und Beinen durch dieses aus dem Bilderbuch aufgeklappte Mittelalter teils hüpft, teils schleicht.

Und wie dieser Schatten wächst. Über die Dächer der engbrüstigen, angsterfüllten Häuser hinaus bis in den Nachthimmel sich ausweitend.

Und dann, aber dann, wird der Vampir, selbst ein Schatten, von einer opferwilligen Jungfrau über den Hahnenschrei hinaus festgehalten.

Und zwar zärtlich. Sie läßt ihn an ihrer Brust ruhen. Obwohl sie damit das völlige Ausgesaugtwerden riskiert.

Wie schließlich der arme Nosferatu mit dem ersten, schräg durchs Fenster fallenden Sonnenstrahl ins Licht zerfließt.

Bei dieser Finalszene könne M., schrieb Petra, so oft sie die übrigens schon ziemlich abgespielte Kopie miteinander ansähen, eine gewisse, ihn anwandelnde Rührung nie ganz verbergen.

Eine gewisse Rührung! Die ihn noch dazu anwandelte!

Wandelte diese Rührung am Ende auch *sie* an?

Eine gewisse Rührung, die mich verärgerte.

Die mich, ja ich gebe es zu, auch beunruhigte.

In meinen vier Wänden sitzend, so machtlos, so ohne Chance, den Verlauf der Geschichte zu beeinflussen, fühlte ich mich nicht wohl.

Und auch jetzt, darüber schreibend, auf der Flucht vor dieser — ja, ich sage, was es war und ist — vor dieser Zumutung, fühle ich mich beschissen.

Beschissen: Ugssprchl. für mies, evtl. auch betrogen.

Hier in Amerika, wo ich sonst kaum hergekommen wäre, da hätten sie mich 100 Mal einladen können, auf der Flucht vor Petra (Petras Briefen) hinter Morrison her, es ist alles ebenso einfach wie kompliziert.

Hier in den Staaten. Die ich als ordentlicher Europäer mit Skepsis überfliege.

Derzeit mit, zugestanden, großartigem Blick über Arizona, auf halbem Weg zwischen Albuquerque und San Francisco.

Auf der Flucht vor Petra, aber — genaugenommen — auch in Petras Auftrag.

Etwas, das ich Morgenrot nie eingestehen dürfte. Lieber Morgenrot! Ich bin auf dem Weg in die realistische Geschichte.

Über den neunten Umzug der Familie Morrison, diesmal nach Alameda in Nordkalifornien.

Alameda, das ist eine kleine Insel in der San Francisco Bay.

Eine kleine Insel, aber der größte Industriekomplex im gesamten Bay-Gebiet und die größte amerikanische Luftwaffenstation auf der ganzen Welt.

Das wurde Jims neue Heimat. Home, sweet home.

Fahren wir über die Bay Bridge nach Treasure Island.

Und dann weiter über die Oakland Bridge (die Stahlverschalung an beiden Seiten der Brücke ist so hoch, daß man fast gar nichts mehr von der Bay sieht).

OAKLAND ARMY BASE (ALAMEDA) NEXT RIGHT.

Sieht aus wie ein Grenzgebiet. Niemandsland. Stacheldraht. Wachtürme.

Ein Schranken. Ein Gittertor. Verbotene Zone.

This base has been declared a restricted area according to a Secretary of Defense directive etc. etc.

(Security Act of 1950. Unauthorized entry is prohibited. STOP.)

All material, found in the possession of unauthorized persons will be confiscated.

Also zurück. Vor der Brücke ein Autostopper. Ungefähr in Jims damaligem Alter.

Wo er denn hin will? – Wo wird er schon hin wollen? Downtown!

Nicht sehr gesprächig. Merkwürdig tiefe, schmutzigweiße Wolken über der phallischen Skyline.

Die Bay sieht jetzt aus wie ein riesiger See voll Brackwasser.

Diese Stille! Die Möwen sitzen erstarrt.

Großraum San Francisco. Hier lebt man zusammen mit 3,02 Millionen potentiellen Erdbebenopfern.

Ich hatte (so M.) schon immer ein Feeling für so was.

Die Propheten allerdings sagen, das Epizentrum der nächsten (und möglicherweise endgültigen) Katastrophe wird eher in der Nähe von L. A. liegen.

Doch dann gehen die Lichter an, und da erstrahlt San Francisco auf einmal von innen.

Und die Oakland Bridge, über die wir noch immer / schon wieder fahren, ist übersät mit Tausenden von Elmsfeuern.

Erste Ausfahrt zum Broadway, den es auch hier gibt.

Okay, sagt mein Mitfahrer, halt. Und schon will er aussteigen.

Er ging uns davon, so Clara, fing an zu streunen . . . Streunen in San Francisco. Für den ersten und zweiten Tag braucht man in San Francisco kein Auto . . . Immer Pulli oder Jacke dabei haben, besonders am späten Nachmittag, wenn die

Nebel fallen ... Ich konnte ihn nicht zurückhalten, aber mir war bang um ihn.

Nein, sagte M., der Broadway war nicht meine Gegend. Schon eher die Straßen nordöstlich vom Civic Center. (Turk Street, Eddy Street, Jones Street, Taylor Street.) Betrunkene, Junkies, Krüppel, Kriegsveteranen.

Schwarze Männer, vor sich hin räsonierend, Frauen mit schrillen Stimmen und wirren Haaren.

At the edge discover zones of sophisticated vice and boredom, child prostitution.

Diese Dreizehnjährigen in Chinatown, mit bis an die Hüfte geschlitzten Röcken auf und ab stöckelnd.

Ich umtrottete sie, sagte M., wie ein Wolf, doch ich getraute mich nicht, sie anzureden.

Ich war, ob du's glaubst oder nicht, ein schüchterner Jüngling! — Klar, er versuchte das Gegenteil vorzutäuschen (so was tut man doch schon aus Selbstachtung). — Das war die Blütezeit der MAD COMIX: Seine Sprache paßte genau in die Mad-Comix-Sprechblasen. Nur seine Gedanken, behauptete er, paßten nicht in die *Denk*blasen. Er war ein poetisches Gemüt.

Lachst du? — So lach nur! Ich sehe dich gerne lachen!

So M. zu Petra. Ihre Vertrautheit nahm zu.

Mit Fud Ford, seinem einzigen Freund in diesen frühen Highschooljahren, entwarf er eine Selbstbefriedigungsmaschine.

Morrisons Masturbationshilfen. Oft kopiert, nie erreicht. Aber im Grunde seiner Seele war er zart besaitet.

Was diese Biographen nicht alles erzählen! — In ihrer Art wahr (ob authentisch oder erfunden) wirkt nur die Geschichte mit Ferlinghetti. — Eines Tages stand Jim vor einem Schaufenster mit garantiert verbotenen Büchern. Das war vor dem CITY LIGHTS Bookshop, und Ferlinghetti, den er verehrte, war einer der

Besitzer des im Kollektiv verwalteten und betreuten Ladens.

Jim brauchte schon all seinen Mut, um einzutreten. Als er drin war (die Glocke über der Tür klingelte, und hinter dem Ladentisch tauchte tatsächlich Ferlinghetti auf), war es mit seiner Courage vorbei. Wären im nächsten Moment zu Ferlinghettis Rechter und Linker die Herren Kerouac und Ginsberg erschienen, so hätte er die heilige Dichterdreifaltigkeit, an die er damals glaubte, leibhaftig vor Augen gehabt. Das wartete er nicht ab, sondern schluckte nur (gulp), vollzog eine den großen Kollegen wahrscheinlich befremdende Pirouette und lief davon.

Lieber Morgenrot! San Francisco ist kalt.

Habe mir diese Stadt anders vorgestellt. If you come to San Francisco usw. Laue Nächte & flowerpower.

Bin seit zwei Tagen da, kann aber hier nicht recht warm werden.

Besonders gefroren habe ich heute vormittag, auf der Überfahrt nach Alcatraz Island.

Alcatraz-Island-Touren möglichst mehrere Monate vor der Ankunft reservieren.

Besucher ohne vorherige Anmeldung sollten versuchen, gegen acht Uhr morgens oder noch früher an der Ablegestelle (Pier 41) zu sein.

Das habe ich getan. Die Bucht ist sehr grau um diese Stunde. Die Insel schwimmt im Nebel.

Der böige Wind schmerzt mich noch jetzt in beiden Ohren.

Der Betrieb um die Insel ist dumm und geschmacklos.

T-Shirts mit der Aufschrift PROPERTY OF ALCATRAZ PENITENTIARY. Das halbe Ausflugsboot war so eingekleidet.

Auf der Insel selbst folgen die Besucher einem sog. self-guided trail durch die Gefängnisanlage.

Sobald man das Zuchthaus auf dem Felsblock (so einfach wie einprägsam THE ROCK genannt) fertiggestellt hatte, wurden hier die größten & berühmtesten Verbrecher des Landes festgehalten. Nach Angabe des Alcatraz-Nationalpark-Service gab es insgesamt 39 Ausbruchsversuche.

10 Häftlinge starben bei ihrem Fluchtversuch, des größten Teils der Entwichenen konnte man wieder habhaft werden, von 5 (wahrscheinlich Ertrunkenen) fehlt jede Spur.

Liebe Petra! Heute nachmittag (über dem Schreiben eingeschlafen) von Dir und von M. geträumt.

Er hielt Dich umarmt oder umfaßt, aber als er sich, endlich von Dir ablassend, nach mir umdrehte, war er nicht Morrison, sondern — Du weißt schon — der Ausbrecher.

11. Oktober. Tagebuch-Nachtgedanken.

Im EMBASSY in der Polk Street. Ich kann nicht einschlafen.

Round midnight. Kleine Kakerlaken wie Läuse im Pelz des Spannteppichs.

Hinter der Wand Stimmen. Eine männliche und eine weibliche. Morrisons Stimme in den Kopfhörern.

Zurück, suggeriert sie, zurück bis tief ins Gehirn.

Ein Trip ist ein Trip. Auch mit 20 Jahren Verspätung.

Im Gedenken an Petra. Petra, wo bist Du?

Bis dorthin, wo es keinen Schmerz mehr gibt (weit übers Schmerzzentrum hinaus).

Und der Regen fällt sanft auf die Stadt, es klingt ebenso fatalistisch wie tröstlich.

Im Stromlabyrinth, jenseits der Ansiedlung scheuer und unwirklich wirkender Hügelbewohner, gibt es jede Menge Reptilien.

Ein Trick, daß die alten Drachen zu Eidechsen geschrumpft sind, oder eine Überwinterungsmaßnahme.

Sie werden wiederkommen. Dort gibt es jede Menge Fossilien. In Höhlen mit kaltem Luftzug.

Doch hier: Was siehst du? Alle Häuser sehen sich ähnlich.

Rouleaus heruntergerollt. Erst gegen Morgen hat man die Autobestie eingesperrt.

Alles schläft. Die Bettvorleger haben Ruhe. Die Spiegel sind leer.

Anständige Ehepaare verwesen in Leintücher gewickelt, der Staub unterm Bett ist blind, die appetitlichen Töchter hingegen schauen mit spermatophilen Augen aus ihren Brustwarzen.

Aber wart! Da hat es ein Blutbad gegeben!

Nein, sagte Petra.

Doch, sagte M.

Ich will das nicht mehr hören!

Stop. Die Kopfhörerstimme läßt sich abwürgen. Der Walkman läßt sich weglegen.

Aber die Stimme im Kopf. Wie soll ich sie loswerden?

Hör nicht zu sprechen auf, sagt sie, tu so, als wär nichts.

Auf dem Boden dein Fächer, deine Handschuhe, aber das hat nichts zu bedeuten.

Wir müssen sehen, daß wir aus dieser Stadt herauskommen.

Und du bist die eine, die mitkommt. Ausgerechnet dich habe ich ausgesucht.

Also renn. (Gewisse Motive haben eine Tendenz zur Perseveration.)

Renn was du kannst, ohne die Erde zu berühren, ohne die Sonne zu beachten.

Es bleibt uns nichts übrig, als davonzurennen, und du weißt es. Rennen, rannte, gerannt: Ein Verb, das die möglichst rasche Fortbewegung auf den zwei, vier oder sechs eigenen Beinen bezeichnet.

Und auf dem Hügel steht ein Haus, der Mond sieht still und friedlich aus, aber wir rennen.

Und Schatten fallen aus den Bäumen, wer träumt hier wen, um synchron zu träumen,

muß man sich
ziemlich gut
kennen
usw.

An alle Morrison-Puristen:
Es handelt sich
zugegeben
um eine eher freie Übersetzung.

Doch dann, wenn wir ausgerannt haben (sind), wo finden wir uns (einander), wenn nicht just vor der Glasveranda einer behaglichen Villa am Hügelgipfel?

Die Besitzer müssen stinkreich sein, alle Achtung, dieser Komfort, Armfauteuils aus rotem Plüsch und ein Feuerchen brennt im Kamin, wie für uns vorbereitet.

Und gewiß gibt es einen CD-Player, der den gepflegtesten Bach spielt (Johann Sebastian).

Und eine Flasche Wein könnte auch auf dem Tisch stehen, ein edler Bordeaux aus dem Jahr 1968 zum Beispiel, also mit einem Wort, mit dir ist überhaupt nichts mehr anzufangen, wenn du nicht stehenden Fußes in diese Idylle hineintrittst.

Peinlich nur, daß inzwischen, während wir uns die Nasen an der Verandatür plattdrücken, der Körper des Präsidenten im hinter unserem Rücken geparkten Auto liegt; was macht er dort?

Ach so, er ist tot, und der Motor des Wagens springt auch nicht an, obwohl man uns freundlicherweise den Zündschlüssel hat stecken lassen; das hat noch gefehlt!

Als ob jemand Leim oder Teer in den Tank gegossen hätte, dieser Start ist jedenfalls eine zähe Angelegenheit, und dabei hätten wir's gar nicht mehr weit.

Nur noch ein Stück nach Osten, um dort den Zaren zu treffen, der uns vielleicht politisches Asyl gibt, nastrowje, sehr erfreut.

Und am Ufer des Sees lagern Partisanen, na bestens.

Und die Pfarrerstochter ist in die alte Schlange verliebt, wen wundert's.

Die alte Schlange, die seit Jahrhunderten in einem Brunnen am Straßenrand wohnt, wo sonst.

Wach auf, Mädchen, wach auf, wir sind ja schon beinah daheim; aber wo ist das?

Alexandria Virginia. So gut wie zum zweiten Mal Washington, D. C.

Ein Stück Geistreise also zurück. Von Westen nach Osten.

Ans Südufer des Potomac. Dort wurde die Stadt 1729 gegründet.

Noch vor Washington also. Aber das nützt nichts.

Die Nähe des Weißen Hauses hat alles verfärbt.

Im Weißen Haus sitzt der Big White Father und gedenkt ab und zu auch seiner roten Völker.

Z. B. in diesem Zusammenhang: In einem der Reservate, in die man sie abgedrängt hat, wird zufällig Uran gefunden.

Da wird man die Reservierung halt leider stornieren müssen.

1492 riskierte ein Italiener im Dienst des spanischen Königs, über den Rand der Welt hinunterzufallen und wurde dabei von den Menschen des roten Weges entdeckt.

Mein weißer Bruder, sagte ein Apatschenschamane zu Reagan, Sie werden mir wahrscheinlich nicht glauben, aber ich bin allmächtig.

Ich werde niemals sterben. Wenn Sie mit einem Gewehr auf mich zielen, wird die Kugel nicht in mein Fleisch dringen.

Ohne Kolumbus wären die Morrisons in Schottland geblieben.

Washington, also. Morrison senior gefiel's.

Je näher dem Präsidenten, desto viel besser.

Immer noch Eisenhower. Oder schon Kennedy?

Oben erwähnter Reagan war übrigens nicht Ronald W., sondern Albert B., ein Ethnologe.

Das Haus, das die Morrisons bezogen, stand jedenfalls schon am Rand des Senatorenviertels.

Tapeten (so M.) in Schweinchenrosa. Mit Schnörkeln aus Blattgold.

Möbel und Öfen mit krummen Beinen, wie Möpse.
Schlimmstes amerikanisches Biedermeier.
Aber draußen, auf der Veranda, da standen die Fahrräder.
Da konnte man wegfahren, Tandy Martin besuchen.
Die besuchte mit Jim die George-Washington-Highschool.
Und war die erste in einer langen Reihe von Mädchen, die sich von Morrison mehr oder minder gern quälen ließen.

Er hatte (so Tandy Martin) irre Ideen.
Z. B.: Auf der Brücke über den Potomac wollte er sie partout splitternackt ausziehen.
Er wolle nicht länger leben, ohne ihren Arsch von Angesicht zu Angesicht gesehen zu haben.
Mit diesen Worten stieg Jim aufs Brückengeländer und drohte, sich stehenden Fußes hinab in den Fluß zu stürzen.
Außerdem quälte er sie mit dem Vortrag von Gedichten.
Da war die Rede von Sonne & Liebeswonne, und wenn man hingelagert über dem Tale ruhte, fühlte man, wie die Erde durchblutet war, bräutlich bereit nämlich, und ihre Brust atmete.
Und weibliches Fleisch wurde besungen und wahrscheinlich männlicher Saft samt der darin enthaltenen Lebenskraft.
Und Jim behauptete zwar, das Gedicht sei von ihm, aber etwas später gab er zu bedenken, daß es in der Übersetzung vielleicht nicht so gut zur Geltung komme, denn im Original sei es französisch.
Dann, eines Nachmittags, als sie mit den Fahrrädern ein Stück in die Gegend gestrampelt waren, hinein in den jungfräulichen Frühling Virginias, öffnete er ihr, da müssen sie wohl vom Rad gestiegen sein, die Bluse.
Dies aber nur, um ihr mit feinsinnigem Lächeln eine Schlange an die Brust zu setzen.
Da schrie Tandy Martin den schrillsten Schrei ihres Lebens.
Das war übertrieben. Die Schlange war nur aus Plastik.

Was er in dieser Phase sonst tat? – Er las.

Er las (nein: er fraß) eine Riesenmenge von Büchern.

Alles (so M.), was ich in die Finger bekam.

Aber natürlich entwickelt man seine Vorlieben.

Die für die Lyrik war fast von Anfang an da.

Wer immer mich sprechen gelehrt hat, sagte er, hat mir den Sinn dafür vermittelt.

Jetzt, in der Highschool-Zeit, wuchs & gedieh dieser Sinn.

Die Auswahl des Bewußtseins; die Auswahl des Unbewußten; Geschmacksrichtungen:

Ihm imponierten speziell die Poètes maudits.

Zu Rimbaud gesellte sich dessen älterer Bruder Baudelaire.

Hinzu stießen Apollinaire & Lautréamont.

Da war die Brüderschaft bald beisammen; und wurde nachträglich interpretiert durch Breton.

Der Surrealismus, ja. Der Zusammenfall von Poesie & Psychoanalyse.

Hätte es ihn nicht schon gegeben, so hätte ihn M. für sich erfunden.

Zumindest kam ihm das jetzt, im Gespräch, so vor.

Sub auspiciis aeternitatis oder weiß der Teufel in welchem Hin- oder Herblick.

Er hatte auch Sinn für Psychologie und Philosophie.

Klar: Vor der Erfindung des Surrealismus mußte er Freud lesen.

Und vor der Erfindung Freuds las er selbstverständlich Nietzsche.

Oder war's anders herum? – Die Chronologie ist eine Fessel, die wir besser beizeiten abstreifen.

Freuds TRAUMDEUTUNG jedenfalls wurde ihm zum Rezeptbuch bei der Komposition eigener Träume.

Und Nietzsches GEBURT DER TRAGÖDIE zum Programmheft für die eigene Tragödie.

Er war, so scheint es, in einen amerikanischen Leib geraten, eine zutiefst europäische Seele.

Zwei Seelen wohnten, ach! in seiner Brust, und auch wenn er die dionysische leidenschaftlicher liebte, die apollinische war ihr siamesischer Zwilling – die konnten zusammen nicht kommen, aber erst recht nicht auseinander.

Außerdem las er, lese ich, Joyces ULYSSES.

(His English teacher in senior year felt that Jim was the only one in this class who'd read it and understood it.)

Wow, sagte Petra, den ganzen Ulysses mit 16?

Naja, sagte M. Vielleicht nicht den ganzen. Aber gewiß die letzten 70 Seiten.

Auch von Balzac und Molière und Cocteau ist die Rede.

Von Balzac, sagte M., habe ihm eigentlich vor allem ein Titel imponiert: Die menschliche Komödie.

Von Molière habe er den DON JUAN gemocht. Die bekannteren Komödien eigentlich weniger.

Cocteau ja. Die Stücke, die Filme. Vor allem auch seine Tagebuchaufzeichnungen und Gedichte.

Und natürlich nicht zu vergessen: Poe.

Ein virginischer Gentleman. Würde Edgar Allan Poe heute auf die Erde zurückkehren und Rockpoet werden, dann schriebe er so wie dieser Jim Morrison (Zitat).

Womit wir schon wieder bei der Poetry sind.

Und tatsächlich (so M.) neige er dazu, das Wort Poetry, so wie er es verstehe, wenn schon nicht etymologisch, so jedenfalls ideell, auf den Namen des jetzt, hier draußen, erst recht verehrten Geistesverwandten zurückzuführen.

Poes Geschlecht. Ich entstamme einem Geschlecht, Baby, o ja! Das berufen ist ob der Stärke seiner Phantasie und der Glut seiner Leidenschaft.

(So M. zu Petra. Er las ihr vor. Vom Göttlichen Edgar.)

Manche Leute haben mich verrückt genannt. Aber die Frage ist so ausgemacht noch nicht. Nach ja oder nein nämlich:

Ob es sich beim Wahnsinn nicht etwa um die luftigstolzeste Mentalität handelt.

Poetry in der Prosa. Grenzen sind da, um überschritten zu werden.

Sie, die bei Tage träumen, haben Kenntnis von manchen Dingen, welche denen entgehen, die nur bei Nacht . . .

In ihren Visionen dämmergrau (solche Formulierungen mußt du auf der Zunge zergehen lassen) . . .

Werden ihnen Ausblicke

Und erwachend erkennen sie

Sie waren wenigstens an den Außenrändern des großen Geheimnisses.

In der Kongreßbibliothek soll er Bücher über die Dämonologie des 16. und 17. Jahrhunderts gelesen haben.

Na und, sagte M. Ich hatte Gründe dafür.

Wenn nämlich die Menschen der Wollust und orgiastischer Bosheit sich ergeben, dürfen wir das dämonischer Aufreizung zuschreiben?

Jedenfalls. Denn Jamblichus sagt, daß die westlichen Wassergeister hiezu verordnet sind.

Auch einige südliche haben die Hände im Spiel.

Zum Exempel Nesrach und Kelen, welche unerlaubte Liebe wecken und allerlei Unzüchte fördern.

Sie schweben an Seen, Teichen und Flüssen herum und sind eine sehr schlimme, betrügerische Dämonengattung.

Alrinach, die meistens in weiblicher Gestalt erscheint, erregt Stürme, Hagel, Erdbeben, Regengüsse und Schiffbrüche.

Nett, sagte Petra. Und das kannst du immer noch auswendig?

Nein, sagte M. Es war vielleicht nicht wortwörtlich.

Doch habe er Stunden um Stunden mit so etwas verbracht.

Ein paar Schaden- oder Liebeszauber kannst du mich, wenn

du willst, nach wie vor mit dem entsprechenden Buch in der Hand abprüfen.

Das Nennen gewisser Wörter und ihre Wirkung.
Jim sagte: Schwanz. Das verstörte / empörte Tandy.
Jim sagte: Möse. Er wollte kein Phallokrat sein.
Sie schätzte auch das nicht. Es war ihr nicht recht zu machen.
Er habe, erzählte er ihr, ein gewisses Problem.
Darüber würde er gern mit ihr sprechen. Mit seinen Alten darüber zu sprechen sei ihm unmöglich.
Tandy schlug vor, er solle mit dem jungen Vikar der Westminster Presbyterian Church darüber reden.
Jim sagte: Fuck you. Da begann sie zu weinen.

Zu viel gelesen zu wenig geliebt. So kommt man aufs Schreiben.
Das war, glaube ich, in der fünften oder sechsten Klasse, da schrieb ich mein erstes Gedicht, das hieß PONY EXPRESS.
Zumindest sei dies das erste, an das er sich erinnere.
Es war konzipiert als eine Art von Ballade, aber ich habe es nie richtig hingekriegt.
(Aus einem Interview mit dem ROLLING STONE.)
Gedichte bedeuten mir so viel, weil sie alles überleben.
Solange es Menschen gibt, wird man sich an Wörter erinnern und ihre Kombination zu Worten.
Nichts anderes kann einen Holocaust überleben, außer vielleicht ein paar Gedichte und Songs.

Wenn das reglose Meer sich heimlich rüstet
und seine widerspenstigen, abgetriebenen
Strömungen winzige Monster ausbrüten, dann
ist Weitersegeln unmöglich /
Fataler Moment –
Und schon wird das erste Tier über Bord geworfen,

seine Hufe ungestüm pumpend,
in gestrecktem, grünem Galopp . . .

Das war's ungefähr. Der Beginn des ersten Gedichts, das Morrison behalten hat.

Der Titel: HORSE LATITUDES. Das bedeutet: ROSSBREITEN.

Ein unheimliches Bild, inspiriert von einem Taschenbuchumschlag —:

Wie die Matrosen einer spanischen Galeone im Sargassomeer, sei es, um Ballast abzuwerfen, sei es, um den noch immer lebenden Wind- & Wassergöttern ein Opfer zu bringen, eine Ladung Pferde ins Meer treiben.

Tandy hatte auch dafür nicht allzuviel Sinn.

Also drehte er ihr den Arm auf den Rücken.

Er drehte ihr den Arm auf den Rücken, bis sie sich bog.

Du willst dich verbeugen, nichtwahr, du willst dich verneigen?!

Nein? Ich glaub *doch.* So sag doch, daß du es willst!

Sprich mir folgendes nach: Ich neige mein Haupt . . .

(Au, hör doch auf!)

Ich neige mein Haupt vor dir . . .

(Laß mich doch los!)

mein Haupt vor dir, Asmodeus!

Asmodeus, du Großer, du Allergrößter . . . Ich geh in die Knie vor dir, ich bin deine Sklavin . . . Sieh, wie ich knie, ich würde auch gern deinen Schwanz küssen!

Nein, stöhnte Tandy. Das sage ich *nicht!* Und wer ist überhaupt dieser verdammte Asmodeus?

Jeder Indianer kann einen »Schutzgeist« oder eine »Macht« erlangen, die ihn zu »Visionen« fähig macht. Aber nur der Schamane vermag dank seiner Beziehung zu den Geistern tiefer in die übernatürliche Welt einzudringen. Grundlage der schamanischen Beerbung ist bei fast allen nordamerikanischen Stämmen die Weitergabe der »Geister«. Sie erfolgt durch ein spontanes Erlebnis (Traum usw.), man kann den Geist in Besitz nehmen, aber auch von ihm in Besitz genommen werden.

Der künftige Schamane fällt schon von Jugend an auf.

Schon früh wird er nervös und ist manchmal epileptischen Anfällen ausgesetzt.

Nein, sagte M. Die habe er erst später, auf der Bühne, gehabt oder vorgetäuscht.

Gegen die Reifezeit zu beginnt der Kandidat Visionen zu haben, singt im Schlaf, wandelt gern in der Einsamkeit.

Ganze Tage redete Jim mit niemandem.

Zumindest zu Hause.

Was sollte er dort auch reden?

Blieb weg, kam spätabends erst oder gar nicht zurück.

Wenn er zurückkam, war er verschmutzt wie ein streunender Kater.

Wo war er gewesen? — Am anderen Potomac-Ufer.

Auf der Erde beschwert der Dreck die Füße, und auf beiden Seiten schließen Fabriken und Arbeiterwohngebäude alle Hoffnung aus.

Hier hatte er, sagte er, das *Französische Feeling.*

Schmeckte den erregend bitteren Geschmack des Existentialismus auf der Zunge, als lägen ihm durchaus entsprechende, kongeniale Worte dort und warteten nur darauf, endlich ausgespuckt zu werden.

Um dieses Französische Feeling zu haben, mußte man kein Franzose sein.

Im übrigen gab es für Jim auch ein *Russisches Feeling.*

Das war dem französischen verwandt, wenn auch, empfand er dunkel, sowohl strenger als auch sentimentaler.

Er hätte gern Jean Paul, Albert oder Fjodor Michailowitsch geheißen.

Das Blues-Feeling schließlich, erzählte er, lag irgendwo dazwischen.

An jenem anderen Ufer entlangschlendernd, unterhielt er sich gern mit den schwarzen Anglern.

In den Kneipen an der alten Landstraße Richtung Fort Belvoir hörte er die verquält und befreit zugleich aus der Tiefe (der Tiefe vor Jahrhunderten hierher verschleppter Seelen nämlich) hervordringenden *black voices.*

Stimmen, denen er später vergebens nacheiferte.

Manchmal (so Tandy Martin) war er ganz abwesend.

Anwesend war er andererseits oft in den Nächten.

Unten im Garten stand er, sie spürte es genau, und starrte mit seinen Mondaugen, von denen eines einen doppelten Stern hatte, hinauf zu ihrem Fenster. Faßte sie sich ein Herz und schaute hinunter, so war er allerdings verschwunden und schwor, am nächsten Morgen in der Schule darauf angesprochen, Stein & Bein, gegen elf Uhr abends ins Bett gegangen und gleich entschlummert zu sein.

IN DER NACHT, so schrieb Petra, hörte sie eine Stimme, die ein schlichtes Lied sang. Es begann in einem geradezu rührenden Dreiviertel- oder Sechsachteltakt, langsam, schwebend und schleppend zugleich, wie ein Lied, das jemand in einer sehr weit zurückliegenden Kindheit gehört hat, und nun versucht er, sich Note für Note, Wort für Wort daran zu erinnern. Die Stimme klang allerdings nicht alt, sondern wie die eines recht jungen, obschon sehr müden Mannes. Der sang gewiß mit geschlossenen Augen, sozusagen im Gehen eingeschlafen, todmüde von einer wiederholten (und wiederholt vergeblichen) Strapaz.

So spürbar war diese Müdigkeit und legte sich auf die Stirn als narkotisierende Melancholie, daß Petra, doch gerade von dieser Stimme geweckt, von dieser Stimme auch wieder eingeschläfert, zurückfallen wollte in nunmehr traumlosen Schlaf.

Aber es war kein Schlaf, in den sie dann fiel, schrieb sie / las ich, und jedenfalls war er nicht traumlos. Sie saß aufrecht auf ihrem Bett, überlegend, was sie, bevor die Stimme, die leiser wurde, womöglich verklingen würde, rasch anziehen sollte. Jedenfalls klang in dem Lied, schwang in dem Lied, das die Stimme mehr *war* als sang, auch, so las ich / so schrieb sie, eine Verlockung, eine Verlockung nämlich, aufzustehen, und ihrem Klang auf den Grund zu gehen, was sie konsequenterweise tat.

We came down
The rivers & highways
We came down from
Forest and Falls /
We came down from
Carson & Springfield
We came down from
Phoenix enthralled . . .

Diese seltsame, simple Melodie mitten in jenem großen, mit expressionistischem Getön untermalten Gedicht THE CELEBRATION OF THE LIZARD.

Morrison singt das mit ferner, unbestimmt trauriger Stimme, einer Stimme aus einem anderen Raum.

Alles Zuviel an Musik wird ausgeblendet, da ist nur die Stimme, du erinnerst dich, nichtwahr, diese Trance- und Traumstimme mit einer ganz einfachen Gitarrenbegleitung.

Alt klingt das, anderweltlich und inselhaft. Aus Avalon klingt das herüber, erfüllt von grüngoldenen Erinnerungen.

. . . & I can tell you
The names of the Kingdom
& I can tell you
The things that you know
Listening for a fistful of silence
Climbing valleys into the shade.

Wie sie in den Park gekommen sei, wisse sie nicht mehr

lückenlos, wahrscheinlich habe sie sich durchs dunkle Treppenhaus des Hotels hinuntergetastet, denn schon am Vorabend habe sie den Schalter fürs Dreiminutenlicht nicht gefunden. Wie man das Sicherheitsschloß der Haustür von innen öffnen könne, habe ihr der Hotelier schon am Tag ihres Einzugs gezeigt. Wahrscheinlich sei sie über den um diese Stunde längst menschenleeren Platz gegangen, jedenfalls habe sie noch den Hall ihrer Schritte im Ohr, der klang noch als Nachhall, der ihr beharrlich im Kopf blieb. Da das Parktor um diese Zeit mit Sicherheit verschlossen war, mußte sie einen anderen Ausgang benutzt haben oder über die Mauer geklettert sein.

Außen, noch immer Nacht. Sie (Petra) durch den Park flatternd.

Nachtvögel rufen. Schattenvögel rufen. Nachtschattengewächse erblühen im Zeitraffer.

Und dann war es plötzlich sehr weiß (ist es plötzlich sehr weiß).

Der Film anscheinend gerissen, sehr weiß die Leinwand, wir frieren.

Die allgemein unter den Völkern verbreiteten Meinungen vom Einflusz der Gestirne schienen mir keine Einbildung, obwohl die meisten darunter sehr ungereimt waren . . . Die Gärungen, die Vegetationen, die regelmäßigen und gleichgestaltigen Verrichtungen der Thiere, ihre periodischen Reisen, die Epochen ihrer Reproduction, die Phänomene von Ebbe und Flut des Weltmeers, welche ich als in allen Theilen der Erdkugel gemeinschaftlich betrachte, und dann das zufällig beim Menschen Ineinsfallen (Koincidenz) und die Übereinstimmung all dieser Erscheinungen mit den Umwälzungen der Zeit, ferner der unwandelbare Gang und Typus der meisten Krankheiten: all dieses bezeugt und bestätigt das Daseyn von einen allgemeinen Agens und von einem wechselseitigem Einflusz, welcher durch einen Mittelstoff oder durch eine

Flut, worin alle Wesen in ihrer Art von Berührung so untereinander gemengt sind, dasz dadurch eine einzige Masse von der ganzen Welt gebildet wird, sich bewirkt. Ich erkannte, dasz dieses Triebwerk demjenigen ähnlich wäre, welches uns durch die Eigenschaften des Magnets geoffenbart worden ist, ich entdeckte zu gleicher Zeit, dasz auch der menschliche Körper für ähnliche Eigenschaften, dem Eisen oder dem magnetischen Stahl gleich, empfänglich sei, dasz er Pole habe, dasz er in die Ferne hin wirken oder alle seine Eigenschaften entwickeln könne ... Das ist es, was ich vermöge der Übereinstimmung, welche diese Grundwesen und der mineralische Magnetismus miteinander haben, animalischen Magnetismus nannte.

Das kommt nicht vom Tier (animale), das kommt von der Seele.

Obwohl, sagte M., das Tier und die Seele natürlich viel miteinander zu tun haben.

Ich habe Mesmer studiert, als ich in Paris war.

Allerdings auf englisch. Gefunden bei Shakespeare & Company. Eine phantastische Buchhandlung!

Ja, sagte Petra. Dort sei sie auch gewesen.

Shakespeare & Co. The only free University of Paris.

A curriculum to help realize your own human potential.

Please keep this kitchen clean. Be not inhospital with strangers, lest they be angels in disguise.

Mesmer, Franz Anton, 1734 bis 1815.

Er praktizierte zunächst in Wien, dann längere Zeit in Paris, schließlich in Deutschland.

Was glaubst du, so M., wie ich studiert und trainiert habe, um mir Mesmers Kunst anzueignen!

Auf Pamela und Patricia hat sie nicht gewirkt. Aber jetzt (mit Verzögerung) auf dich. Da ist etwas schiefgelaufen.

Den auf die Nacht im Park folgenden Vormittag, das werde

ich mir vorstellen können (so Petra), verschlief sie. Am Nachmittag aber ging sie stracks in den Garten.

Und zwar an den Ort jener ersten, so fragwürdigen Begegnung.

Sie war nun entschlossen, offensiver zu werden.

Morrison, komm heraus!

Keine Antwort. Er kam nicht.

Was tun, um ihn anzulocken?

Sie entledigte sich ihrer Bluse.

Aber wer weiß, ob Exhibitionisten das mögen.

Nach einer Weile wurde ihr jedenfalls kühl, so daß sie die Bluse ohne den erhofften Effekt wieder anzog.

Dann versuchte sie, sich unter Sammlung all ihrer psychischen Kräfte auf Jim zu konzentrieren.

Sie spürte ihn, schrieb sie, aber da war etwas im Wege.

Endlich begriff sie. Sie ging ins Hotel zurück und deponierte dort ihre Nikon.

Wieder im Park, war sie sicher, daß es nun klappen würde.

Der Park, den ich gefunden habe, besteht aus zwei Teilen, wie der von Petra beschriebene. Im unteren formen die Hecken sechs Trapeze und sechs Dreiecke, als Ensemble betrachtet ein etwas seltsam geformtes Kreuz in einem Deltoid, in dem sechs Wege von der Mitte ausstrahlen. Weitere sechs führen hexagonal um diese Mitte herum, vier an den Rändern, im Schatten der Mauern, und geben dem Besucher die Möglichkeit, die Drachenfigur abzuschreiten. Die Verbindungsgerade der Dreiecksspitzen bildet die Symmetrieachse des Deltoids, halbiert seine Fläche sowie die der Dreiecke und steht senkrecht zur gemeinsamen Grundseite (Drachensatz).

Den oberen Teil des Parks bildet ein sog. Englischer Garten, etwas verwildert, aber nicht völlig naturbelassen. Romantisches Gemäuer, Nischen, wappengeschmückte, schlüssellochförmige Tore und merkwürdig menschliche Formen vorgaukelnde Baumschatten. Unter Steineichen ein Steintisch, dahinter, durch zwei Treppenaufgänge erreichbar, ein von der Außenseite der Stadtmauer als Vorsprung erkennbares Aussichtsplateau. Von da nach links, wenn man die Stadtmauer entlanggeht, nimmt die Verwilderung der nur oberflächlich kultivierten Natur zu.

Und dann, als sie schon gehen wollte, die Treppe hinunter, am Januskopf links oder rechts vorbei, vorbei am im Abendlicht schwebenden Denkmal (das zur Zeit meines Besuchs verhüllt war), um den Garten, in dem sich M. ihrethalben exhibitionieren sollte soviel er wollte, aber in Zukunft ohne sie, denn ihre Geduld hatte Grenzen, um jenen Garten also ein für allemal hinter sich zu lassen, dann sah sie die Augen in der Hecke. Die Augen schauten sie an und waren ganz einfach da. Das Aug sieht vulgär aus in seiner häßlichen Schale. Komm ins Freie heraus in all deinem Strahlen.

Nichts als ein Augen-Blick. Dann ein Geraschel im Laub. Das konnte indes auch der Abendwind sein, der erwachte. Sie lief dem Geraschel, schrieb sie, auf jeden Fall nach. Bis sie vor einem Tor in einem Teil des Gartens stand, den sie bis dahin nicht beachtet oder überhaupt nicht bemerkt hatte. Diesen Teil des Gartens habe ich später gefunden. Immer vorausgesetzt, daß der Garten, in dem ich gewesen bin, der Garten war, von dem Petra mir schrieb. Er hing als Appendix gewissermaßen am südwestlichen Ende des raffiniert angelegten Parks. Das etwas verwitterte Holztor war nur angelehnt, wenngleich eine Kette mit Schloß verhinderte, daß man es mehr als zu einem sich maximal 40 bis 50 Zentimeter schmal öffnenden Durchschlupf auftat.

Sie zwängte sich durch. Ich zwängte mich ebenfalls durch.

Als Petra sich durchzwängte, lag auf den Treppenstufen, die unmittelbar nach dem Tor ein paar Schritte abwärts führten, eine in der letzten Sonne glänzende Schlange.

Hatte die hier auf sie gewartet, nur, um sich einen Moment kurz sehen zu lassen, eher Viper als Natter, bräunliches Serpentinenmuster vom Nacken bis zum eigentümlich verjüngten Schwanz, oder entglitt sie ganz einfach aufgestört?

Ich verhielt mich, die Treppenstufen betretend, jedenfalls vorsichtig, aber für mich war ohnehin keine Schlange da.

Der bisher verborgen gebliebene Teil des Gartens.

Fünf Rosenbeete und in der Mitte ein Brunnen.

Die Rosen wild, aber blühend, der Brunnen tief.

Ich zählte nur vier Rosenbeete, die Rosen waren für den Winter verpackt, und mein Brunnen war zugedeckt.

Sie habe sich, schrieb sie, im Wasserspiegel gesehen.

Mir ist es nicht gelungen, den schweren, rostigen Deckel beiseite zu rücken.

Einen Gärtner habe ich auf Nachfrage beim Gemeindeamt wohl aufgetrieben.

Aber der war neu, wußte nicht, wohin sein Vorgänger übersiedelt sei, und beteuerte, eine Frau wie die Petra meiner Erinnerung nie gesehen zu haben.

Kennen Sie diesen Mann? — Kann schon sein, daß ich ihn kenne.

Der Gärtner lächelte vielfaltig. Ein Gesicht, wie von E. T. A. Hoffmann komponiert.

Petra war es was wert, ihn zum Sprechen zu bringen.

Der sei ein Ausländer, sagte er schließlich. Das hatte sie sich gedacht.

Und? Was macht er?

Die Lederhautfältchen im Gesicht des Rosenpflegers bildeten rund um die Augen Strahlenkränze.

Was der macht? Ja, was? Der macht *so* und *so.*

Diese Worte, für die Ausländerin etwas vereinfacht, wurden begleitet von einer Geste.

Die Geste war eindeutig eine des drastischen Schwankens.

Was der Ausländer oben, im englischen Teil des Parks zu machen pflegte, wurde Petra nicht illustriert.

Obwohl das der Gärtner, so wie er aussah, auch wußte.

So wie der aussah, wußte er noch viel mehr.

Wieviel? Das schien von der Zahl der Scheine abzuhängen, die Petra ihm zusteckte.

Auf die Frage, wie der Mann heiße, antwortete er allerdings mit einer Gegenfrage: Sind Namen wichtig?

Also schön, wenn sie es durchaus wissen wolle, als der hier angekommen sei, damals, vor Jahren, da habe er sich (mit der Aussprache dieses Namens tat sich der Gärtner schwer) Stanislaw Boleslawski genannt.

Ja, vielleicht manchmal auch Mr., wie war's doch gleich, Mojo Risin'.

Aber inzwischen habe er diese Namen wohl selbst schon vergessen.

Wo der wohne? Dort drüben. – Zu dieser nicht sehr präzisen Ortsangabe deutete der Brunnenschöpfer, mit seiner schmalen Hand einen Bogen durch die Luft ziehend, halb nach links, halb hinter sich. – Ob er sie hinbringen könne? Das sei nicht so einfach. Also gut, sagte der Gärtner, fahren Sie hinter mir her, und ich bringe Sie auf die Paßhöhe. Aber wenn ich Sie bis vors Tor bringe, reißt er mir den Kopf ab.

Dort oben, schrieb Petra, flogen Schwärme von Dohlen. Oder auch Krähen. Kann sein, daß ein Rabe dabei war. Von hier aus, sagte der Gärtner, gehen Sie am besten zu Fuß, und zwar nach Westen. Sie kommen auch hin, wenn Sie nach Osten gehen, aber dann dauert es etwas länger.

Von Osten nach Westen, von Westen nach Osten, von Norden nach Süden.

Lieber Morgenrot! Von San Francisco nach Los Angeles fahre ich mit dem Mietwagen.

Das hat man mir vielfach empfohlen. Die Schönheit der Strecke.

Die Klippen, die Möwen, die Sonne, der Wind, der Pazifik.

Bis zu Beginn des Kongresses in Riverside habe ich vier Tage Zeit.

Für Santa Cruz habe ich eine Privatadresse bekommen: eine allerdings im Augenblick nur mehr aus zwei Personen (männlichen Geschlechts und unbestimmten Alters) bestehende Wohngemeinschaft.

Ende der 60er Jahre waren sie 20.

8 Burschen, 12 Mädchen. Da war was los, sagt der eine. Ja, stimmt der andere zu. Da hat sich was abgespielt.

Die beiden haben noch immer junge Gesichter.

Aber die Haut ist, speziell um die Augen herum, von zahllosen Fältchen durchzogen, wie das Spinnennetzpapier, mit dem wir in den ersten Schulklassen unsere Hefte eingepackt haben — gewiß hast Du es auch verwendet.

Sie singen, das würde Dir gefallen, alte Dylan-Nummern zur Gitarre und zur Mundharmonika, doch geht dem einen relativ bald die Luft und dem andern der Text aus.

D. h.: Genaugenommen geht ihnen nicht der Text aus, sondern das Licht halbwegs wachen Bewußtseins — spätestens im dritten oder vierten Song, den er anspielt, nickt der Gitarrist über der Gitarre ein; womöglich träumt er den Text weiter.

Ich hab mich in eins der vielen leeren Zimmer zurückgezogen.

Die Holzjalousie klappert im Wind, aber sonst habe ich hier Ruhe und sogar eine museumsreife Schreibmaschine.

(Underwood 1947) Ob ich nicht etwas zu rauchen mitnehmen möchte, hat mich der Wachgebliebene mit seiner stets etwas atemlosen Stimme gefragt.

Aber ich möchte die folgenden Passagen mit möglichst klarem Kopf schreiben.

JIM VERLIESS Tandy und das virginische Alexandria, er hatte genug von beiden. Für das George-Washington-Highschool-Jahrbuch ließ er sich nicht fotografieren, zur Schulschlußfeier, bei der die Abgangszeugnisse verteilt wurden, ging er nicht hin. Tandy (so M.) hätte ich wenigstens zum Abschied gern defloriert. Aber die Jungfrau blieb eisern. So long, fuck yourself — das läßt sich auf amerikanisch einfach am besten sagen.

Fatal nur, daß er in Florida, in das er nun für zwei Jahre zurückkehrte, in sein anheimelndes Venusklima, wenn auch diesmal ohne Mama, an ein Mädchen mit ähnlichen Grundsätzen geriet. Mary was a Catholic and had once considered becoming a nun. Anderseits wurde sie immerhin zweite beim in Clearwater traditionellen Sommerschönheitswettbewerb Sun'n'Fun. 1,55 groß oder klein, noch nicht ganz sechzehn Jahre alt, so genau sind wir über sie informiert.

Jim zog seine Show ab, diesmal nicht auf einem Brückengeländer, sondern auf der Balustrade eines Balkons. Dem Vernehmen nach hing der Balkon aber höchstens im Halbstock. Mary imponierte das trotzdem, sie hatte etwas übrig für Balanceübungen. Sie tanzte und wollte irgend etwas beim Film werden.

Das traf sich. Jim wollte Regisseur werden, das fiel ihm jedenfalls im Gespräch mit ihr ein. Nein, sagte M., diesen Gedanken hatte ich schon früher gefaßt, doch wurde er durch den Kontakt mit ihr intensiviert. Übrigens schrieb auch Mary, gestand sie, Gedichte. Die wollte sie mir aber nie zeigen, und als ich sie schließlich las, auf ihren Oberarmen kniend, das Stammbuch, in das sie ihre Verse in Schönschrift geschrieben hatte, etwas unsanft durchblätternd, denn ihre diesbezügliche Koketterie hing mir allmählich zum Hals raus, da mußte ich leider bemerken: sie waren schlecht.

Um sich zu trösten, ging er ins RENAISSANCE. Der Chef dort (so M.) war ein Schwuler, der an mich ran wollte. Ich hatte da, sagte M., gewisse Probleme. Vor allem: der Typ gefiel mir nicht; aber für die vielen Drinks, die er mir spendierte, mußte ich ihn schon ab und zu ein bißchen was spüren und sehen lassen. Außerdem machte er mir (so M.) Komplimente. Du hast so was, sagte er, ja, ich glaube, du hast es. Manche haben's, die meisten haben es nicht. Elvis hat es gehabt. Jetzt hat er es nicht mehr.

Ich hatte mich bis dahin kaum für Elvis interessiert. Jetzt wurde das anders, ich kaufte mir all seine Platten. HOUND DOG und BLUE SUEDE SHOES, meine Lieblingshits. Irgendwie, schreiben die Biographen, war Jim zum Elvis-Presley-Fan geworden.

Elvis war allerdings gern zum Militär gegangen oder hatte zumindest den Eindruck zu machen gewußt, als ob. Für so etwas hatte Jim recht wenig Verständnis. FRANKFURT SPECIAL — was für ein jämmerliches Machwerk! Wie konnte ein *King* sich so vereinnahmen lassen! Und war doch sein Stern, so M., danach auch im Sinken. Und das gewisse Etwas, von dem Allan, so hieß mein Schwuler, gesprochen hatte, war stark im Abnehmen. Ich glaube, Sinatra hat gesagt, wenn Elvis ein bißchen Gesang studieren und mit ordentlichen Musikern arbeiten würde, könnte aus ihm noch ein ganz annehmbarer Sänger werden. Sinatra hat nie begriffen, was Rock & Roll war.

Das aber nur nebenbei. An seinem achtzehnten Geburtstag mußte Mr. James Douglas Morrison, geb. am 8. Dez. 1943, zur Musterung. Verweigerung aus Gewissensgründen? Das gab's damals nicht. Er wurde für tauglich befunden und betrank sich. Andere (Idioten) betrinken sich bei so einem Anlaß aus Freude, er betrank sich aus Verzweiflung. Er neigte, so hört und liest man, allerdings ohnehin dazu, sich zu betrinken. Schon damals. Aus Verzweiflung oder aus Freude, der

Anlaß war sekundär. It was, as if he drank *only* to get drunk, soll ein Klassenkamerad vom St. Petersburg Junior College gesagt haben. But already it was an apparent form of relief.

Es war wohl auch eine Form von Nonkonformismus. He hated conformity, he'd always got some queer slant on things, erinnerte sich seine Großmutter. Schlimm, von den Großeltern überlebt zu werden. He tried to shock us. Das war gewiß keine Kunst.

Großvater liebte Hunderennen, aber sonst hatte er keine Laster. Großmutter rechnete es sich als ihr größtes Verdienst an, ihn ein Leben lang vom Trinken abgehalten zu haben. Both, schreiben die Biographen, were teatotalers. Hätte er nicht ohnehin dazu tendiert, in dieser Umgebung hätte ein Typ wie Jim aus Prinzip zu trinken begonnen.

O Gott, sagte M., diese Alten konnten mich nerven. Sie kamen sich besser vor, aber sie waren genau die von Pete Seeger besungenen Bewohner jener LITTLE BOXES. Ich weiß nicht mehr, ob dieser Song damals schon publiziert war. Aber immer, wenn ich an meine Großeltern denke, fällt mir dieses Lied ein. Es war mir ein Bedürfnis, diesen Gartenzwergen meinen Fehdehandschuh in die Gipsgesichter zu schleudern. Das Leben, das sie uns vorgelebt hatten und immer noch vorleben, ein schlechter Witz! Ein Witz, den sie ernst nahmen, über den sie nicht einmal lachen konnten. Und das Lachen verging einem auch, wenn man sich vorstellte, daß einen diese Art von Leben womöglich einholte.

Dieses Kinderheim- oder Altersheimleben! Das ganze zivile Amerika ein riesiges Kinder- und / oder Altersheim! Und über kurz oder lang die ganze Welt, der man diesen sogenannten *way of life* mit imperialistischer Arroganz aufzwang. Kinder- und Altersheimimperialismus: gekennzeichnet durch einen sich über die ganze Welt verbreitenden Gestank nach Hygiene!

Eines Abends (vielleicht zum Erntedankfest) konnte er sich

nicht mehr zurückhalten und trug seinen Großeltern seinen Lieblingstext von Artaud vor. Oma, Opa, einem inneren Drang folgend, muß ich euch ein Gedicht aufsagen. Sie legten die Köpfe schief, daß der Hirndreck sich sammelte. Das Gedicht wird euch bestimmt gefallen, es heißt: Das Streben nach Fäkalität.

Dort, wo es nach Scheiße riecht,
dort riecht es nach Leben.
Der Mensch hätte durchaus nicht scheißen können,
seine anale Tasche einfach nicht öffnen,
aber er hat gewählt, zu scheißen.
Wie er gewählt hätte, zu leben,
anstatt zuzustimmen, tot zu bleiben . . .

An dieser Stelle erhoben sich die Großeltern vom Konferenztisch, und die bis dahin mühsam aufrechterhaltenen diplomatischen Beziehungen zum Enkel waren so gut wie abgebrochen.

Jim mußte ohnehin weg. Als Student an der STATE UNIVERSITY zu Tallahassee konnte er nicht in Clearwater wohnen. Hier befindet man sich an geschichtsträchtiger Stelle: 1865 gelang es einer aus Studenten, Freiwilligen der Zivilbevölkerung und regulären Soldaten der Konföderierten Staaten zusammengesetzten Verteidigungstruppe, die Unionstruppen aus dem Norden zurückzudrängen. Der Stolz des Südens. Tallahassee war die einzige Hauptstadt eines zu den Konföderierten gehörenden Staates östlich des Mississippi, die während des Bürgerkriegs von den Unionstruppen aus dem Norden *nicht* besetzt wurde. (Natural Bridge Battlefield Historical Site. Picknicken in historischer Umgebung.)

Jim werden die INDIAN MOUNDS vielleicht mehr interessiert haben. (Indianische Grabhügel in der Nähe des Lake Jackson.) (The ancient lake, the place of the snake usw.) (Man fand Leder, darin Teile eines Skeletts, das vermutlich mit einer Schlangenhaut geschmückt begraben worden war.)

Jim, wie er durch die Canopy-Straßen schlendert. Der Name kommt von der üppigen Vegetation, die Bäume und Büsche wuchernd umgibt und in dichten Schleiern tief herabhängt. Seine Augen hängen tief: Ein nachdenklicher oder auch übernächtiger junger Mann. Möglicherweise beides. Die Nacht ist gut zum Nachdenken.

Wenn ein Mensch, maͤnnlichen oder weiblichen Geschlechts, von einem anderen Menschen, auch maͤnnlichen oder weiblichen Geschlechts, uͤber die Kleider (das Ausziehen derselben ist unnoͤthig), nach gewissen Regeln, nur leise bestrichen, und dies oft wiederholt wird, so gerathen viele, einige fruͤher, die anderen spaͤter, viele auch gar nicht, in den so genannten magnetischen Schlaf (Somnambulismus). In diesem Zustand ruhen alle Sinnen, kein Schall, kein ploͤtzliches helles Licht, keine starke Beruͤhrung kann sie wecken, und der Koͤrper ist, ausser denen zum Leben noͤthigen Wuͤrkungen, gleichsam tod. Der innere Mensch aber geraͤth in einen erhoͤhtern, und sehr angenehmen Zustand, welcher dem Grad nach immer mehr zunimmt, je oͤfter das Magnetisiren, naͤmlich das Bestreichen nach gewissen Regeln, wiederholt wird. Die Erhoͤhung des inneren Menschen steigt bei vielen so hoch, daß sie mit dem Geisterreich in Beruͤhrung kommen, und alsdann gar oft verborgene Geheimnisse, auch Merkwuͤrdigkeiten entdecken, die in der Ferne vorgehen, oder in der Zukunft geschehen werden.

Das Ausziehen der Kleider ist unnoͤthig. Wahrscheinlich auch das rein physische Bestreichen.

Obwohl es gewiß was für sich hat. Eine feine Art der Kommunikation.

Mich kannst du nicht hypnotisieren (so Petra — wie lang ist das her — in der Badewanne).

Aber was sagt das über ihre Hypnotisierbarkeit durch eine *andere* Person?

Die wichtigste Feststellung ist natürlich, daß parapsychologische Phänomene, d. h. ASW und PK (Außersinnliche Wahrnehmung und Psychokinese) tatsächlich auftreten.

Wir sind in der Nutzung unserer ASW weit weniger geübt als im Einsatz der anderen Sinne, deshalb ist es in diesem Fall besonders schwer, gültige Impressionen von symbolischen Verzerrungen und reinen Phantasien zu unterscheiden.

(Von wegen »Bestreichen«: Wäre ein solches Bestreichen, im übertragenen Sinn, nicht auch durch Musik möglich?)

Über deine Gutenacht-Lektüre in letzter Zeit, würde Morgenrot sagen, muß ich mich schon sehr wundern.

In der Nacht pflegte Morrison seine fellow students aufzuwecken, um sie zu fragen, ob sie, ohne vor dem Einschlafen onaniert zu haben, auch so schlecht schliefen. Am Morgen dann weckte er sie mit seiner Gymnastik. Er war noch immer zu füllig, das sollte sich ändern. Er turnte im Zentrum des Zimmers und wollte noch wachsen. Untertags erteilte er ihnen manchmal Redeverbot, wenn er lesen oder Platten hören wollte. Umgekehrt neigte er dazu, ihnen Vorträge über den Un-Sinn des Lebens zu halten, ob sie die nun hören wollten oder nicht. Sie hausten zu sechst im Zimmer, die Luft war dick. Mit Jim, darin stimmen die Erinnerungen der anderen fünf überein, war kein gutes Auskommen.

Einen Buick, der nicht ihm, sondern einem Kollegen gehörte, chauffierte er, blau wie ein Veilchen, gegen einen Telefonmast. Als ihm die andern deswegen Vorhaltungen machten, entwaffnete und entnervte er sie, indem er jedes Wort, das sie sagten, mitschrieb. Er trank ihnen ihr Bier weg, aß ihre Hamburgers und trug — natürlich ohne zu fragen — ihre T-Shirts. Als sie ihm endlich nahelegten, sich ein anderes Quartier zu suchen, zuckte er nur die Achseln, packte still seinen Seesack und zog in einen Wohnwagen.

Das kostete etwas mehr, aber daß der Wohnwagen ausgerechnet an der Hinterseite eines Studentinnenheims geparkt war, gefiel ihm. Die vorbeistöckelnden Mädchen mit ihren wippenden Petticoats wurden, das schließe ich aus den Andeutungen M.s, zu Objekten seiner phallisch blühenden Phantasie. Er schrieb ihnen Briefe, in denen er die gar schönen Spiele, die er mit ihnen spielen wollte, sehr detailliert ausmalte. Solche Botschaften faltete er zu Papierraketen, die er, recht undifferenziert, in Richtung der Girlies abschoß, aber wenn wirklich einmal eine das zu ihren Füßen bruchgelandete Flugzeug aufhob und den Kassiber las, dann reagierte sie meist nicht so, wie Jim sich das vorstellte.

Eins der Probleme war, daß er nie genug Geld hatte.

So kam er fast in Versuchung, von Al welches zu nehmen.

Zwar schickten die Großeltern, kommentarlos, einen monatlichen Scheck. Aber das Geld, das er dafür ausbezahlt bekam, war leider mit jedem Monat früher zu Ende.

Sicherlich konnte er auch seine Eltern anpumpen, die inzwischen in der Nähe von San Diego wohnten.

Doch seine Alten, die wollten etwas dafür!

Über die Finanzierung seines Studiums gab es eine, noch in der Zeit, da er das St. Petersburg Junior College besucht hatte, mit den Großeltern getroffene Abmachung.

Wenn ihr Sohn darüber hinaus von ihnen Zuwendungen erwartete, so erwarteten sie von ihm wenigstens Zuwendung in Form von Briefen.

Liebe Eltern! Stellt Euch folgendes vor.

Unlängst war ich im Kino. Ein schlechter Film.

Das Spannendste daran war, daß ein Feuer ausbrach.

Ich meine im Kino, im Kinosaal, nicht auf der Leinwand.

— Was hätte entstehen können? Natürlich eine Panik!

Bekanntlich neigt man in solchen Fällen zu idiotischem Verhalten.

Die Frauen kreischen, den Männern fällt auch nichts Gescheites ein.

Ebenso blindlings wie blödlings drängt man zu den Ausgängen.

— Also: Die Katastrophe hing in der Luft.

Da kam Eurem erstgeborenen Sohn aber die rettende Idee!

Ich setzte mich ans Klavier (ja, liebe Eltern, durch Gottes Fügung gab es ein Klavier im Saal). Und obwohl ich erfolgreich fast alles vergessen habe, was mich die von Euch teuer bezahlte Klavierlehrerin, Friede ihrer Asche, zu lehren versucht hat — eins konnte ich noch, und zwar (Dad wird sich freuen, das zu hören) sogar auswendig, nämlich THE STAR-SPRINKLED BANNER, erraten, die Hymne!

Die spielte ich also, obwohl ich ab und zu hustete, denn die Rauchentwicklung im Saal war inzwischen enorm.

Aber was tut man nicht alles für seine Mitbürger!

Und natürlich hatte die Hymne die erhoffte (erwartete) disziplinierende Wirkung.

Und selbst diejenigen, die bereits auf dem Boden gelegen waren, gewärtig, im nächsten Moment zertrampelt zu werden, ließ man nun wieder aufstehen und tüchtig mitsingen.

Und die soeben noch diffuse Masse formte sich zu ordentlichen Zweierreihen. Und — ja liebe Eltern! — es war eine aufrechte Freude, dem zuzusehen. Fast, liebe Eltern, hätte ich darüber vergessen, vom Klavierhocker aufzustehen, und mich selbst in Sicherheit zu bringen. Ich verließ den Saal etwas angeschmort, aber bester Laune.

Liebe Eltern! Unlängst war ich im Sumpf.

Nicht in den Everglades. Näher. Auch hier gibt es Sümpfe.

Sollte Euch das entgangen sein? Wißt Ihr das nicht?

Es gibt weit mehr Sümpfe, als man gemeinhin annimmt.

Also ich war im Sumpf und ging vor mich hin.

Ich ging — keine Angst! — auf halbwegs sicheren Wegen.

Wollte dort Frösche beobachten, Vogelstimmen hören.

(Als Biologiestudent hat man gewisse Verpflichtungen.)

Ja, und ich machte mich an die Verfolgung einer Wasserschlange, die ich sich schlängeln gesehn hatte. Aber da merkte ich plötzlich, daß einer vor mir her lief. — Ein Typ, ungefähr so groß wie ich, ungefähr so alt wie ich, ein Typ, der mir wirklich frappant bekannt vorkam. So bekannt, daß ich, hätte ich nicht gewußt, daß ich in meiner eigenen Haut steckte, leicht hätte annehmen können, es handle sich um Euren Euch liebenden Sohn!

Und dann (so Andy, Jims Bruder) beschrieb er, wie der Typ in den Sumpf fiel. Er habe ihn noch zurückhalten, ihn vor dem Fehltritt bewahren wollen, aber dabei habe er (so sehr in Schwung sei er gewesen) den anderen leider versehentlich ein wenig gestoßen. Und dann — blubb blubb — sah man nur mehr bräunliche Luftblasen . . . Liebe Eltern, *ich* bin jedenfalls derjenige von uns zwei, der übriggeblieben ist — ich hoffe, ich bin der Richtige.

Eine gewisse schizoide Veranlagung ist erfahrungsgemäß eine gute Voraussetzung.

Während diesem magnetischen Schlaf empfindet der Mensch von der ganzen Sinnenwelt auch nicht das geringste, nur die Person, die ihn magnetisirt, und mit der er in Beziehung (rapport) steht, sieht er, aber nicht mit den Augen . . . Bey vielen steigt die Erhöhung des inneren Menschen nach und nach so hoch, daß sie die Gedanken und Vorstellungen ihres Magnetiseurs aufs genaueste in ihrem Inneren erkennen.

In der Praxis allerdings erhält der Sensitive aus der Vielfalt verfügbarer Informationen oft nur einzelne Blitze ausgewählter Bilder (etwa wie die Programmvorschau im Kino).

Die Medien sehen gewöhnlich wie Schlafende aus, sie reagieren auch so, doch können sie manchmal komplexe Aktionen durchführen, z. B. sprechen, schreiben, gehen usw., und das fast in der Art einer wachen Person.

Motorradfahren? Radfahren? Briefe schreiben?

Sie erörterten beispielsweise lebhaft ein Thema mit den

Seanceteilnehmern und schrieben gleichzeitig automatisch (d. h. ohne bewußte Aufmerksamkeit) lange Texte.

(Beneidenswert.) Sie schrieben automatisch oder diktierten in Trance literarische Werke, die von Gedichten über philosophische Abhandlungen und Kurzgeschichten bis zu umfänglichen Romanen reichten.

ASW kann nicht nur die Gedanken eines anderen Menschen lesen (Telepathie), sondern auch direkt Informationen über den Inhalt undurchsichtiger Behälter einholen.

Diese Beispiele zeigen, daß der menschliche Geist manchmal auf recht ungewöhnliche Weise funktioniert.

Diese Erzåhlung enthålt nichts, das nicht durch unzåhliche Erfahrungen beståttigt wird.

Dies Alles ist noch dunkel, es wird aber im Verfolg heller werden.

Biologie hatte Jim inskribiert, das wissen die wenigsten.

Biologie in den ersten Semestern und Soziologie.

Allerdings stellte sich bald heraus, daß er mit den mehr oder minder naturwissenschaftlichen Angeboten der Universität nicht viel anfing. Was ihn weit mehr interessierte, waren gewisse (gerade die Grenzen allzu eng aufgefaßter Naturwissenschaft sprengende) Bereiche der Psychologie und jener Philosophie, die man in diesen Jahren gern mit dem Etikett Existenzphilosophie beklebte.

PHILOSOPHIE DES PROTESTS — damit konnte er etwas anfangen.

Du bist in die Welt geworfen und stellst Fragen an das Sein, aber das Sein (nachdem es überhaupt nicht ist) gibt natürlich keine Antwort.

Riders on the storm, wird er einige Jahre später dichten, riders on the storm /

Into this world we are thrown,
Into this house we are born,

aber das reicht, sagte Morgenrot.

Das ist es ja, was mich an deinem Morrison stört.

Ich meine: geistig. Ganz abgesehen von einer fast körperlichen Abneigung.

Diese Philosophie des Als-ob, diese Als-ob-Philosophie.

In vage Metaphern verblasene pseudo-philosophische Wendungen.

Vor allem: Die geistige Küste, an der er entlangstreicht . . .

Wo sind wir denn, wenn wir ihm folgen? —: Irgendwo zwischen Spätexistentialismus und Frühesoterik!

Philosophie des Protests! Daraus wären ganz andere Konsequenzen zu ziehen gewesen.

Aber nicht für einen neoromantischen, mit traumtänzerischer Sicherheit allerlei fragwürdiges Schwemmgut aufklaubenden Erotomanen.

Er hörte, so liest man, in diesen Semestern auch einen Vortrag über MASSENPSYCHOLOGIE.

Was wurde dort referiert? — DER AUFSTAND DER MASSEN.

MASSE & MACHT (gerade 1961 war die erste amerikanische Ausgabe dieses Buchs erschienen).

MASSENPSYCHOLOGIE & ICHANALYSE. Nicht zu vergessen: DAS UNBEHAGEN IN DER KULTUR.

Er schrieb eine Arbeit, die angeblich Aufsehen erregte.

Die ging davon aus, daß Massen ebenso unter Sexualneurosen leiden können wie Individuen.

Aber er war kein bloßer Theoretiker. Ihn dürstete nach Praxis.

Diese Massenneurosen könnten, wenn man den richtigen Blick dafür habe, leicht diagnostiziert und behandelt, ja von Berufenen geheilt werden.

Nämlich: Der Böse Blick und der Gute Blick.

Das Auge kann nicht nur aufnehmen, sondern auch ausstrahlen.

I can look at a crowd, soll Jim zu Kollegen gesagt haben, just look at them . . . And I tell you, just four of us, properly positioned, can turn the whole crowd around.

Just four of us. Z. B. die Herren Morrison, Manzarek, Krieger & Densmore.

Zwar mußten sie die Massen, auf die sie zu wirken versuchten, nicht gerade umdrehen –

(die bewegten sich damals schon in einer bestimmten Richtung, wenn auch, so Morgenrot, noch ein bißchen diffus . . .)

Aber (so M.), es kommt darauf an, die potentiellen Energien, mit denen du, sobald du die Bühne betrittst, konfrontiert wirst, aktuell zu nützen.

New Haven, am 8. Dezember '67.

DOORS SLAMMED FOR OBSCENE REASONS, titelt, wenige Wochen später, der ROLLING STONE.

Jim Morrison, lead singer of the DOORS, was busted for obscenity in New Haven, Connecticut, during a concert at the New Haven Arena, last Saturday. According to police reports, Morrison apparently became annoyed at the presence of numerous policemen at the concert and made "obscene objections" to them.

Mitten im Konzert soll er, die Nummer BACK DOOR MAN in Form eines Talking-Blues ausdehnend, ungefähr folgendes gesagt haben:

Ich will was erzählen, was mir einmal passiert ist . . . Es hat sich, genaugenommen, erst vor wenigen Minuten zugetragen, und zwar hier in New Haven, Connecticut, U. S. A.; da sind wir doch, oder? . . . Und, verdammt noch einmal, ich muß euch das erzählen, Leute, ich kann es nicht länger bei mir behalten, es ist zum Kotzen, und ich muß es ausspeien.

In meiner Umkleidekabine, also da war ich mit einem Mädchen . . . Wir wollten ein bißchen miteinander allein sein . . . Aber da kommt, ohne anzuklopfen, also total ohne anzuklopfen kommt da so ein kleiner Mann rein . . . So ein kleiner, harmlos aussehender Mann, wie wir ihn alle kennen, mit einem blauen Anzug und einer blauen Kappe, ein kleiner Mann ganz in Blau, aber ganz ohne Blues-Feeling.

Ich sage: Sie wünschen? Er sagt: Was machen Sie hier? Ich sage: Wir haben was miteinander zu besprechen; und zwar unter vier Augen ... Und dann zieht er plötzlich was hinter dem Rücken hervor, das wie eine Dose mit Rasierschaum aussieht, dieser kleine, harmlos aussehende Mann in Blau ... Und sprayt mir das Zeug ins Gesicht, und das brennt wie der Teufel, und ich kann nichts mehr sehen, Leute, wirklich, ich bin ein Backdoor-Man.

Ich meine: versteht ihr: ich war minutenlang blind ... Und vielleicht war ich schon vorher blind, denn ich habe doch so etwas nicht für möglich gehalten ... Hier, in New Haven, Connecticut, U. S. A. ... Im freiesten Land der Welt, in dem jeder nach seiner Fasson glücklich werden kann & soll, denn das Streben nach Glück, habe ich irgendwo gehört oder gelesen, ist ein unveräußerliches Grundrecht!

Da hast du die Wahrheit, so Morgenrot, aber frisiert!

So viel ist jedenfalls wahr, daß spätestens an dieser Stelle die Cops auf die Bühne kamen.

Und daß Morrison dem ersten von ihnen das Mikrophon unter die Nase hielt:

Na schön, Bulle, sing dein Lied, soll er etwa gesagt haben.

In the middle of the concert performance, several policemen hustled Morrison from stage and "were forced", according to the police, to use a kind of tear gas spray, called "Mace", when he resisted being dragged off stage. After he was arrested, about twenty-five fans arrived at police-headquarters to protest his arrest and demand Morrison's release. New Haven police released Morrison that night on a 10.000 $ bond, charging him with breach of the peace and resisting arrest. He is scheduled to appear in New Haven court on January 2.

New Haven? Nein, dort bin ich nicht hingekommen.

Die Yale University hat mich nicht eingeladen.

Sicher, ich hätte von New York aus hinfliegen können, vielleicht sogar mit der Bahn fahren.

Aber das Bild im MUSEUM OF MODERN ART war mir ehrlich gesagt wichtiger.

Ob ich beim Rückweg vorbeikommen kann? Ich weiß nicht.

Dieses Fuhrwerken kreuz & quer durch die Staaten verbraucht nicht nur Lesehonorare und Handgelder, sondern, wenn meine Rechnung stimmt, auch einen bereits allzu großen Teil der per Kreditkarte von meinem Konto abgebuchten Ersparnisse!

Abstecher machen! *Lieber* Morgenrot!

Die bloßen Geistreisen wären billiger gekommen (vom rein materiellen Aspekt betrachtet, waren Deine Abstecher der viel verrücktere Gedanke).

Aber was soll's? Nun, da ich schon einmal hier bin.

Heute nachmittag abgefahren von Santa Cruz; verbringe die Nacht in einem rustikalen Motel zwei Kilometer vor Big Sur.

Schadhafte Fliegengitter. Mindestens zehn Nachtfalter umflattern hier die von Plastikbast umflochtene Lampe.

BIG SUR UND DIE ORANGEN DES HIERONYMUS BOSCH — der alte Faun Henry Miller weilt auch schon geraume Zeit nicht mehr unter den Lebenden.

Aber den magst Du ja, wie ich Dich kenne, auch nicht.

Morrison wollte ihn einmal besuchen. Kein Wunder.

Davon aber ein andermal. Mir fällt gerade ein Foto ein, auf dem der bekleidete Henry Miller beim Tischtennisspielen mit einer nackten Japanerin zu sehen ist.

Frauenfeindlich, hätte Petra zu mir gesagt. Aber zu ihrem M. sagt sie vielleicht etwas ganz anderes.

Morrisons letztes Semester in Tallahassee.

An- & aufgeregt durch den GARTEN DER LÜSTE.

Im Fachbereich Kunstgeschichte (immer weiter entfernt von Biologie & Soziologie) gab es eine Lehrveranstaltung über Hieronymus Bosch. Die dürfte den jungen Mann mit den manchmal etwas ungewöhnlichen Interessen ganz besonders interessiert haben.

Schon auf den ersten Blick wird uns klar, daß es sich bei dem Mittelbild des Triptychons um eine auch im Rahmen von Boschs Werk ganz einzigartige Szene handelt. Zwar ist die Ikonographie durchaus die der damals verbreiteten Liebesgärten und Jungbrunnen. (Die Assoziation von gemeinsamen Badefreuden, etwa — eine nicht seltene Darstellung auf Kalenderblättern — zu zweit im Zuber, war ja fix etabliert.) Doch sprengt Boschs Vision diese Tradition in zweifacher Hinsicht.

Und zwar durch die Quantität und die Qualität. Man sieht eine ausgedehnte Parklandschaft, in der es von nackten Männern & Frauen wimmelt, die von riesigen Früchten kosten, sich zu allerlei Tieren (v. a. gigantischen Vögeln) gesellen sowie offen und schamlos alle möglichen erotischen Unterhaltungen genießen. Der sexuellen Phantasie sind keine Grenzen gesetzt, ihre Darstellung, so naiv sie einerseits scheint, bleibt anderseits nicht ohne raffinierte (fast parodistische) Hintergründigkeit. Ein Kreis männlicher Reiter bewegt sich wie ein großes Karussell um einen Teich voller Mädchen, akrobatische Kunststücke, die sie auf dem Rücken der Reittiere vorführen, lassen erkennen, daß sie durch den Anblick der Mädchen (eine steigt auch schon aus dem Wasser) erregt sind, etliche Gestalten (anscheinend schon sehr high) erheben sich auf zarten, bunten Flügeln in den Himmel.

Usw. Morrison schrieb eine Arbeit.

Titel der Arbeit: HIERONYMUS BOSCHS LOVE-IN.

Er ging davon aus, daß Bosch einer Sekte, den besonders in Böhmen Scharen von Anhängern hinter sich her ziehenden Adamiten oder Adamianern, angehört habe.

Zu den kultischen Handlungen traf man sich nackt, um (so wenigstens die offizielle Lesart) paradiesische Unschuld zu dokumentieren.

Aber natürlich (so M.) habe er in seiner Arbeit auch auf die Horrorvisionen des Bosch-Bildes Bezug genommen.

Bezug nehmen *müssen:* Das Paradies (linke Tafel) ist vorbei, aber die Hölle (rechte Tafel) kommt noch.

Die Erde als Haut des Abgrunds, darunter Versuchung.

Darüber schon hier Vergeltung. Das Leid. Die Qual.

Diese akribisch ersonnenen Qual-Spiralen!

Er könne nicht leugnen, daß ihn auch das fasziniert habe.

Dieses ständige Memento, daß über alles Fleisch, über alle Fleisches-Lust, letzten Endes die Würmer triumphieren.

Und die daraus resultierende Manie, möglichst rasch noch möglichst viel von dieser Welt in sich hineinschlürfen zu müssen, carpete diem brothers & sisters, vor dem unwiderruflich sich nähernden dies irae, dem großen Tod und der möglichen, ja wahrscheinlichen Verdammnis, die eine Ewigkeit unstillbaren Durstes nach Leben zur Folge haben wird, aber dann, meine Damen & Herren Puritaner, dann wird es zu spät sein.

Und diese Lust, sich selbst und andere für diese Lebens-Lüsternheit zu strafen . . .

Und die Geilheit, die danach giert, sich all die Bestrafungsmöglichkeiten auszumalen.

Wir sind, so schrieb M., zwar in der Antike geboren.

Aber pubertiert haben wir fatalerweise ausgerechnet im Spätmittelalter.

Nein, sagte Jims Professor, er sei keineswegs mit allen Thesen des Kollegen Morrison einverstanden. Aber die Arbeit, die er geschrieben habe, stehe auf einem für einen Studenten seines Jahrgangs höchst erstaunlichen Niveau. Im Fach Theatergeschichte schrieb Jim über HAMLET. Und zwar (so M.) ausgehend von der Szene, in welcher der Sohn ins Schlafzimmer der Mutter eindringt und dann versehentlich (oder auch nicht) den Vater der holden Ophelia, der sich hinter dem Vorhang versteckt hat, durch einen beherzten Degenstich erledigt.

Des weiteren referierte J. M. über Becketts WARTEN AUF GODOT. Er soll diesen Klassiker absurden Theaters als Gleichnis des Sezessionskriegs gedeutet haben, das entspricht seiner besonderen und nur von wenigen als solche verstandenen Art von Humor. Selbst als Schauspieler versucht hat er sich in einer Universitätsaufführung von Harold Pinters Stück DER STUMME DIENER. Auf dem Programmzettel stand allerdings nicht Jim Morrison, sondern der Name Stanislas Boleslawski, den er aus Verehrung für das russische Theatergenie Konstantin Sergejewitsch Stanislawski und dessen Schüler, einen in den 60er Jahren nach Amerika emigrierten polnischen Filmregisseur namens Richard Boleslawski, gewählt hatte.

Schön, wir wollen es also so ausdrücken, daß ich verrückt bin (schön!). Zumindest räume ich ein, daß 2 deutlich unterschiedene Zustände meines Bewußtseins vorhanden sind (zumindest). Zum einen der Zustand klarer Vernünftigkeit, über den es kein Disputieren gibt, und dem die Erinnerung an Ereignisse zugeordnet ist, welche die erste Epoche meines Lebens bilden. Zum anderen aber (hör zu, sage M., zum *anderen*) ein Zustand dubioser Schattenhaftigkeit, welcher der Gegenwart angehört und dem Gedenken an das, was die zweite Hälfte meines Daseins ausmacht.

Um die Mitte des Wintersemesters 1963 wird zu Dallas der Präsident John F. Kennedy ermordet werden, und das wird den Studenten James D. Morrison recht ambivalent berühren:

Der Killer erwachte noch vor dem Morgengrauen.

Er zog seine Stiefel an und wählte ein Gesicht aus der uralten Galerie.

Und er ging durch die Halle, Baby, und da hörte er jeden seiner eigenen Schritte.

Und er fuhr mit dem Aufzug, so hoch der Aufzug ihn trug.

Und er trat auf die Terrasse hinaus, und der texanische Wind blies ihm durchs Haar.

Und lud sein Gewehr, er lud es sehr sorgfältig, Patrone für Patrone.

Und spähte durchs Zielfernrohr, und das Fadenkreuz wartete auf den Kopf des Präsidenten.

Nun sah dieser Präsident zwar selbst wie ein Sohn aus.

(Gab sich als Sohn aus.) Aber den Vätern durfte man nicht trauen.

Und an seiner Seite die Gattin & Mutter sah aus wie eine Barbiepuppe.

Aber sie galt als schön. Und im übrigen hatte ihr Gatte Marylin Monroe gevögelt.

Die Flinte des Scharfschützen, eine Verlängerung seines (voyeuristischen) Auges.

Er tötet mit seinem verletzenden (beleidigenden) Blick.

The assassin (?), notiert Jim in das Heft, das später als Buch THE LORDS heißen wird, gravitated with unconscious, instinctual insect-ease, mothlike, toward a zone of safety, haven from the swarming streets. Quickly, he was devoured in the warm, dark, silent maw of the physical theatre.

Moderne Kreise der Hölle, schreibt Morrison weiter:

Oswald (?) tötet den Präsidenten. Oswald steigt in ein Taxi.

Oswald hält vor einem Hotel.

Oswald steigt aus. Oswald tötet den Offizier Tippit. Oswald wechselt seine Jacke.

Oswald wird gefangengenommen.
Und dann (nach zwei Leerzeilen:)
Er entkam in ein Kino.

Is everybody in? The ceremony is about to begin. Was steht auf dem Programm?

PARISCOPE: Die größte Programmzeitschrift der Cineastenstadt: Fast 100 Seiten Kino.

MILOU EN MAI. Das hätte heute Premiere.

Retrospektiven: Godard, Clouzot und Cocteau.

Die Qual der Wahl. La difficulté de choisir.

Die Kellnerin meint, ich sollte lieber noch einen weiteren Tag im Haus bleiben.

Nein, sage ich. Ça sera suffisant. Ganze zwei Wochen hab ich das Bett nur verlassen, um auf die Toilette zu wanken.

Hätte sie (Jeanne) nicht ab und zu einen Blick in mein Zimmer geworfen und mich mit dem nötigsten (Tee, Zwieback, Medikamenten) versorgt, wer weiß, wäre ich wieder aufgestanden.

Eben, sagt sie. Deswegen soll ich ihr folgen.

Vous êtes très gentille, sage ich. Bemühe mich, halbwegs verständlich französisch zu reden. Sie erinnert mich an jemanden.

An wen? Je ne sais pas, sage ich. Na schön, sie weiß es auch nicht.

Aber bevor ich gehe, rät sie mir, wenigstens noch etwas Wärmendes zu trinken.

Daß eine simple Grippe so schlimm sein kann!

Es war übrigens, sagt sie, gar keine Pariser Grippe, sondern eine thailändische.

Aus einer Mischung von Dankbarkeit, Langeweile und Begehren hätte ich sie gerne geküßt usw.

Aber sie hat gesagt, sie kann auf meine Bazillen verzichten.

Thailändisch, nicht französisch die Grippe — wie tröstlich.

Vielleicht habe ich meine Krankheit übrigens selbst mitgebracht.

Zumindest die Disposition dazu, die Bereitschaft.

Lieber Morgenrot! Alles in allem war diese Amerikareise doch ziemlich anstrengend.

Du wirst Dich wahrscheinlich fragen, was ich jetzt *hier* mache.

Und das mit Recht. Paris war nicht eingeplant.

Meine Entscheidung, aus Los Angeles, wo ich nach Abschluß der offiziellen Tournee noch immerhin zehn Tage verbracht habe, direkt hierher zu fliegen, ist sehr spontan gefallen.

Es wäre wohl übertrieben zu sagen, ich hätte L. A. fluchtartig verlassen, aber allzuviel hat nicht dazu gefehlt.

(Nein, so nicht. So kann ich ihm das nicht schreiben.)

Lieber Morgenrot! Es verhält sich einfach so, daß ich von Los Angeles einen gewissen Abstand brauche.

Ursprünglich wollte ich ja über New York zurück, um dort noch ein paar Tage Muße fürs MUSEUM OF MODERN ART zu haben.

Doch habe ich plötzlich das dringende Bedürfnis verspürt, möglichst schnell nach Paris zu kommen, um hier gewissen Dingen auf den Grund zu gehen.

Ich meine: Ich habe auch hier Recherchen zu treiben.

Morrisons letzte Tage in Paris, Du verstehst; dieser Grabkult um Jim Morrison.

Außerdem ist jetzt ohnehin alles egal.

Meine Ersparnisse sind zu zwei Drittel aufgebraucht — ich werde das letzte Drittel in den Pariser Aufenthalt investieren und das in mancher Hinsicht merkwürdige Material aus Los Angeles hier verarbeiten.

Ich habe mich also entschieden. LA BELLE ET LA BÊTE.

Paris verfügt noch über einige prachtvolle alte Kinos.

Eines der wunderlichsten heißt LA PAGODE.

Es ist das Zeugnis einer großen Liebe; 1896 ließ Direktor Morin vom benachbarten Kaufhaus AU BON MARCHÉ einen japanischen Palast Stein für Stein abtragen und hier im grünen

Garten als Stätte zum Festefeiern für seine Frau wieder aufbauen.

Wollen Sie mich nicht begleiten? habe ich die Kellnerin gefragt.

Wo denken Sie hin, hat sie geantwortet. Ich kann doch nicht einfach blau machen.

1931 wurde im Prachtrahmen, der unverändert blieb, ein Kino aus der Pagode.

1971 ließ Louis Malle, der in Amerika viel Geld verdient hatte, einen zweiten Saal einrichten.

Der Pferdestall — *Innen, Nacht.* Die Regieangabe verlangt Mondlicht.

Die Kamera fährt rasch vorwärts, so als wäre Belle im Laufen.

Sie bleibt stehen, während die Türen zum Pferdestall sich öffnen.

Gebrüll aus dem Off. Das Tier erscheint in voller Größe und schiebt die Tür mit beiden Händen auseinander.

Das Tier: Wo wollt Ihr hin?

Gegenschuß: Belle wird ohnmächtig und stürzt zu Boden.

Totale von oben auf Belle, wie sie ohnmächtig auf dem Boden liegt.

Das Tier kommt ins Bild, nimmt Belle auf den Arm und hebt sie langsam vor der Kamera in die Höhe.

(Wobei es sie lange beschnuppert und sich dann, erhobenen Haupts, in Bewegung setzt.)

Wake up! You can't remember where it was.

Das Tier kommt auf die Kamera zu und geht quer durchs Bild.

Das Tier (in amerikanischer Einstellung, von hinten) vor dem Kamin, die Hände auf dem Rücken.

Ich werde jeden Abend um sieben Uhr erscheinen. Bevor ich wieder verschwinde, muß ich Euch eine Frage stellen: immer die gleiche.

Im Speisesaal – Abend, Kerzenlicht. M. von hinten an Petra herantretend.

Du glaubst wohl, du kannst mich bescheißen? Das glaubst du doch, oder?

Er klemmt ihren Hals zwischen Unter- und Oberarm.

Sag schon, wer's ist? Wem sendest du deine Botschaften?

Im Hintergrund das Tier, das sich nun vollends zeigt und auf den Tisch, an dem Belle sitzt, zukommt.

Er drückt noch nicht *ganz* zu. Noch nicht. Sie soll ja noch reden.

Stimmt, er ist jähzornig, schrieb sie, aber auch lieb.

Im Schlaf saugt er an der Mutterbrust, und am Morgen braucht er sofort die Flasche, sonst zittert er an Leib & Seele.

Böse Träume. Schlaf ist ein Unterwelt-Ozean, in den wir Nacht für Nacht eintauchen. Am Morgen erwachen wir schweißtriefend, nach Luft schnappend, mit brennenden Augen. James Douglas Morrison, LORDS & NEW CREATURES, p. 19. Ich kann das jetzt besser denn je nachvollziehen. Meinen Pyjama muß ich auswinden.

Gesund sein ist anders. Da hat meine Kellnerin recht. Aber was soll's. Ich kann und mag nicht mehr stilliegen. Mein erster Weg heute früh: in die Apotheke. Virenbekämpfung mit antibiotischen Atombomben.

Anschließend war ich im Centre Pompidou. Habe im Postershop nach dem Rousseau-Bild gefragt: eine bittere Enttäuschung. Es tut ihnen leid. Das haben sie einfach nicht. (Ich hätte wohl doch noch über New York fliegen sollen.)

Dann in der Bibliothek, ein paar Rolltreppen höher.

Auf der Suche nach einem Buch, nach dem ich auch in den hiesigen Buchhandlungen bisher vergebens fahnde.

Und dabei stammt es von einem Pariser Autor (Hervé Muller).

Der hat Morrison, wie ich einigen anderen Büchern entnehme, noch kurz vor seinem Tod hier in Paris kennengelernt, aber die möglicherweise interessante Monographie, die er aufgrund dieser Bekanntschaft geschrieben hat, erklärt man hier stereotyp für épuisée.

Ich wandte mich also an Pompidous Computer.

Nein, unter Muller, Hervé, hatte er nichts, da konnte er mir nicht helfen.

Morrisons Name hingegen war eingespeichert.

Allerdings nicht unter den Autorennamen, sondern als Stichwort, nicht als Name eines schreibenden Subjekts, sondern als Bezeichnung eines beschriebenen Objekts.

Das hätte ihn (Morrison) sicherlich wütend gemacht.

Wahrscheinlich hätte er, wäre ihm das je aufgefallen, in den Computer getreten und dadurch auch hier, im Exil, eine Verhaftung wegen Erregung öffentlichen Ärgernisses, Randalierens und boshafter Sachbeschädigung riskiert.

Drüben in den Staaten soll er, allein von der Bühne weg, 7 bis 9 Mal verhaftet worden sein.

Über die genaue Anzahl seiner Verhaftungen sind sich die verschiedenen Biographen nicht einig.

New Haven war nur der Anfang, das Ende war Miami.

In Phoenix, Arizona, etwa hatte er zum ersten Mal einen Sexualakt (Fellatio) auf der Bühne imitiert und das Publikum zum Widerstand gegen die daraufhin einrückende Polizeitruppe aufgefordert.

Bei einem Konzert in Long Island stürmten die Fans die Bühne und demolierten die Anlage, während die DOORS das Weite suchten.

Auf den Polizeifotos sieht Jim dumpf brütend oder verschmitzt, niedergeschlagen oder überlegen, vordergründig besoffen oder hintergründig provokant drein.

Das Tier muß eine Anziehungskraft haben, die uns fehlt.

An der Quelle: Totale auf das, was Belle sieht.

Die Quelle speist einen kleinen Teich, der vom tief auf das

Wasser herabhängenden Gras und moosbedeckten Felsen umsäumt ist.

Das Tier auf dem Boden. Es trinkt Wasser aus dem Teich. Man hört es schlürfen.

Die Kamera ist wieder auf Belle (im Garten) gerichtet, die mit äußerster Behutsamkeit die Tür schließt. Während sie sich versonnen in Bewegung setzt, fährt die Kamera vor ihr her.

Im Garten: Belle (halbnah im Vordergrund) sitzt neben der Arkade. Bei ihr sitzt das Tier. Es spricht mit normaler Stimme:

Also wer ist der Kerl? (Meinte er mich?)

Wer? — Na der Freak, den du fortgesetzt magnetisierst?

Er fragte beharrlich, schrieb sie. Es ließ ihm keine Ruhe.

Ich habe ihm also gesagt, daß du harmlos bist.

(Petra und ihr Talent, mich zu desillusionieren.)

Und? fragte M. Was macht er?

Er liest & schreibt.

Was liest er? Was schreibt er?

Ach, sagte Petra, nichts Besonderes.

Ich sei eine Art nicht zustandegekommener Schriftsteller.

Das habe ihn, schrieb sie, erleichtert, ja amüsiert.

Nichtsdestoweniger blieb ein gewisses Mißtrauen.

Das Tier kann ein leises Knurren nicht unterdrücken.

Unruhig wirkt es. Es wendet den Kopf und wittert.

Ich bin im Kontakt mit Computern nicht sehr versiert.

Jede Benutzung eines solchen Geräts wird mir zur Auseinandersetzung mit einer im Grund als feindlich empfundenen Technologie.

Vertippte mich einige Male. Letzten Endes lieferte mir Pompidou trotzdem, worum ich ihn ersucht hatte.

Die Ordnungszahl nämlich, unter der das von mir so lang wie erfolglos gesuchte Buch über Morrison katalogisiert war.

Ich freute mich aber zu früh. An der Stelle, an welcher das

Buch dieser Ordnungszahl entsprechend stehen sollte, stand es nämlich nicht.

Womöglich verreiht. Ich suchte die Regalumgebung ab. Erst die nähere, dann die weitere.

Ich suchte horizontal und vertikal.

Doch blieb diese Suche, bei aller Sorgfalt, vergebens.

Na schön, es konnte ja sein, daß das Buch jemand las.

Auf und ab schlenderte ich an den Lesetischen entlang, die Bücher, die soeben studiert wurden oder in kleinen bis mittleren Stößen vor den Leserinnen & Lesern lagen, ebenso unauffällig wie scharf ins Aug fassend.

Schließlich kämpfte ich noch einmal mit dem Computer.

Mit gleichem Ergebnis. Die Buchstaben-Zahlen-Kombination, die ich zuvor auf eine Metrokarte notiert hatte, war richtig.

Am Info-Schalter ein philosophischer Typ:

Wenn das Buch weder verreiht noch zum Lesen im Lesebereich entlehnt sei, voilà, dann werde es jemand entwendet haben.

Rein theoretisch seien Bücherdiebstähle in dieser Bibliothek durch die elektronischen Kontrollen an den Drehkreuzen zwar ausgeschlossen.

Doch zwischen Theorie und Praxis gebe es aller Erfahrung nach eine gewisse Diskrepanz.

Eh bien. Ich habe die Praxis gleich ausprobiert.

Bei nochmaliger, wieder vergeblicher Suche nach dem Morrison-Buch habe ich nämlich unter dem Buchstaben D wie DOORS ein Werk über Dionysos gefunden.

Auch die Autorin (Maria Daraki) beginnt mit D.

Mit diesem Buch unter dem Arm die Bibliotheksetage verlassend, wurde ich weder vom elektronischen Blitz getroffen, noch von irgendeinem menschlichen Wesen beanstandet.

Was mich frappiert und verführt hat, war vorerst *ein* Satz:

Le dieu dort dans le royaume des morts, puis il s'éveille aux appels des nymphes.

Der Satz stammt, wie ich einer Fußnote entnehme, aus der 53. orphischen Strophe.

Aber da ich die orphischen Strophen nie gelesen habe, konnte es nicht *da*ran liegen, daß er mir so bekannt vorkam.

Im Hotel fiel mir ein, woher ich ihn kannte.

(Genaugenommen am Eingang zum Hotel, bevor ich, das entwendete Buch unter dem Arm, das Hotel wieder betrat.)

Mein Blick fiel, die kurze Rue du Repos mit Lichtgeschwindigkeit durchmessend, aufs Friedhofstor.

Natürlich! Der Satz stand auf einem der Grabsteine der in Mit-Leidenschaft gezogenen Nachbarschaft von Morrisons Grab.

Treppauf in mein Zimmer gehastet, einen zusätzlichen Pullover über den Kopf gezogen und treppab beinahe die noch immer (schon wieder) um mich besorgte Kellnerin umgerannt.

Was haben Sie denn? hat sie mich gefragt. Nichts, habe ich geantwortet, aber geben Sie mir schnell einen Cognac!

Den Spruch auf dem Friedhof habe ich verifiziert.

Er weicht nur in *einem* Wort von dem in jenem Buch wiedergegebenen ab: der da schläft und wieder aufstehen soll, wird nicht als Gott bezeichnet, aber immerhin als König.

Ich bin der Eidechsenkönig, ich kann nur mehr wenig.

(Aber wer weiß, vielleicht ist das alles nur Trick.)

Ach wie gut, daß niemand weiß, daß ich Mojo Risin' heiß!

(M., um ein Feuerchen tanzend, das er im Burghof angezündet hat, so stelle ich ihn mir vor.)

Mojo Risin' – das ist übrigens ein Voodoo-Name.

Rise rose risen. Irregular. Aber auch: The rise u. rising (hauptwörtl. gebraucht).

Steigen, anwachsen, anschwellen, z. B. des Wassers oder auch der Stimme.

Darüber hinaus: sich erheben, aufstehen, aufbrechen, auferstehen, aufgehen (eines Gestirns, des Samens), sich empören (against, on = gegen); entspringen (Fluß).

I am the Lizard King / I can do anything.

Ich kann die Erde in ihrer Bahn zum Stillstand bringen / ich habe die blauen Autos verscheucht.

Ich habe nun 7 Jahre gewohnt / im verlorenen Schloß des Exils.

Und mit den Mädchen der Insel / habe ich seltsame Spiele gespielt (!)

Jetzt reicht es mir aber, meine Lieben, jetzt komme ich wieder.

A intervalles fixes, Dionysos ouvre aux humains son paradis sauvage.

Brothers & Sisters of the pale forest / O children of the Night!

Who among you will run with the hunt?

The hunt. Die Jagd. Sie besteht aus Gejagten & Jägern.

Dionysos tritt in beiden Rollen auf.

He enters stage: Blood boot. Killer storm.

Es ist eine unanfechtbare Überlieferung, daß die griechische Tragödie in ihrer ältesten Gestalt nur die Leiden des Dionysos zum Gegenstand hatte . . .

What are you doing here? / What do you want? Is it music?

We can play music / But you want more / You want something & someone new.

Am I right? / Of course I am / I know what you want:

You want ecstasy / desire & dream / Things are not exactly what they seem . . .

Wer unter euch will mitrennen mit der Jagd?

Jagd. Die wilde. Im Volksglauben ein Totenheer, das, angeführt vom Wilden Jäger, in Sturmnächten durch die Luft reitet.

Im 6. vorchristlichen Jahrhundert verbreitete sich, wahrscheinlich von Thrazien ausgehend, ein wilder Kult.

Beute der Jagd war das Geliebte Kind, der uralte Schlangengatte, der erst gesäugt, aber dann wie ein wildes Tier in Stücke gerissen und roh verzehrt wurde.

. . . mit der gleichen Sicherheit darf behauptet werden, daß niemals bis auf Euripides Dionysos aufgehört hat, der tragische Held zu sein, sondern daß alle die berühmten Figuren der griechischen Bühne, Prometheus, Ödipus usw. nur Masken jenes ursprünglichen Helden Dionysos sind.

Na schön, bringt mir ein Messer, soll Morrison gesagt haben, dann bekommt ihr endlich, was ihr wollt, dann kriegt eine von euch den Schwanz und die andere den Restkörper.

Dionysos ist »der Frauen Gott«, aber unter Bedingungen der Männerherrschaft.

Morrison litt darunter, zu seinen Lebzeiten nicht wirklich als Poet anerkannt zu sein.

Nachts. Fast halb drei. Bin müde, doch kann ich nicht einschlafen.

Wenn ich vom Dämmerzustand, der dem Einschlafen vorausgeht, über die Schwelle zu geraten drohe, hinter der die Traumräume anfangen, erschrecke ich, schrecke auf, will ich lieber wieder aufwachen.

Im Traum stülpe Schlaf über deinen Körper — schön wär's.

Wie einen Handschuh — wenn das so einfach wäre.

Wärmend. Ich friere. Obwohl das Fenster zu ist.

Auch hier klappert übrigens die Jalousie. Wenn es nicht die obligate Fledermaus ist, die an die Scheibe klopft.

Habe mir (um mich abzulenken!) DRACULA auf französisch gekauft.

Lieber Morgenrot! Hättest Du noch in Erinnerung gehabt, daß der arme Jonathan Harker, als er den Grafen zum ersten Mal aus dem Fenster steigen und die Burgmauer (mit dem Kopf nach unten) hinabklettern sieht, diesen — trotz seines sich bauschenden Mantels — nicht mit einer Fledermaus, sondern mit einer Eidechse vergleicht?

Auf den Zinnen seiner Burg steht mit gespreizten Beinen der berüchtigte Echsenkönig und späht in die Landschaft.

Hat er dich schon erblickt? Er bewegt seinen Kopf mit ruckartigen Reptilienbewegungen.

Würfle mit *einem* Würfel für dich, mit *zwei* für das Ungeheuer.

Da der Hügel ziemlich steil ist, verlierst du auf dem losen Geröll den Halt, überschlägst dich und rutschst in die Schlucht hinunter.

Vormittags. Schon über elf. Ich muß doch noch eingeschlafen sein.

Beim Frühstück hat Jeanne behauptet, ich sehe erholt aus.

Kann ich mir zwar nicht vorstellen, aber egal.

Ich werde sozusagen arbeitshypothetisch von ihrem Urteil ausgehen und versuchen, zu arbeiten.

Systematisch. Ich weiß, das ist meine Schwäche.

Nämlich der *Mangel* an Systematik. Dieser Wust von widersprüchlichen Aufzeichnungen!

Manchmal erfaßt mich ein Haß auf all das Papier.

Hab schon daran gedacht, es einfach wieder in den Koffer zu füllen, in dem ich es angeschleppt habe, und diesen Koffer dezent in die Seine fallen zu lassen.

Aber ich frage mich: Kann ich das Petra antun?

Vielleicht (ja wahrscheinlich) treibt sie ja nur ihren extremen Scherz mit mir, aber solange ich die Möglichkeit, daß sie es ernst meint, nicht stichhaltig widerlegt habe . . .

Du schreib das, schrieb sie. Ich kann es, ich darf es nicht schreiben.

Wenn ich es schreibe, sagt er, dann dreht er mir den Hals um.

Also werde ich in die Papeterie gehen.

Also werde ich mir ein neues Heft kaufen.

Zwar lenken die neuen Impulse meine Gedankengänge in bisher ungeahnte (oder *nur* geahnte) Bahnen —

Ich will aber wenigstens das, was ich in L. A. und Umgebung auf Tonbandkassette gesprochen bzw. notiert habe, soweit ich es noch verstehen respektive entziffern kann, übertragen, bevor mich die wilden Assoziationsbäche (Flüsse?) mit sich fortreißen.

This Is Earthquake Awareness-Month, Are You Prepared?

(Ein Transparent überm Freeway 60, wie einladend!)

Die Faszination, die von dieser Vorstellung ausgeht:

Ein paar sich beharrlich genug wiederholende Erdstöße im oberen Drittel der Richterskala, und diese ganze, zu einem Konglomerat von Städten zusammengewachsene, sich als Megalopolis manifestierende Lebensgier ist ein Trümmerhaufen.

Santa Monica, Beverly Hills, San Fernando.

Hollywood, Burbank, Glendale und Pasadena.

Successful hills (beschissen erfolgreiche Hügel).

Sie stehn, um zu bleiben. Aber das alles ist eitel.

Könnte, notiere ich, Morrison sagen / gesagt haben.

Zu dieser Stadt habe er sich, seit er das erste Mal von ihr gehört habe, hingezogen gefühlt (auch das ein magnetisches Phänomen).

Vielleicht, weil man angesichts der permanenten (und permanent verdrängten) Todesbedrohung, die für unser Zeitalter repräsentativ ist, am intensivsten lebt.

Wäre er im ersten Jahrhundert nach Christus zur Welt gekommen, er (M.) hätte sich wohl am ehesten in Pompeji angesiedelt.

Los Angeles, 40 Miles. The City of the angels.

Die Dunstglocke reicht bis hierher.

Oder ist es der Sand aus der hinter uns liegenden Wüste, der in der Luft tanzt?

Vor uns: ein Motorboot, auf der Straße gestrandet.

Über uns: ein Ballon, als Zeppelin getarnt.

Morrisons Stimme aus dem Kassettenrecorder.

Die sanfte Parade hat soeben begonnen.

Im Chrysler zu meiner Rechten Miss Piggy persönlich.

Im offenen Chevrolet zu meiner Linken ein alter Indianer, der aussieht wie Hermann Hesse.

Los Angeles, 20 Miles. 1769 kam der spanische Forschungsreisende Don Gaspar de Portola auf seinem Weg von Mexiko nach Monterey in diese Gegend.

El Pueblo de Nuestra Señora, la Reina de Los Angeles de Porciuncula.

Die Stadt, die da geistlich heißt Babylon und Ägypten.

Der Westen ist am besten. Aber man kann dort auch unversehens ans Ende der Welt geraten und abstürzen.

Abfahrt Washington Boulevard, Richtung VENICE-Beach.

Ein Zimmer im erstbesten Motel genommen, an dessen Tür ich, im einfallenden Dämmer, das in Neonbuchstaben leuchtende Wort VACANCIES gelesen habe.

Ein Bett zum Schlafen, ein Tisch zum Schreiben, was brauche ich mehr.

Eine Sitzgarnitur aus stark riechendem (ehemals rotem) Kunstleder. Ein Fernseher mit Staubschicht obenauf, den ich wohl kaum benutzen werde.

Noch ein paar Schritte getan, zum Füße vertreten.

Venice had been a Mecca for the beat generation in the 1950s and the bohemian tradition clung to it.

Verlassene Villen und geschlossene Rolläden.

Leer und lang liegt der Strand. Davor der Pazifik.

Draußen am Pier ein Mann Mitte 40, lehnt am Geländer.

In seinem Blick: Entgleitende Segel, Nebel.

Wie alt wäre Morrison jetzt? — Mein Alter. Mein Jahrgang.

MY GENERATION. Hope I die before I get old. Das hat sich Morrison hinter die Ohren geschrieben.

Wenn nicht . . . Aber nein, Petra spinnt. Ich will der *realen* Morrison-Story nachgehen.

Nicht der *phantastischen.* Morrison ist tot. Und er tut gut daran, es zu sein.

1965 kam dieser Song der WHO heraus. Da war Jim gerade 22.

Etwa das Alter, in dem auch er Songs zu schreiben begann.

Aber vielleicht sollte ich das biographische Material doch halbwegs der Reihe nach verarbeiten.

Morrisons Ankunft hier, das war '64.

Da war das Lebensgefühl, das in MY GENERATION anklingt, zumindest schon im Heraufdämmern.

People try to put us down / just because we get around usw.

Diese Generation hatte, kaum war sie aus ihrer Kindheit aufgewacht, Marlon Brando in DER WILDE und James Dean in DENN SIE WISSEN NICHT, WAS SIE TUN gesehen — sie wollte bei der Reproduktion der ewiggleichen Scheiße nicht mitmachen.

Erinnerst du dich?

Ja sicher, sagt Morgenrot.

(Gespräche mit Morgenrot im PEGASUS / Gespräche mit Morgenrot vor dem Einschlafen.)

Bevor wir so werden, wie *ihr*, haben wir gesagt, verdammt nocheinmal, da geben wir uns lieber rechtzeitig die Kugel.

Aber sind wir so geworden, wie *wir*? frage ich dich. Ich habe das Gefühl, daß wir nicht mehr allzu viel Zeit haben.

Awake / Shake dreams from your hair (ja können vor Haarausfall).

Ich öffne das Fenster. Ich werfe einen Blick in den Hof. Mein Blick fällt krachend auf ein Autodach.

Mäßig verparkter Innenhof des Marina-Motels zu Los Angeles. Wie bin ich bloß hierher gekommen?

Ich versuche mich zu erinnern. Ich erinnere mich. Also kann ich das Fenster wieder zumachen.

Ich sehe mich im Spiegel. Ich gefalle mir nicht. Ich putze mir die Zähne.

Ich wasche mich, ziehe mich an. Ich gehe die Treppe hinunter.

Ich überquere die Straße. Ich werde nicht überfahren.

Wie geht's uns denn heute morgen? fragt mich die Kellnerin. Gestern abend haben wir uns noch nicht gekannt.

Thank you, fine. Sie lächelt wie eine Krankenschwester.

Der Kaffee rinnt aus dem Kopf, mit dem ich denke, in den Brustteil, mit dem ich atme, und vergluckst in den Eingeweiden.

More coffee? fragt mich die Kellnerin. Sie erinnert mich an jemanden.

Nein danke. Können Sie mir freundlicherweise den besten Weg zur Universität sagen?

Zu welcher? fragt Sie. Zur U. S. C. oder zur U. C. L. A.?

University of California, gegr. 1880, oder University of California at Los Angeles, gegr. 1919?

Informiert, diese Frau! – Zur U. C. L. A.

1964 gab es dort 20.000 Studenten. Einer davon hieß Jim Morrison.

Der Campus: riesig, gepflegt, ein bißchen steril.

Etwas verloren versuchte J. M., soeben aus Florida zugereist, sich in der neuen Umgebung zurechtzufinden.

Unter Palmen oder Platanen wandelnd.

Zwischen nicht unbedeutenden Werken moderner Plastik.

Schöne Durchblicke auf gehügelte Wiesen.

Kollegial: Professoren und v. a. Studentinnen.

Entblößte Arme & Beine in der für Los Angeles typischen Smogsonne.

Es muß allerdings Februar gewesen sein, als Morrison hier ankam.

Er fragte nach dem Film-Department. Ich frage nach dem Film-Department. Es ist nicht leicht zu finden.

MELNITZ BUILDING. Ein Backsteingebäude. Es gibt hier lauter Backsteingebäude.

Er kam sich vor wie in einem NOUVEAU ROMAN. Oder wie in einem Film, der nach einem Nouveau Roman gedreht wurde.

Totale: Der Campus von oben. Wie der Hauptdarsteller im Kreis geht.

Dann endlich das FILM-DEPARTMENT. *Innen, Tag.*
Jim von hinten (über den Seesack gefilmt).
Anschlagtafeln. Programs, Communications.
EXCITING NEW DOCUMENTARY ABOUT VIETNAM TODAY.
Jim von der Seite, kaugummikauend, pausbäckig.
SHORT STUDENT FILM ABOUT RELATIONSHIP OF YOUNG PEOPLE IN TODAY'S MULTICULTURAL SOCIETY.
ANOTHER DREAM IN AMERICA (U. C. L. A.-Thesis Film, now in Pre-Production.)
CONFUSED ABOUT CLASSES? — Come and make an appointment with counseling assistant.

Es scheint, als ob Morrisons *communications* hier Zeit brauchten.
Seine Schüchternheit, die er bereits an der Washington-High für überwunden gehalten hatte, kam wieder zum Vorschein.
Unerwarteterweise. (So M. zu Petra.)
Aber sein nach außen gekehrtes Selbstbewußtsein, dieses zu laute, provokante, zuweilen auch unverschämte Auftreten sei eigentlich, sagte er, immer nur Überkompensation gewesen.
Zwar trat das Film-Department, heißt es, 1964 gerade in sein sogenanntes Goldenes Zeitalter.
Doch stimmen die Gewährsleute darin überein, daß der Student Morrison während seiner ersten zwei Semester in Los Angeles kaum daran teilhatte.
Bei den hochinteressanten Lehrveranstaltungen der Herren Stanley Kramer, Jean Renoir und Josef v. Sternberg ließ sich der Neuankömmling nur selten sehen.
Oder man sah ihn nicht, weil er so introvertiert war.
Auch dem studentischen Leben wich Jim voerst aus.
Das Lokal, in das er mittagessen ging, soll 1,5 km vom Universitätsgelände entfernt gewesen sein.
Mexikanische Küche. In der Nähe des Veteranenkrankenhauses.

Er fühlte sich wohl unter Amputierten und Blinden.

Viel telefoniert soll er haben, und zwar v. a. mit Mary der Katholischen in Florida.

Das kann man sich vorstellen. Die Liebe zu ihr wuchs mit dem Quadrat der Entfernung.

Und die kalifornischen Girls? fragte sie. Er antwortete: Welche Girls?

Komm zu mir. Ich habe Sehnsucht nach dir.

Und / aber was tut einer, dem es so geht, am Abend?

Die Viertel, die Morrison anzogen, gab es auch hier.

In jenem schmierigen Ring nämlich, der das tägliche Business umgibt, existiert, schreibt er, das einzig wirkliche Leben der Massen unter diesem Grabhügel, das einzige Straßenleben, das einzige Nachtleben. Kranke Studienobjekte in Dollar-Hotels, bei Pfandleihern, in Bars, in Spielsalons, Strichschuppen oder Puffs, unter dem sterbenden Licht, das niemals verlischt, in Straßen mit fragwürdigen Kinos, die niemals schließen . . .

Auf Morrisons Spuren stelle ich mir Morrison an meiner Stelle vor. Nacken eingezogen Kragen der Lederjacke aufgestellt Hände in den Hosentaschen. Jim, 21, Hauptdarsteller in einem Film, den er in seinem Kopf herunterkurbelt. (Sich einen herunterkurbeln: Cineastischer Hirnwichser.)

Mitten in dieser Stadt ohne Zentrum, nächtens.

Hollywood ist weit weg — ein anderer Stern.

Lieber Morgenrot! Bin in L. A., aber habe keine Ahnung, wo ich eigentlich bin.

Falls ich mir hier verlorengehe, wird es nicht leicht sein, mich wiederzufinden.

Wenn Du diese Stadt auf der Karte siehst, scheint sie Dir schachbrettartig angelegt, aber wenn Du auf die irre Idee kommst, Dich bei Nacht und etwas abseits von den im Baxter empfohlenen Trampelpfaden herumzutreiben, ist sie ein Labyrinth. Mexiko, China, Japan, ach was: Du gerätst hier, mitten in LAmerica, wie es Morrison in mehreren Gedichtanläufen genannt hat, noch in ganz andere Weltgegenden. The veins of highways / Beauty of a map / Hidden connections. Ursprünglich handelt es sich, lese ich, um eine Oase, also sei immer und überall gefaßt auf eine Fata Morgana.

Zum Beispiel die: eine alte graue Steinmauer zwischen einer kleinen Kirche und einem alten Hospital.

In dieser Mauer ein Portal (pseudogotisch), darüber (in laufender Leuchtschrift) die Ankündigung irgendwelcher, im Inneren des Etablissements auf Dich wartender Attraktionen.

Magie oder Sex. Ich habe einiges trinken müssen, um wieder aus dem Labyrinth herauszukommen.

SPIRITUAL READING, LIVE ACT ... Buchstaben aus Licht, aber ich kann mich nur dunkel daran erinnern.

MORRISONS COMMUNICATIONS (Forts. 1):

Jims erster Freund an der Uni hieß Dennis Jakob.

Lese ich / schreibe ich, sitzend im SCULPTURE GARDEN.

(Wartend auf einen Professor, den ich auf dem Kongreß in Riverside kennengelernt habe.)

In den Filmseminaren von ähnlich hintergründiger Schweigsamkeit wie Jim selbst, hatte er vielleicht ähnlich Wesentliches zu sagen.

Nur sagte er's nicht. Vielleicht aus ganz ähnlichen Gründen.

Hemmungen, Schüchternheit. Stille Wasser sind tief.

Gewiß doch, sagt mein Professor, Sie haben ein unbestreitbares Talent zum psychologischen Roman.

Sich für die kleine Verspätung entschuldigend (organisatorische Verpflichtungen, Sie wissen schon), hat er neben mir auf der Bank Platz genommen.

Daß dieser — wie heißt er? Morrison? — hier bei uns studiert hat, habe ich nicht gewußt.

Sie haben nur Pech, daß er aus der Mode ist.

Der psychologische Roman nämlich. Zumindest bei Ihnen zu Hause. What you need is a good translator.

Er interessiere sich kaum für Rockmusik

Er kenne gerade Madonna und Michael Jackson.

Was Sie in Riverside vorgelesen haben, sagt er, hat mir imponiert.

Aber unter einem Roman über diesen Jim Morrison kann ich mir ehrlich gesagt nicht allzuviel vorstellen.

Ich will was erzählen von Morrison & vom großen Skandal.

Das war im Jahr '69, d. h. in dem Jahr, in dem wir allmählich begriffen, daß '68 vorbei war

Für manche eine Art Himmelserscheinung —

andere aber, die mit beiden Füßen auf dieser Erde aus Produktions- & Konsumabfall standen

(z. B. ein Präsident namens Nixon)

hatten schon weniger übrig für solche Kometen mit Schwanz

(Das war das Jahr, in dem manche Träume abkratzten) . . .

Bunt gefiederte Träume, die folgendes sagten:
Vergeßt die Nacht
Haust mit uns in azurblauen Wäldern
Hier draußen an unserer Peripherie
da gibt's keine Stars
& Stripes —
Hier sind wir immer
auf dem Empfängnistrip
Aber unbefleckt
wirklich

poetisch, sagt der Professor, aber wie soll ich sagen, ein bißchen unepisch.

Na eben. Also zurück zu Dennis und Jim.

Wie sie einander beobachteten, wie sie einander ab- und einschätzten, wie sei voneinander Witterung aufnahmen.

Sie sahen einander an und durchschauten einander.

Sicher nicht ganz, aber doch zureichend, um einander etwa folgende Codeworte zuzusenden:

Dennis an Jim — Wir Heimatlosen von Anbeginn ...

Jim an Dennis — Roger, wir haben keine andere Wahl ...

Postwendend Jim an Dennis — Wir müssen Eroberer und Entdecker sein

Vielleicht daß wir,
was wir selbst entbehren —
aber hier gab es eine geringfügige Funkstörung.

Wie auch immer: Sie umkreisten einander.

Sie knurrten ein bißchen (zwei einsame Wölflinge), sie zeigten einander die Zähne.

Sie erkannten einander schwanzwedelnd als freie Geister.

Oder als solche, die es noch werden wollten.

Das mußte gefeiert werden. Sie beschlossen, ein Wochenende über die mexikanische Grenze zu trampen und ihre Leidenschaften zu Freudenschaften zu machen.

JIM & DENNIS IN MEXICO. 3 Szenen für einen Slapstick-Film.

Außen, Tag. Jim & Dennis an der Straße zwischen Tijuana und Ensenada stehend.

Dennis hält einen Daumen Richtung Süden, Jim hält ein Buch in der Hand und liest daraus vor. Sie sehen aus wie Laurel & Hardy, nur etwas weniger dick bzw. dünn.

Dann Dennis im Schneidersitz, das Buch liegt nun aufgeschlagen auf seinen Knien, darauf ein Joint in statu nascendi.

Vorfreude ist die schönste Freude. Auch Jim, seinen Hitchhiker-Schichtdienst vernachlässigend, setzt sich.

Dennis in Großaufnahme. Seine Lippen, seine Finger. Er geht sehr sorgfältig zu Werke.

Ein Lastauto donnert vorbei. Zigarettenpapier & Marihuana fliegen davon. 1132 Seiten Nietzsche flattern im Wind . . .

Eine Bodega, *innen. Noch immer Tag.*

Eine Kellnerin will Tequila in zwei Gläser einschenken, die vor Dennis und Jim auf dem Tisch stehen.

Jim lächelt sie an und nimmt ihr die Flasche weg.

Insert: Man muß die großen Probleme mit Leib & Seele erleben wollen.

Er trinkt und gibt weiter. Dennis trinkt ebenfalls.

Insert: Der Erkennende hat Freude an seinen schlechten Affekten.

Indessen will Jim der Kellnerin unter den Rock greifen.

Insert (Denkblase): Schwanz & Schere. Sie schlägt ihn backhand ins Gesicht . . .

Innen, Nacht. Ein Zimmer in einem Bordell.

Jim und Dennis, kreuz und quer über einer voluminösen Dame liegend, deren Gesicht man nicht sieht.

Sie sind nackt bis auf die Socken. Ihre Melonenhüte liegen brüderlich nebeneinander auf dem Nachtkästchen.

Darüber eine Petroleumlampe. Die drei Körper glänzen verschwitzt. Ab und zu klatschen Dennis und Jim nach Moskitos.

Aber was soll's, sagte Dennis, schön war es doch.

Ja, sagte Jim, du hast recht. Man darf nicht kleinlich sein in Hin- & Rückblick auf seine sinnlichen *experiences.*

(Unschuld des Raubtiergewissens. Frohlockendes Ungeheuer.)

Zurück nach L. A. ist er jedenfalls ziemlich braungebrannt und ermannt gekommen.

Und wurde erwartet von seiner ihn liebenden Mary.

Die seine fernmündlichen Appelle wirklich ernstgenommen hatte. Okay, da war sie.

Do you really love me? fragte sie. Aber was sonst.

Der Jim, der sie umarmte und sich — ihrer eigenartigerweise immer noch intakten Jungfernschaft ungeachtet — hart an sie ranpreßte, war zweifellos nicht mehr der, mit dem sie telefoniert hatte.

Sie fand sich, lese ich, einen Job im Medical Center der Uni und / aber ein eigenes Apartment.

Darüber war Jim enttäuscht bis erbost. Er betrank sich.

Hielt ihr Vorträge zur Genealogie der Moral. So etwas wollte sie nicht hören.

Der Wille zur Macht kann sich nur an Widerständen äußern. Wer nicht hören will, muß fühlen.

Ein Mensch, der nach Großem strebt, betrachtet jedermann, dem er auf seiner Bahn begegnet, entweder als Mittel oder als Verzögerung und Hemmnis.

Do you really love me? fragte er. Na bestens: let's make love, not war.

Es sind Glücksfälle dazu nötig und vielerlei Unberechenbares, daß ein höherer Mensch, in dem die Lösung eines Problems schlummert, noch rechtzeitig zum Handeln kommt.

Aber: Die Menschen der tiefen Traurigkeit verraten sich, wenn sie glücklich sind; sie haben eine Art, das Glück zu fassen, als ob sie es erdrücken und ersticken möchten.

Da riß er sich los und / oder da riß sie sich los.

Jetzt hast du mich also gehabt, sagte sie. In einer Wellblechhütte am Strand!

Du hast es so gewollt, sagte sie, und ging ihm davon. Und zwar barfuß durch den Sand.

In diesen frühen, glücklichen Jahren hatte man noch keine Angst vor Aids-Nadeln.

(Wiederum Venice Beach und wieder im Dämmer.

Hier ist gut schreiben / notieren. Auch fotografieren.

Ein Junkie unter einer sehr einsamen Palme: Am anderen Bildrand eine blau gestrichene Tonne: Eine Szene aus einem Italo-Western.

Fehlt nur die Musik von Ennio Morricone.
Ein Hängegesicht, dem alles fatal egal ist.
Weltuntergang im Blick, dem er tunlichst zuvorkommt.
Are you prepared? Weit besser. Er ist voraus.
Und geht aus dem Bild. Mit überraschender Haltung.)

Also hört zu: Ich erzähl was von einer Sehnsucht
Von einer Sehnsucht und einer Abgängigkeitsanzeige, Gott betreffend
Es war, wird erzählt, eine laue Nacht
da hat sich Jim Morrison frei gemacht –
Hört zu, ich erzähl euch was von der Freiheitsstatue & ihrer gußeisernen Seele.

D. i. eine Absichtserklärung, ich will was erzählen vom großen Striptease:
Entblößung auf offener Bühne, gottes- & staats-lästerliches Verhalten, also Aufforderung zum Aufruhr
Für manche eine Art Offenbarung
aber für andere, denen ein sauberes Entenhausen am Herzen lag
clean & shortcut an Leib & Seele
ging dieser Spaß zu weit
im Ernst demonstrierten
30.000 wider die Obszönität, Emil Erpel persönlich telegrafierte
(Das war in Miami, wohin uns die Reisebüros locken.)

Ich will was erzählen von Morrisons Absaufen in Paris
vom wiederholten Versuch, zu schreiben (zu bleiben)
von Morrisons Wiederauftauchen in manchem (zumindest einem) (auch meinem) Kopf
und vom Bluesfeeling nach dem Tod –
Oh ja, erzähl, sagt die Kellnerin.
Welche? fragt Morgenrot.

My name is Wendy, I've been waiting for you the whole evening.

Hat sie gesagt. Indeed? habe ich geantwortet, dann habe ich sie gefragt, ob sie mit mir einen späten Drink nimmt.

Where do you guy come from? And what is your name?

What the hell you are writing continuously in this copy book?

Du bist ja, würde Morgenrot sagen, anscheinend auf Kellnerinnen fixiert.

Diese Kellnerinnen, die jemandem ähnlich sehen, der Protagonist weiß nur noch nicht, wem.

Ein Klischee, würde er sagen, während uns die PEGASUS-Kellnerin, die mit dem schwungvollen Gang, zwei weitere Gläser Bier auf den Tisch knallt.

Ein typischer Männertraum. Paul? sagt die Kellnerin. Einmal, vor langer Zeit, hat sie schon einen Paul gekannt.

JIM'S COMMUNICATIONS. 2. Fortsetzung. (Stichworte):

Bekanntschaft mit John De Bella (ein Bodybuilder).

Lesen als Leistungssport (200 Bücher pro Jahr).

In einem muskulösen Körper wohnt (wenigstens in diesem Fall) ein muskulöser Geist.

Bekannschaft (Freundschaft) beider mit Phil Oleno.

Phil und die Jungophilie. Nein, die Jungomanie.

C. G. Jung war sein Wunderrabbi, sein Guru.

He was heavy into Jungian Psychology, so De Bella, and we really took a lot of lore from him.

Jim lieh sich PSYCHOLOGIE & ALCHEMIE.

Die Psychologie, heißt es da gleich in der Einleitung, befaßt sich mit dem Akt des Sehens.

Jim begann damals seine Notate zu schreiben:

THE LORDS. In diesem Zusammenhang sei noch einmal an den Untertitel erinnert. NOTES ON VISION.

Der Weg zum Ziel ist zunächst chaotisch und unabsehbar, und nur ganz allmählich mehren sich die Zeichen einer Zielgerichtetheit. Der Weg ist nicht geradlinig, sondern anscheinend zyklisch. Genauere Kenntnis hat ihn als Spirale erwiesen: die Traummotive kehren nach bestimmten Intervallen immer wieder zu bestimmten Formen zurück, die ihrer Art nach ein Zentrum bezeichnen. Und zwar handelt es sich um einen Mittelpunkt oder eine zentrierte Anordnung, die unter Umständen schon in den ersten Träumen auftritt.

Schreibt Jung über Traumdeutung. Jim war in diesem Bereich mehr für Freud. Der Traum, mit der Mutter sexuell zu verkehren, wird ebenso wie damals auch heute vielen Menschen zuteil . . . Diesen Traum, mit dem er (poetisch) noch einiges anfangen sollte, wollte er sich nicht nehmen lassen. Was allerdings die Alchimie betraf, so war er Jung (und Phil) recht dankbar für die Anregung.

Alchemy, schreibt er, is an erotic science. Involved in buried aspects of reality, aimed at purifying and transforming all being and matter.

Trennen, schreibt er, reinigen, wiedervereinigen. Die Grundformel der ars magna. Ihr Erbe: Das Kino.

Ein Raum bewegt sich über eine Landschaft, entwurzelt den Geist, eine erstaunliche Vision. Ein Schwarzweißfilm schmilzt die Augen und rinnt die Wangen hinunter. Notierte sich Morrison. Doch, gewisse Filme, die er am Filmdepartment zu sehen bekam, imponierten ihm. Nur waren das selten die Arbeiten seiner Lehrer.

Gewiß, Stanley Kramer, fand er, sei ein ehrenwerter Mann. Bloß seine Filme seien, bei allem anerkennenswerten Engagement, nur allzu braves Handwerk. Was Jean Renoir beträfe, so liege sein Fall komplizierter, der Mann gehöre zur Filmgeschichte. Nur sei seine große Zeit eindeutig vorbei, und ob einer, der in den 20er und 30er Jahren seine wesentlichen Werke geschaffen habe, just der Geeignetste sei, eine kommende Generation von Filmemachern entsprechend anzuregen, bleibe zumindest dahingestellt. Ähnliches gelte natürlich erst recht für Sternberg. Wie bitte? Buñuel wäre auch nicht viel jünger? Ja, aber eine Art filmender Phönix, der sich immer wieder aus der Asche des eigenen Werks regeneriere. Den hätte Jung-Morrison gern als Professor gehabt. Oder Fellini. Und warum nicht gleich Godard?

Dessen AUSSER ATEM, sagte er, sei doch, wenn man den Film mit offenen Augen zu sehen wisse, eine richtige Passionsstory. Konzipiert war zwar angeblich ein realistischer Krimi, aber herausgekommen ist etwas ganz anderes. Was? Eine Reflexion über den Tod, wenn ihr es genau wissen wollt. Der ganze Film bezieht seine Spannung daraus, daß einer nicht wegläuft, der eigentlich weglaufen sollte.

Wie die vier Evangelien. Ja, in der Tat.

Die vier Evangelien, ach was, sagte Phil, kennst du DAS IMMERWÄHRENDE EVANGELIUM?

Nein, was ist das?

Ein Text von William Blake.

Fragmentarisch. Das macht ihn noch interessanter.

Wie könnt ihr den Tempel der Liebe, in dem Gott wohnt, Schande und Sünde nennen und den nackten menschlichen Körper, der göttlich ist,

in geheime Schreine zwingen, wie könnt ihr das zum Gesetzesbruch erklären,

worauf die Seele ihre Flügel ausbreitet?

Zitat Ende. Schade, sagte Jim, die Kostprobe schmeckt nach mehr.

Okay, sagte Phil, der Verführer. Ich kann euch noch mehr bieten.

Die alte Überlieferung, daß die Welt am Ende von 6.000 Jahren von Feuer verzehrt werden wird, ist wahr, wie ich aus der Hölle gehört habe.

Denn dem Cherub mit dem flammenden Schwert ist befohlen worden, dann seinen Posten am Baume des Lebens zu verlassen;

und wenn er dies tut, wird die ganze Schöpfung geläutert werden, und sie wird sich als unendlich und heilig erweisen, während sie jetzt endlich und verdorben erscheint.

Dies wird durch eine größere Vollkommenheit der Sinnenfreude eintreten.

DIE HOCHZEIT VON HIMMEL & HÖLLE. Jim war begeistert.

Doch zuerst (John war befremdet) muß die Vorstellung ausgeräumt werden, daß der Mensch einen von seiner Seele getrennten Körper hat.

Dafür werde ich sorgen, indem ich nach infernalischer Methode mit Ätzmitteln drucke, die in der Hölle gesund und heilsam wirken, da sie die sichtbare Oberfläche wegschmelzen und das Unendliche zum Vorschein bringen, das verborgen war.

Das beschreibt (sagte Phil) tatsächlich Blakes Methode der Reliefätzung.

Graffiti: ich lese, ich fotografiere, ich schreibe.

Fuck, steht geschrieben, this world of living death.

If the doors of perception were cleansed, everything would appear to man, as it truly is, infinite.

Alles
würde dem Menschen erscheinen
wie es wirklich ist:
unendlich.

Aber auch endlos, unbegrenzt, ungeheuer, allumfassend.

Wie dieser Strand nach einer durchwachten Nacht.

Wie diese Stadt dahinter. We all live in the city. Los Angeles als Kosmos.

Ein Kosmos übrigens, den ich, im ersten Teil der Nacht, vergebens nach jenem Etablissement durchsucht habe.

Jener Fata Morgana von vorgestern. Aber anscheinend unterlagen die Luftspiegelungen diese Nacht ganz anderen Bedingungen.

Oder ich bin in ganz andere Gegenden geraten.

Alles sieht gleich und gleichzeitig anders aus.

Und dabei erinnere ich mich, kommt mir vor, immer deutlicher an jene Mauer, die nicht hierher gehört, jenes in diese Mauer eingelassene Portal, jene darüber in Bogenform laufende Leuchtschrift. Immerhin blieb ich stehen und blickte aufmerksam hinüber, ohne doch hinüber zu gehen, die Straße dazwischen war gar so bodenlos . . .

Warum habe ich sie nicht trotzdem überquert, warum bin ich nicht (eine gewisse Hemmung überwindend) auf das Portal zugegangen und eingetreten, so etwas hinterläßt ein *Quasibedürfnis.*

LIVE ACT, SPIRITUAL READING — wahrscheinlich ist es diese merkwürdige Kombination von Versprechungen, die mir, je länger sie in meinem Halbbewußtsein zirkuliert, umso verlockender vorkommt.

Der Film wird in fünf Minuten beginnen, kündigt eine ausdruckslose Stimme an, alle jene, die keinen Platz mehr finden, können auf die nächste Vorstellung warten.

Wir standen in einer Reihe, langsam, ein bißchen matt ging es vorwärts, der Vorführungssaal, in den wir schließlich mehr geschoben wurden als eintraten, war erstaunlich groß und still.

Kaum saßen wir, wo man uns hinsetzte, wurde verdunkelt.

Und die Stimme, so ausdruckslos wie zuvor, sprach weiter wie folgt:

The program for this evening is not new,
You've seen this entertainment through & through.
You've seen your birth, your live & death,
You might recall all of the rest.
Did you have a good world, when you died?
Enough to base a movie on? —
Ich will hier raus!
Wo willst du hin?
Auf die andere Seite des Morgens . . .

Hast du eine gute Welt gehabt, als du gestorben bist? – unwahrscheinlich. Wer könnte das schon von sich behaupten.

Ein gutes Leben? – Das kommt darauf an, was man darunter versteht.

Gut für wen oder was? Cui bono? Wozu?

Genug, um einen Film daraus zu machen? – Keine Frage. Kaum hatte Jim sich verabschiedet, liefen Projekte und Gerüchte über ein Morrison-Movie.

Aber (so M.) das kann ich mir gar nicht vorstellen.

Daß nämlich einer auf der Leinwand erscheint und so tut, als ob er ich wäre.

Das heißt, ich kann es mir, sagte er, vorstellen, leider.

Mit einem Wort: Ich halte diese Art von Filmen bis zum bisher noch niemand gelungenen Beweis des Gegenteils für Scheißdreck.

Sicher, sie können was Imponierendes haben.

Wie sich die Schauspieler in solchen Todesgeschichten der von ihnen schlecht und recht Verkörperten ausleben.

Kirk Douglas als Van Gogh zum Beispiel. Er war dem armen Vincent wie aus dem Gesicht geschnitten.

Aber spätestens, als er sich, vom Spiegel reflektiert, zum häßlichen Schein das berühmte Ohr abgeschnitten hat, war er trotz aller Schauspielkunst lächerlich.

Da war der im wesentlichen aus Van Gogh-Bildern montierte Van Gogh-Film von Alain Resnais schon etwas anderes.

Aber wer, frage ich dich (so M. zu Petra), könnte und wollte über mich einen vergleichbaren Film machen.

Nein, wenns nach mir geht, nur über meine Leiche.

Ich bin mir manchmal schon komisch genug vorgekommen, wenn ich mich selbst dargestellt habe.

Und / aber als er Rimbaud darstellen sollte / wollte, wie war das?

Ach das, sagte M., das war doch nicht ernst zu nehmen.

Klar imponierte ihm der Dichter des TRUNKENEN SCHIFFES,

und zwar, wir wissen das längst, mindestens seit Alexandria, Virginia.

Doch das Rimbaudfilm-Projekt war eine Rauschgeschichte.

Sie wählten übrigens vorerst eine andere Hauptfigur.

Für ihr Gemeinschaftswerk nämlich. Jim, Dennis, John und Phil. Das vierblättrige Kleeblatt.

Nietzsche in Turin. Wie er den legendären Droschkengaul umarmt. Seine ganze Tragikomödie komprimiert in jene Szene.

Die Realisierung dieses ersten Projekts scheiterte aber daran, daß De Bella sich weigerte, das Pferd zu spielen.

Also Rimbaud. Das war ein Oleno-Vorschlag.

Auch der Vorschlag, daß Jim das Junggenie spielen sollte, kam dem Vernehmen nach von ihm.

Wie Rimbaud mit Verlaine unter den miesesten Bedingungen, von ständigem Nebel umgeben, in London haust (EINE SAISON IN DER HÖLLE als schwule Beziehungskiste).

Als Jim allerdings für die Besetzung des Verlaine Felix Venable ins Spiel brachte, das Spiel, in dem doch Phil selbst Rimbauds unglücklichen Liebhaber hatte mimen wollen, hörte sich der Spaß, zumindest für Oleno, auf, ich habe geglaubt, maulte er, das wird *unser* Film, wozu dieses 5. Rad am Wagen?

Venable, lesen wir, war bereits 34.

Hatte, sein schon im Jahre Schnee zu Berkeley begonnenes Studium unterbrechend, in allen möglichen Berufen gejobt, war mit allen möglichen und unmöglichen Menschen zusammengekommen, nichts Menschliches war ihm, wenn man seinen manischen Erzählungen glaubte, fremd.

Waren die Freunde, die Jim nun immerhin hatte, Literaturfreaks wie er selbst, so schien dieser Freund, den er gern gehabt hätte, etwas anderes zu sein, nämlich selbst ein Stück Fleisch & Blut gewordene Literatur.

Einer, der seine Bücher nicht schrieb, nicht zu schreiben brauchte, weil er sie lebte.

Und was hatte das mit Verlaine zu tun?

Olenos Zweifel waren berechtigt. Verlaine, nach allem, was man über ihn weiß, wirkt keineswegs so.

Sicher, das Alter hätte gepaßt. Das war auch das einzige.

Verlaine ist doch nichts als ein Vorwand! Das mußte ausgerechnet Phil sagen.

Das mußt ausgerechnet du sagen, sagte also Jim. Das traf unter die Gürtellinie.

Phil wandte sich ab. Um sich (geistig) die Hoden zu halten, ging er (geistig) ins Nebenzimmer.

Retourkommend gab er Jim sein Fett dann zurück:

Wenn man es recht bedenke, sei Mr. Morrison für die Rolle Rimbauds schon zu alt und auf jeden Fall zu dick.

Jim war damals 21, Rimbaud war, als er mit Verlaine seine SAISON IN DER HÖLLE durchlebt hatte, erst 19 gewesen.

Hierin hatte Phil also recht, das ließ sich nicht ändern.

Was aber die Gewichtsprobleme betraf, so konnte man dem abhelfen.

Zwar sagen manche, daß Morrison erst unter dem Einfluß Ray Manzareks 16 Kilo abnahm, doch hat seine Attraktivität, nach allem, was sich darüber in Erfahrung bringen läßt, schon vorher zugenommen.

Auch für Venable?

Ja, kann schon sein. Warum nicht?

Zwar sprach der auf Männer nur kumpelhaft an — aber wer hat nicht gern einen etwas schlankeren Kumpel?

Ob Jim ihm tatsächlich mit Verlaine gekommen ist? Kaum. Dieser Vorwand verlor ja schon bald an Aktualität.

Je mehr Zeit Jim mit Felix verbrachte, desto bewußter soll ihm übrigens geworden sein, welche Rolle (zum Unterschied von der Verlaines) tatsächlich zu dem gepaßt hätte.

Die Rolle des Dean Moriarty aus ON THE ROAD.

War er mit Venable beisammen, so sah Morrison sich selbst in der Rolle des Carlo Marx.

Felix, trotz der paar Jahre Ernst des Lebens, die er hinter sich (Jim voraus) hatte, in gewisser Hinsicht ein kindliches, allerdings auch gefährdetes Gemüt.

Und er, Jim, wäre, seiner relativen Jugend zum Trotz, gern jener gewesen, den Kerouac the sorrowful poetic con-man with the dark mind nennt.

Wenn dieses feeling zwischen ihnen aufkam, waren sie beide sehr aufgeregt.

Redeten nächtelang. Nächtelang betranken sie sich und redeten.

The only people for me are the mad ones, the ones who are mad to live, mad to talk, mad to be saved, desirous of everything at the same time etc. etc. . . . Burn, burn, burn like faboulous yellow roman candles exploding like spiders across the stars and in the middle you see the blue centerlight pop and everybody goes "Awww!" — what did they call such young people in Goethe's Germany?

Und sie rissen sich los von der Nacht und sie rannten, sie tanzten zum Strand hinunter.

(They rushed down the street together, they danced down the streets like dingledoodies, was immer das sein mag.)

Just direct your feet to the sunny side of the street, singt Louis Armstrong, inzwischen tot, auch er, übrigens nur drei oder vier Tage nach Morrison gestorben, am Tag von Morrisons Begräbnis . . .

Und ich treibe, ich lasse mich treiben, strandentlang, und vorbei swingt eine glänzende Schwarze im weißen Bikini, mindestens ebenso groß und schön wie die Petra meiner Vorstellung, eine Erscheinung auf Rollschuhen.

Wendy, die Kellnerin, hat wieder gewartet.

Aber keine Illusionen: It's my job, sagt sie. Außer mir gibt es allerdings kaum Gäste.

Ich frage sie, ob sie eine von meinen DOORS-Kassetten einlegen will. Okay, warum nicht?

Aber zuvor soll ich die laufende Nummer zu Ende hören: If you can't be with the one you love / love the one you're with.

Eine praktische Frau: What a fuckin' heap of books, sagt sie.

Es muß doch beschwerlich sein, mit so vielen Büchern zu reisen.

Wenn ich nicht wenigstens einige davon von meinem Bett wegräume, wird heute nacht nichts aus uns werden.

Can I help you? fragt sie. Und hat schon selbst zugegriffen. Sag mir, was du liest, und ich sage dir, wer du bist:

Jim Morrison: The Lords & The New Creatures; Jim Morrison: An American Prayer; Jim Morrison: Far Arden;

Jim Morrison: Wilderness; Jim Morrison: The American Night; Jim Morrison: Light My Fire;

Jerry Hopkins & Dany Sugerman: No One Here Gets Out Alive;

John Tobler & Andrew Doe: THE DOORS; John Densmore: Riders On The Storm; Dylan Jones: Jim Morrison, Dark Star.

William Blake: The Marriage Of Heaven & Hell;

Charles Baudelaire: Les Fleurs du Mal / Paradis artificiels (Zweisprachig);

Arthur Rimbaud: Sämtliche Dichtungen (Französisch und deutsch);

4 Bände Mad-Comix (zerfleddert); 2 Bände U-Comix.

Sigmund Freud: Abriß der Psychoanalyse / Das Unbehagen in der Kultur;

C. G. Jung: Bewußtes und Unbewußtes; C. G. Jung: Psychologie und Alchemie.

Aldous Huxley: Die Pforten der Wahrnehmung / Himmel und Hölle;

Zwei weitere Bände Mad-Comix; Noch ein Band U-Comix.

Jean Cocteau: La Belle et la Bête / Orphée;

Jean Cocteau: Du Cinématographe / Entretiens sur le Cinématographe;

Raymond Moody: Life after Life; Dr. Milan Ryzl: Der Tod und was danach kommt;

Heinrich Jung-Stilling: Theorie der Geisterkunde.

Mircea Eliade: Schamanismus und archaische Ekstasetechnik;

Hans Peter Duerr (Hrsg.): Unter dem Pflaster liegt der Strand;

Martin A. Lee & Bruce Shlain: Acid Dreams; Walter E. Butler: Telepathie; Jacques Derrida: Télépathie;

André Breton: Nadja; André Breton: Die Manifeste des Surrealismus.

Jean Paul: Siebenkäs; E. T. A. Hoffmann: Der goldne Topf; E. T. A. Hoffmann: Die Elixiere des Teufels;

Edgar Allan Poe: Gedichte / Poems; Edgar Allan Poe: Grotesken & Arabesken; Edgar Allan Poe: Kosmos & Eschatologie;

Louis Ferdinand Céline: Reise ans Ende der Nacht; Hermann Hesse: Der Steppenwolf;

James Matthew Barrie: Peter Pan; Robert Crumb: Fritz The Cat.

Antonin Artaud: Frühe Schriften (Die Nervenwaage, Fragmente eines Höllentagebuchs u. a.);

Antonin Artaud: Letzte Schriften (Schluß mit dem Gottesgericht, Theater der Grausamkeit);

Bertolt Brecht: Baal; Bertolt Brecht: Aufstieg und Fall der Stadt Mahagonny;

William Shakespeare: Hamlet; Theodore Lidz: Hamlets Feind.

August Ruhs . . . (Hrsg.): DAS UNBEWUSSTE SEHEN (Texte zu Psychoanalyse, Film, Kino);

Daniel Charles: Zeitspielräume (Performance, Musik, Ästhetik);

Peter W. Jansen & Wolfram Schütte (Hrsg.): Louis Buñuel;

Peter W. Jansen & Wolfram Schütte (Hrsg.): Jean Luc Godard.

Ulrich Gregor & Enno Patalas: Geschichte des Films;

Norbert Stresau: Der Horrorfilm; Beate Klöckner: Die wilde Ekstase des Paradieses (Der pornographische Film);

Josef Melzer: The Aesthetics Of Rock; Peter Wicke: Rockmusik; Manfred Graf: Musiklexikon (Amerika A—K);

Noch ein Band Mad-Comix; Noch ein Band U-Comix (zerfleddert); Jakob & Wilhelm Grimm: Kinder- und Hausmärchen.

Jean Claude Forest: Barbarella; Peter O'Donnell & Jim Holderway: Modesty Blaise;

Lilian Rotter: Sex-Appeal und männliche Ohnmacht; Jürgen Manthey: Wenn Blicke zeugen könnten;

Lord Byron: Manfred; Richard Wagner: Der fliegende Holländer; Gaston Leroux: Das Phantom der Oper;

Collin Wilson: Das Okkulte; A. A. Milne: Winnie The Pooh.

Manfred Frank: Der Kommende Gott. Vorlesungen über die neuere Mythologie;

Ingeborg Weber: Der englische Schauerroman;

C. H. Spinetheer: Vom Nutzen und Nachteil der Pornographie;

Robert Masters & Jean Houston: Phantasiereisen.

Baxter (Der Reiseführer): U. S. A. praktisch & preiswert;

Ian Livingstone: Die Insel des Echsenkönigs (Ein Abenteuerspielbuch);

Jean Baudrillard: Amerika; DuMont (Richtig reisen): Paris.

U. a. m. No, thank you, good night, sagt Wendy.

Lieber Morgenrot, (am 19. 11.)
bin nun schon mehr als zweieinhalb Wochen hier in Paris.
Eine Woche davon bin ich krank gelegen.
Aber die anderen beiden habe ich intensiv zu Recherchen genutzt, insbesondere die letzte.
Nicht daß Du glaubst, ich tue mich nur auf dem Friedhof Père-Lachaise um. Sicherlich ist er (in subtiler Hinsicht) Ausgangs- und Zielpunkt meiner Pariser Interessen, doch die beginnen und enden nicht an seinen Mauern. Gestern zum Gegenbeispiel war ich im Louvre. Wo übrigens Morrison, kunst- & kultursinnig, wie er war, während der letzten Monate seines aktenkundigen Lebens auch des öfteren gewesen sein soll, aber das bemerke ich nur am Rande.
Denn nicht nur im physischen Sinn bin ich hinter ihm her.
Die Bereiche, in die ich auf seinen Spuren gerate, haben sich, wie Du bemerken wirst, enorm erweitert.
Wahrscheinlich wirst Du nach wie vor nicht verstehen wollen, warum ich mit diesem – wie hast Du ihn genannt? ich weiß schon: Reservepresley, nicht Reserve*christus* – einen derartigen Aufwand treibe.
Aber ich bin, glaube ich, drauf und dran, Zusammenhänge zu begreifen oder zumindest zu erahnen, von denen sich unsere (in den Jahren '63 bis '69 oder so ähnlich erworbene) Schulweisheit nichts träumen läßt.
Was ich im Louvre gesehen habe? Z. B. eine Marmorstatue des jugendlichen Dionysos aus dem Schloß Richelieu mit nicht unbedeutenden Ergänzungen. Von besonderer Schönheit ist der Kopf wegen des echt bacchischen Ausdrucks süßer Schwärmerei und träumerischer Selbstvergessenheit. Geschmückt ist er mit einem Kranze von Efeublättern und Trauben, das weiche Haar fällt in schön geringelten Locken auf die Achseln nieder. Mit dem linken Arm stützt sich der Gott in anmutvoller Stellung auf einen von Wein umrankten Baumstamm, die Rechte hält den Thyrsos . . . Ferner eine zweite Marmorstatue, aus Versailles stammend, ebenfalls unbe-

kleidet, nur daß ein Rehfell von der linken Schulter quer über die Brust herabhängt. Das Gesicht hat einen trunken-melancholischen Ausdruck, die Behandlung des Haarschmucks ist wie bei der vorgenannten Statue, auch die Formen zeigen dieselbe Weichlichkeit, aber die Stellung ist eine andere. Mit der Linken auf einen rebenbekränzten Baumstamm sich stützend, schlägt Dionysos den rechten Arm über das Haupt. Die Züge sind zwar von weiblicher Weichheit, doch sie verraten jene eigentümliche Mischung von trunkener Lust und erhabenem Selbstgefühl, welche für diese Art der Dionysosdarstellung charakteristisch ist.

Ei nun, am Leibe, Fremdling, bist du wahrlich hübsch.

(Das muß sogar Pentheus, König von Theben, zugeben, der, soeben von irgendeinem Staatsbesuch zurückgekehrt, die ihm anvertraute Stadt durch gewisse, bis dahin nicht dagewesene Umtriebe gefährdet vorfindet.)

Merke: Der Typ bei Euripides ist auch nicht Dionysos himself.

Aber: Durch ihn tritt dieser widersprüchliche (und in seinem Widerspruch beunruhigende) Geist in körperliche Erscheinung.

Erscheinung, seit Platon Bez. für den sinnl. wahrgenommenen Gegenstand (Kant: Objekt der sinnl. Anschauung) — siehe auch Phänomen. *Erscheinung des Herrn* — siehe Epiphanie, christl. Fest, volkstüml. Hl. Drei Könige. *Epilepsie* (zu griech. epilepsis, »das Ergreifen, Anfall«), Anfallskrankheit, die meist mit Bewußtseinsstörungen einhergeht und von abnormen Bewegungsabläufen begleitet ist. *Erscheinungen*, ugs. Bez. für Trugwahrnehmungen (Halluzinationen), wie sie bei einigen Geisteskrankheiten auftreten.

Stimmt, lieber Morgenrot, ich habe zu den Büchern, die ich schon mitschleppe, noch einige weitere angeschafft. Z. B. auch ein Lexikon, exakt, habe nämlich im DUMONT zwei deutschsprachige Buchhandlungen (CALLIGRAMMMES in der Rue de Rennes und FLINKER am Quai des Orvèfres) gefunden und ihnen ausführliche Besuche abgestattet. Doch war dieses Lexikon nur ein Gelegenheitskauf, den ich mir nicht entgehen lassen wollte. Was ich gesucht habe, war eine Ausgabe der euripideischen Bakchen; Und eine halbwegs gut edierte Nietzsche-Ausgabe gleich dazu.

Also: der junge Mann, der vor Theben auftaucht und — wie der arme Pentheus, den, aber das weiß er am Anfang des Stückes noch nicht, auf diese Weise sein Schicksal ereilt, so treffend bemerkt — vor allem die Frauen verrückt macht, antwortet jedenfalls auf die Frage, woher er den die öffentliche Sittlichkeit gefährdenden Kult habe: Dionysos hat mir's beigebracht. Beachte: Wenn ihm's Dionysos beigebracht hat, kann er nicht gleichzeitig Dionysos *sein.* Oder doch? Dieser Dionysos ist ein hinterhältiger Gnom. Der *eine* wahrhaft reale Dionysos, lese ich, und das ist die Geburt der Tragödie, erscheint in einer *Vielheit* der Gestalten.

Davon demnächst mehr, ich will Dich nicht überfordern. Nur eine Bitte zum vorläufigen Abschluß: Du kannst Dir denken, daß meine weit über die ursprünglich dafür veranschlagte Zeit ausgedehnte und sozusagen auf Abwege geratene Reise eine Menge Geld kostet. Bisher habe ich hier (die amerikanischen Lesehonorare waren noch vor meiner Rückkehr nach Europa aufgebraucht) per Kreditkarte bezahlt, aber mein Konto muß inzwischen rettungslos überzogen sein. Könntest Du Deinen Chefredakteur nicht fragen, ob er Interesse an von mir geschriebenen Korrespondentenberichten aus Paris hätte (er wird sich, hoffe ich, meines Namens erinnern), für einen eventuellen Vorschuß, dessen Höhe ich ganz seinem Gutdünken überlassen würde, wäre ich dankbar.

Guter Morgenrot! (25. 11.)

Für das Geld, das Du mir geschickt hast, einen recht herzlichen Händedruck, Du bist ein wahrer Freund.

Trotzdem muß ich Dich darauf hinweisen, daß mein Brief

nicht so gemeint war. Mit dem Vorschlag, aus Paris zu korrespondieren, ist es mir nämlich durchaus ernst gewesen.

Du schreibst, Du kannst Dir nicht vorstellen, worüber ich eigentlich korrespondieren will. — Na hör einmal! Du kennst doch meine früheren Arbeiten; ist denn das alles in Vergessenheit geraten? — Du meinst, ich müßte da etwas konkreter werden . . . Geduld, ich werde (ich muß wohl) darauf zurückkommen.

Den Betrag, den Du mir freundlicherweise zur Verfügung gestellt hast, habe ich nämlich zu einem nicht unerheblichen Teil in zwei Bachofen-Bände investiert, die hier nur antiquarisch und in sehr bibliophiler Ausstattung aufzutreiben waren. (Erotomanie, griech., krankhaft übersteigertes sexuelles Verlangen — wahrscheinlich bin ich ein Büchererotomane.) DAS MUTTERRECHT, 1 und 2, erste Auflage 1861, Verlag Benno Schwabe & Co., Basel. (Ersatzhandlung, bei Frustration — durch Verbot, Fehlen eines Objektes u. a. — oder Verdrängung an die Stelle der eigentl. angestrebten Handlung tretende Handlung; z. B. das Betrachten lexikal. Darstellungen anstatt sexueller Tätigkeit.)

Jeder Film hängt von all den anderen ab und treibt dich weiter zu anderen.

Schreibt Morrison und hat recht. Aber das kann man ebensogut von Büchern sagen.

Jedes Buch hängt von all den anderen ab und treibt dich weiter und weiter.

Wenn es so weitergeht, brauche ich für die Rückfahrt einen weiteren Bücherkoffer.

Die zwei Bände Bachofen sind aber nicht nur gewichtig (525 Gramm), sondern — zumindest in dem Zusammenhang, in dem ich ihre Seiten nach gewissen Stellen durchsuche, auch aufregend . . . Dionysos, lese ich da beispielsweise, erscheint an der Spitze der großen *Bekämpfer* des Mutterrechts, insbesondere der amazonischen Steigerung derselben . . . *Dennoch* ist die Rolle, die wir dem bacchischen Kulte als dem kräftigsten Bundesgenossen der hetärischen Lebensrichtung anweisen, und die Erwähnung desselben in diesem Zusammenhang wohl begründet ... Die zauberhafte Gewalt, mit welcher der phallische Herr des üppigen Naturlebens die Welt der Frauen auf neue Bahnen fortriß, offenbart sich in Erscheinungen, welche nicht nur die Grenze unserer Erfahrung, sondern selbst die unserer Einbildungskraft hinter sich lassen, die aber in das Gebiet der Dichtung zu verweisen geringe Vertrautheit mit den dunklen Tiefen der menschlichen Natur, mit der Macht einer die sinnlichen und übersinnlichen Bedürfnisse gleichermaßen befriedigenden Religion, mit der Erregbarkeit der weiblichen, das Diesseitige und das Jenseitige so unlösbar verbindenden Gefühlswelt etc. etc. an den Tag legen würde.

Staunender Morgenrot, es kann sein, daß Du *meine* Erregbarkeit durch derlei Sätze (noch) nicht ganz verstehen kannst. Aber für mich, ob Du's wahrhaben willst oder nicht, sind das wertvolle Funde. Was sage ich (schreibe ich) Funde? Es sind dies Beweisstücke! Und Zeichen, daß ich auf dem richtigen Weg bin, hör zu, ich meine, lies:

Von einem weißen, schimmernden Strand, von einem kühlen, juwelenbesetzten Mond

Von Paaren, natürlich nackt, die seinen schweigenden Saum entlangrennend lachen

Von sanften, verrückten Kindern, geschmiegt in Erinnerungen unserer Frühzeit

Und von Musik & Stimmen
(choose they croon
The ancient ones
The time has come again
Choose now, they croon
Beneath the moon
Beside an ancient lake)
Sie locken dich in einen alten Wald
in einen heißen Traum

jeder Baum
kann eine Nymphe sein
komm herein
Alles ist aufgebrochen
und tanzt
zu Becken & Flöten . . .

Freie Wiedergabe eines Texts, den Morrison an seinem 27., also mutmaßlich letzten Geburtstag in einer privaten Session auf Band gesprochen haben soll. Aber das nur nebenbei, bloß zur Illustration gewisser Querverbindungen sozusagen, wer Ohren hat, der höre. Wer Augen hat, der sehe — was mich betrifft, habe ich gestern wieder einen Film gesehen. Die Cocteau-Retrospektive ist vorbei, also habe ich mich nun doch noch für Louis Malles sanftes Satyrspiel über den Mai 1968 entschieden.

Und war frappiert. Es hängt wirklich alles zusammen! Wie, das erklär ich Dir aber ein anderes Mal, vielleicht ist es Dir ja doch lieber, wenn auch dieser Brief nicht ausufert. Vor allem sollte ich nicht vergessen, *konkreter* zu werden. MILOU EN MAI — ist dieser Film bei Euch daheim schon angelaufen? Wenn nicht, könnte ich meine Pariser Korrespondentenberichte evtl. mit Reflexionen darüber beginnen.

Hallo Morgenrot! (26. 11.)

Wahrscheinlich sollte ich doch noch etwas präziser auf mein gestern gemachtes Offert eingehen.

Ausgehen würde ich, wie gesagt, von jenem neuesten Louis-Malle-Film.

Der mir gut gefallen hat, auch oder gerade weil er die Ereignisse, die uns damals, 1968, für einige Wochen in Atem gehalten haben, nicht aus dem Zentrum beschreibt, sondern gewissermaßen von der Peripherie.

Irgendwo auf dem Land, ich glaub in der Provence . . . Eine Familie kommt zusammen, weil die Mama gestorben ist, wegen der Aufteilung des von ihr hinterlassenen Besitzes gerät man sich einigermaßen in die Haare. Piccoli (großartig) als der alte Onkel, der nichts anderes will, als sein bukolisches Leben zu Ende zu leben. Aber man läßt ihn nicht, doch das will ich jetzt gar nicht weiter ausführen, in Paris spielen die Studenten inzwischen Revolution.

Und das ist keine Revolution wie die anderen, aber das brauche ich einem alten '68er wie Dir ja nicht zu erzählen. Jedenfalls dringt was von dieser sich ändernden Musik, die die Mauern der Stadt just wegen ihrer noch nicht (oder schon lang nicht) gehörten Töne zum Einsturz bringen könnte, sozusagen ein Echo, ein ferner Klang, bis in jene sehr provinzielle Provinz. Erstens in Form von Verunsicherung, man fürchtet Streiks und eine in der Folge womöglich ausbrechende Versorgungskrise. Zweitens jedoch in Form von Anwandlungen, die in dieser spätbourgeoisen, sich selbst nicht mehr ganz geheuren Gesellschaft natürlich komisch wirken, Anwandlungen, ja ich wüßte auch, wenn ich im Augenblick nicht so sehr mit derartigen Phänomenen beschäftigt wäre, keinen besseren Ausdruck dafür: dionysischer Natur.

Womit ich, wie du bemerkst, schon wieder beim Thema bin. Aber wie soll mich die mit lächelndem Impressionismus auf die Filmleinwand getupfte Karikatur eines bacchantischen Umzugs durch den Gutsgarten, noch dazu sozusagen am offenen Grab der wegen eines nun tatsächlich ausgebrochenen Streiks nach wie vor unbegrabenen Stammutter, nicht darauf zurückbringen? Es ist schon merkwürdig, aber wahr, wenn man sich, wie ich es getan habe, trotz anfänglicher Widerstände (eigener) und Einwände (eines besorgten Freundes) darauf eingelassen hat, ein Buch zu schreiben. Von einem gewissen, entscheidenden Moment an gehört fast alles, was man erlebt und erfährt, zum Text.

Und natürlich hat Morrison, ob Du ihn nun magst oder nicht, wenn er, was auf der Hand liegt, mit dem Dionysischen als einem immer wiederkehrenden Phänomen zu tun hat, auch mit dem Mai 1968 zu tun. All diese Erscheinungen, schreibt Bachofen, entspringen derselben Quelle, sind nur verschiedene Seiten dessen, was schon die Alten das dionysische Weltalter nennen. Die dionysische Welt*jugend*, l'antique jeunesse, schreibt Rimbaud, der damit auch wieder ins Spiel kommt. Rimbaud, schreibt Breton, ist surrealistisch im praktischen Leben und anderswo.

Ich meine, verstehst Du, es gibt einen Text, sobald es eine Spur gibt. Oder auch umgekehrt: Es gibt eine Spur, sobald es einen Text gibt. Differentielle Verweisung von einer Spur auf die andere. Schlag nach bei Derrida (ich hätte nie gedacht, daß ich mich in diesem Zusammenhang auch auf ihn berufen kann, aber man erlebt seine Überraschungen).

Compris: Man muß das Bewußtsein der *différance* wahren. Aber gewisse Spuren laufen, zumindest perspektivisch gesehen, zusammen. Unter den Pflastersteinen liegt der Strand, erinnerst Du Dich, eine, wenn man das recht betrachtet, durch und durch dionysische Parole. Und: Die Verhältnisse zum Tanzen bringen — also wenn das kein dionysisches Programm ist!

Lies, entwaffneter Morgenrot, unter diesem Aspekt das von mir unlängst anzitierte Morrison-Gedicht. Oder irgendein anderes — ich könnte Dir x Belegstellen angeben. Unter diesem Aspekt könntest Du übrigens Deine Aversion überprüfen und mich (ja, verdammt noch einmal) ganz einfach einen Artikel über Morrison in Paris schreiben lassen. Tot oder lebendig. Das läge mir augenblicklich am nächsten, und Du müßtest (wenn Du es auf Deiner Musik-Seite unterbringst) Euren lahmärschigen Chefredakteur gar nicht belästigen.

Werter Morgenrot! (11., nein 12. 12.)

Auch gar keine Antwort ist eine Antwort, ich habe verstanden.

Du bist überfordert, Du fühlst Dich belästigt, jetzt langt's Dir.

Du willst keinen Beitrag von mir, zumindest nicht diesen. Gut, das ist *Deine* Entscheidung, völlig in Ordnung.

Ich meine, Du brauchst mir gegenüber kein schlechtes Gewissen zu haben, Unkraut verdirbt nicht:

Jeanne (mein Kellnerinnen-Syndrom ist nicht Zeichen theoretischer Krankheit, sondern praktischer Gesundheit!) hat nun, da meine Grippe endgültig abgeklungen scheint, ihre Vorbehalte gegen eine uns beide wärmende Nähe aufgegeben.

Und mir einen Teil ihrer Ersparnisse auf nicht näher bestimmte Zeit zur Verfügung gestellt. (Sie hat nicht nur einen guten Körper, sondern auch eine gute Seele.)

Ich bin folglich nicht mehr so unmittelbar darauf angewiesen, daß mir jemand etwas Schriftliches abnimmt. Auch Du brauchst Dich also nicht mehr genötigt zu fühlen. Den im letzten Brief von mir gemachten Vorschlag kannst Du getrost vergessen. Den Artikel, den ich Dir zukommen lassen wollte, muß ich im folgenden trotzdem kurz skizzieren, damit Du weißt, was Du versäumt hast.

Es sind nun rund 20 Jahre vergangen, seit die Nachricht vom Tod des Rockidols Jim Morrison durch den Blätterwald geweht ist (?). Egal, die Formulierung des ersten Satzes ist gar nicht so wichtig, damit will ich Dich (und mich) nicht lange aufhalten. Und dennoch, wenn man sein Grab auf dem Pariser Friedhof Père-Lachaise besucht, würde man annehmen, daß er erst kürzlich . . . *Falls* er überhaupt — aber ich hab schon kapiert, Morgenrot, diese Geschichte magst Du am allerwenigsten hören.

Die Story vom (möglicherweise) leeren Grab. Aber was kann *ich* dafür, daß solche Geschichten die Kristallisationskerne sind, um die sich Mythen ansetzen. Verschiedene Heils- und / aber auch Unheilsgeschichten. Seien wir ehrlich: Das verbindet z. B. die vier Evangelien (ich sage, nein schreibe das wohlgemerkt ohne übertriebene Lust an der Blasphemie) mit Bram Stokers DRACULA, den ich, kurios aber wahr, nun auch auf französisch bewältigt und mit der gesteigerten Aufmerksamkeit, die das Lesen einer nicht perfekt beherrschten Fremdsprache erfordert, in meinem Bewußtsein reaktiviert habe.

Und ist diese (doppelbödige? nein, doppelpolige) Assoziation denn so abwegig in Zusammenhang mit Jim Morrison? Ganz und gar nicht: So ein toter Rockstar, den man nicht ruhen läßt, ist ja im Grunde genommen ein Untoter. Anderseits: Dieser Kult um Morrisons Grab . . . Was, wenn in 100, nein 50 Jahren jemand verkündet, dieser J. M. (8. 12. 1943 — 3. 7. 1971) — wäre nicht nur für uns gestorben, sondern auch auferstanden?

Doch dieser Grabkult, ich weiß, interessiert Dich nicht. Du hast nichts übrig für Grabkulte im allgemeinen und schon gar nicht für diesen im besonderen. Nur: Ohne Grab gibt es bekanntlich keine Auferstehung und / aber / oder Erlösung, was immer man darunter verstehen mag. Dionysos est, par excellence, lese ich bei der aus dem Centre Pompidou entführten Maria Daraki, le dieu qui »vient-et-part«, ou, plus exactement, celui qui »monte« et »descend«.

In Produktion ist dieser Wunschtraum schon jetzt:

In the womb of the earth we all are embryos again.

Non è possibile che Jim è morto. Ritornerà presto.

Disons, que j'ai simplement envie de sonder les frontières de la réalité pour voir ce qu'il y avait dèrriere.

Graffiti und Texte auf hinterlassenen Zetteln.

Jeden Tag neue. Manchmal entfernt das Friedhofspersonal die alten, aber das nützt nichts.

Nonostante tutta questa gente chi viene qui per ricordarti, io so che tu sei vivo e sei tra noi /

Apri quei tuoi occhi e guardaci, non ci puoi lasciarvi soli.

Sprichst Du Italienisch, Morgenrot? Die zwei letzten Zeilen versuche ich für alle Fälle zu übersetzen:

Trotz der vielen Leute hier, die kommen, um sich deiner zu erinnern, weiß ich, daß du lebst und unter uns bist /

Öffne diese deine Augen, du kannst uns doch nicht allein lassen.

P. S.: Quindi risvegliati / e vieni fuori / brutto stronzo.

Wegen dieses Postskriptums, sichtlich von anderer Hand hinzugefügt, ist dieser Spruch mein Lieblingsspruch.

Also erheb dich / und komm heraus / du häßlicher Kerl.

Oder: du mieser Typ du? Du fieser Freak du?

Ich glaube, es ist am besten, den *brutto stronzo* unübersetzt wirken zu lassen.

Begreif doch, Morgenrot, dieser Dionysos ist sowohl ein Gott des sehr Irdischen als auch des Unterirdischen.

Nämlich auch dessen, was man verschüttet, begräbt.

Nämlich auch dessen, was von unten herauf will.

Und auf die Dauer — darüber sind wir uns doch einig — läßt sich das nicht zurückstauen.

Unter den Pflastersteinen ist der Strand, dochdoch, man muß nur tief genug graben!

Und was die Verhältnisse betrifft, die nicht so sind, daß wir sie '68 zum Tanzen gebracht haben — darüber ist das letzte Wort noch nicht gesprochen.

Wenn uns Dionysos führen wird, dann wird die Erde tanzen, und man muß das, lese ich, so hören, wie es wahrscheinlich die alten Griechen gehört haben:

Das Bacchanal erschüttert die Erde in ihren Grundfesten.

Wenn das Unterste zuoberst gekehrt wird, vice versa, wenn die Welt auf dem Kopf steht —

dann sind z. B. die Genitalien oben.

Aber nicht nur, meine Damen & Herren, nicht nur!

La bacchanale va jusqu'au bout dans l'inversion des normes sociales.

Laßt die Karnevalsglocken klingen,
Laßt die alte Schlange singen,
Laßt vor allem von allen Dingen,
die euch zwingen,
ab . . .

Dann kommen sogar
die Toten aus dem Grab:
When the Saints go marchin' in oder so
(Das ist kein Gruselfilm, sondern die Auferstehung des Fleisches.) Carne vale? Salve carne!

Dies, lieber Morgenrot, ein Dithyrambenfragment (dithyrambogenäs = nach Bachofen: voller Gemütsbewegung & Veränderung, voller Irrwege & Umschweife), das mir, ich weiß nicht wie, der Geist diktiert hat.

Ja, auch der Geist aus der Flasche, na klar, Du hast recht!

Morgenrot, altes Haus, es ist manchmal bewundernswert, wie klug Du bist!

Aber die Allzuklugen oder so ähnlich, wie heißt es doch gleich, die Allzunüchternen — na jedenfalls werden sie zuschanden werden, und jene, die sie jetzt noch / schon wieder für Narren halten, werden zuletzt lachen, und das ist bekanntlich am besten.

Okay, das war's. Hiemit kann mich Morgenrot gern haben.

Die gestern nacht geschriebenen Zeilen an einem dunklen Pariser Vormittag nun halbwegs hellen Kopfs überfliegend, habe ich nichts hinzuzufügen.

Auf den fast blattlosen Friedhofsbäumen, deren Äste ich über die Mauer sehe, wachsen Krähen.

Vielleicht sollte ich den Brief in die leergetrunkene Flasche stecken und als Flaschenpost in irgendeinen Kanal werfen.

Aber später. Erst muß gearbeitet werden.

Ich muß Ordnung in meine Gedankengänge bringen, ich muß Ordnung in meine Notizen bringen, was zu entgleiten droht, muß ich festhalten.

Destroy roofs, walls, see in all the rooms at once.

Morrisons Sätze. Eigene Sätze. Und andere.

Sätze: Manche davon kann ich nicht mehr lesen.

Vor allem die in den letzten Tagen von Los Angeles notierten.

Das wären Exempel für werdende Graphologen.

Die früher notierten schaff ich mit einiger Mühe.

Folgende etwa: Ein gewisser Green (hat?) eine besondere (was: Erscheinung?), die sich manchmal spontan zeigt, aber auch durch Drogen ausgelöst werden kann, als den exosom. (wahrscheinlich exosomatischen) Effekt bezeichnet. Die Erfahrung des körperl. (körperlichen? — nein: doch wohl körperlosen) Zustands oder der Seelenreise, wie es normalerweise heißt. From the air we trapped gods, with the gods' omniscient gaze, but without their power to be inside minds and cities as they fly above. Vgl. dazu eine Aussage Pamelas, die andeutet, daß ihr Jim öfter auf solche Reisen ging und von der letzten nicht mehr zurückkam.

Quatsch, würde Morgenrot sagen, aber der wird nicht mehr gefragt. Der ganze Stuß hat mit Castaneda begonnen. Das hat er (im Indikativ) tatsächlich gesagt. Dieser Castaneda ist eine Art von esoterischem Karl May, ein talentierter Fabulierer, gewiß, aber so etwas darf man doch nicht ernst nehmen!

Wissen Sie übrigens, so mein Professor an der U. C. L. A., daß angeblich auch Carlos Castaneda hier studiert hat? Er erwähnt das in seiner Einführung zu den LEHREN DES DON JUAN. Im Sommer 1960 machte ich als Anthropologiestudent der University of California in Los Angeles mehrere Fahrten in den Südwesten, um Informationen über Heilpflanzen zu sammeln. Damals war der Professor aber erst 14, bis 1975, sagt er, war ich im mittleren Westen, da ist einiges an mir vorbeigegangen.

Auch Francis Ford Coppola, sagte ich, hat hier studiert.

(Im Sculpture Garden. Auf der üblichen Bank.)

(Da strahlte die Sonne noch. Im kalifornischen Oktober.)

Ja, sagte der Professor, davon habe ich gehört. Dochdoch, das sei bekannt.

Wenn die Biographen nicht irren, studierte der spätere Starregisseur sogar ungefähr gleichzeitig mit Morrison. Doch dürften die beiden einander kaum über den Weg gelaufen sein. Allerdings hat Coppola später eine Morrison-Nummer, eine der größten, falls Sie mein Urteil interessiert, als gewissermaßen leitmotivische Musik für seinen Vietnamfilm APOKALYPSE NOW verwendet.

Ach so, hat der Professor gesagt, dieser Ohrbandwurm ist also von Ihrem Jim Morrison gewesen? Interessant.

Vor einem blauen Dschungel geht rosiger Rauch auf.

Hubschrauber von links. Dann Hubschrauber von rechts. Die fliegen durch den Kopf des kriegskranken Helden.

Das Propellergeräusch. Dann setzt die Musik ein.

Dann glost der Dschungel. Synchron mit Morrisons Stimme.

Und der fünfte Engel posaunete; und ich sah einen Stern, gefallen vom Himmel auf die Erde, und ihm ward der Schlüssel zum Brunnen des Abgrunds gegeben.

Und er tat den Brunnen des Abgrunds auf; und es ging auf ein Rauch aus dem Brunnen wie ein Rauch eines großen Ofens; und es ward verfinstert die Sonne und die Luft von dem Rauch des Brunnens.

Und aus dem Rauch kamen Heuschrecken auf die Erde; und ihnen ward Macht gegeben, wie die Skorpione auf Erden Macht haben.

Und es ward ihnen gesagt, daß sie nicht beschädigten das Gras auf Erden noch kein Grünes noch keinen Baum.

Genau das ist, dachte ich, die spezifische Differenz.

Die amerikanischen Hubschrauber in Vietnam waren undifferenzierter.

Das dachte ich damals, aber sagte es nicht.

Das kann also noch nicht die Erfüllung der apokalyptischen Prophezeiung gewesen sein, war nur ihre Voranzeige.

Wie er mir sonst noch behilflich sein könne (so der Professor). Was? fragte ich. Achso, sagte ich. Ich war mit meinen Gedanken kurz woanders.

Selbstverständlich, sagte ich, würde mich Morrisons Semesterfilm interessieren.

Wann ist der gedreht worden? 1964 oder '65, sagen Sie? O Gott, da bin ich aber skeptisch.

Die triste Geschichte mit Jims Semesterfilm:

Es war einmal ein Student der Kinematographie, der wollte gern ein Genie sein.

Aber das ist nicht so einfach. Er studierte in L. A.

Das machte die ganze Sache noch komplizierter.

Zwar war er nicht untalentiert, aber ziemlich verführbar.

Nicht so sehr durch Frauen, mit denen er gewisse Schwierigkeiten hatte, aber:

Was seine psychische Konstellation betraf, so war dieser junge Mann ein sehr typisches Exemplar seiner Generation.

Nennen wir ihn Jim und nennen wir diese psychische Konstellation fatal oral.

Das aber nur nebenbei. Daß er, kaum war er sich selbst überlassen, zuviel trank, kiffte und wohl auch ab und zu ein Stück vom Peyotl gekostet hatte, hätte sich in diesem frühen Stadium noch nicht negativ auswirken müssen. Jedenfalls nicht auf einen Film: 1964 erschien das hochinteressante Buch DIE PFORTEN DER WAHRNEHMUNG von Aldous Huxley, das er sicher *verschlang* und aus dem viel über das Sehen zu lernen ist, für das unser Student ein eigenartiges Interesse hatte. Huxleys den Studenten Jim Morrison inspirierendes Buch befaßte sich mit dem unter Meskalineinfluß ganz außerordentlich gesteigerten Sinn für das Farbsehen. Wahrscheinlich war es unter diesen Umständen ein Jammer, daß die Semesterfilme üblicherweise schwarzweiß gedreht wurden.

Er ging, ist zu lesen, hinaus an den Strand mit John De Bella, den er zu seinem Kameramann erwählte, er, nicht mehr und nicht weniger als der Coming-Man unter den Regisseuren, und war entschlossen, wenn schon einen Erstling, dann einen CHIEN ANDALOU zu drehen, zumindest ein SANG DE POÈTE.

Einen Film, der das Filmen thematisieren sollte, eigentlich keinen Film, sondern einen Essay über den Film als Film, wenn du verstehst, was ich meine. Janein, sagte De Bella, theoretisch so ungefähr, aber praktisch überhaupt nicht. Geduld, sagte Jim, ich werde alles erklären, wenn wir soweit sind.

Und John baute seine Kamera auf und sollte außerdem (ein Freundschaftsdienst) seine Freundin zur Verfügung stellen. Jims Mary mit ihrer katholischen Sensibilität konnte man gewisse Posen nicht zumuten. Obwohl sie, fast hätte ich vergessen, das zu erwähnen, Tänzerin werden wollte, aber auf seriöse Weise, versteht sich. Ein Manager, den sie damals angeblich schon hatte, riet ihr, heißt es, dringend davon ab, in Jims Film mitzuspielen, das wäre, soll er gesagt haben, gleich am Anfang das Ende ihrer Karriere.

Tatsächlich hatte Jim nicht nur Pornographie im Kopf, sondern jede Menge Sätze über Film, die er sich notiert hatte. Zum Beispiel den: Filme sind Sammlungen toter Bilder, künstlich zum Leben befruchtet. Oder auch den: Kino ist eine neue Form einer sehr alten Tradition — nämlich des Schattenspiels. Zusatz: Der Besuch von Schattenspielen war ursprünglich dem männlichen Publikum vorbehalten.

Möglicherweise waren Sätze wie der letzte mit ein Grund, warum Mary sich weigerte, beim ersten Film des angehenden Starregisseurs Morrison mitzumachen. Der gedachte, einen Film zu drehen über die Möglichkeit, einen Film zu drehen, über die Unmöglichkeit, einen Film zu drehen. Auch schwebte ihm so etwas vor wie Artauds Theater der Grausamkeit, auf die Leinwand übertragen. Unter diesen Umständen war De Bellas Freundin zumindest dafür, die Szene von außen nach innen zu verlegen.

Dem Vernehmen nach begriffen die Dozenten und Studenten, die der Ur- und Alleinaufführung von Jims Semesterfilm beiwohnten, dessen Intentionen nicht. Ein Film ist nichts anderes als eine Assoziationskette, welche die visionären Kräfte der Zuschauer freisetzt (sie hatten keine). Kaum sahen sie De Bellas Freundin, die, nicht ganz von der Sache überzeugt, etwas gequält aus der Unterwäsche guckte, brachen sie in Gelächter aus, zumindest die Kollegen. Und dieses Gelächter wollte die restlichen zehn Minuten, die dem Film blieben, nicht mehr so recht verebben.

Schließt Kino die Dunkelheit aus oder schließt es sie ein? All diese schönen Sätze, umsonst gedacht! Den hohen Vergleich zwischen Film und Alchimie, der natürlich nicht ausbleiben durfte: jeder Film ein Teil des großen Werks, durch das sich alle, der Regisseur, der Kameramann, die Beleuchter, die Tontechniker, die Schauspieler und selbstverständlich das Publikum, dessen Mitproduktivität erfordert wird, verändern, so daß nach Abschluß der Dreharbeiten, aber auch am Schluß des Films, keiner mehr derselbe sein kanndarfsoll wie zu Beginn — einen so hohen Vergleich zu begreifen war auf dem niedrigen Niveau der böswilligen Rezeption natürlich erst recht keiner imstande, auch der gutwilligste Dozent nicht. Jim verließ den Vorführungssaal mit Tränen in den Augen und kündigte an, daß er sein Studium an der U. C. L. A. abzubrechen gedenke; am dortigen Film-Department gilt sein Semesterfilm, nach allem, was ich darüber in Erfahrung gebracht habe, als verschollen.

Und dann, sitzend in einem Café vis-à-vis ST. MARXENS, mit stehender Kamera einfach die Typen ablichten, die da vorbeikommen. Tatsächlich, da wirkt so mancher wie ein Relikt der sechziger Jahre. Längst aus der Mode geratene Haar- und Barttrachten, Fetzen- und Blumenlook, mit nicht wenig Befremden sehen die Yuppies die Hippies. Janis Joplin von rechts, Jimi Hendrix von links — wo ist Jim Morrison?

Just round the corner Botticelli's Venus, überlebensgroß an die Wand gemalt, auf Rollschuhen auch sie.

Von Jim Morrisons Botticelli-Gesicht wird berichtet (unrasiert), sublime Erotik, das war die Zeit seiner ersten Erfolge, also erst etwas später.

1964/65 hatte er noch seine »charakteristische Pausbäckigkeit«, ein soeben dem Elternhaus entwachsener (dem Vater über den Kopf gewachsener) Bub, der auf Fotos in engen Jeanshosen anscheinend darauf Wert legte, daß man seinen Schwanz ahnte.

In einem Bookshop an der Strandpromenade frage ich nach einem Buch von oder über Jim Morrison, wer ist das.

Dem Phänomen Morrison systematisch zu Leibe rücken.

Zur Seele rücken. Zu Geiste rücken. Gegebenenfalls zu Ungeiste.

Noch immer im Marina-Hotel sitzend, hier zu Los Angeles, am Abgrund der Welt.

Kopfhörer an den Ohren, Morrisons Stimme im Kopf also, Morrisons Texte vor der Nase.

Daß der Tag die Nacht zerstört und die Nacht den Tag unterbricht, das weiß man.

Ich habe versucht, davonzurennen, ich habe versucht, mich zu verstecken, aber vergebens.

G-Dur, with a quick beat, Em, DEm, D, das ganze two times.

Aber nach alldem bleibt mir nichts anderes übrig, als auf die andere Seite durchzubrechen.

Wo immer das sein mag. Reflexion über die andere Seite:

Manchmal gehst du nichtsahnend durch eine Stadt wie diese, und auf einmal bist du dort.

Nein, nichtsahnend ist falsch: Du gehst ahnend, aber die Ahnung zurückstauend.

Und genaugenommen trifft auch die Bezeichnung Stadt nicht zu: Von einer Stadt, wie sie in deiner sentimentalen Vorstellung vorkommt, kann über weite Strecken keine Rede sein.

Und doch willst du, daß es hier irgendwo diese Mauer gibt, die mit dem spitzigen Portal.

Und warum nicht? Vielleicht setzt ein Traum den anderen

fort. Vielleicht erfährt jener durch diesen seine folgerichtige Fortsetzung.

SPIRITUAL READING, LIVE ACT, MAGIC THEATRE.

Betrachten wir noch einmal den Wachzustand. Ich kann nicht umhin, ihn für ein Interferenz-Phänomen zu halten.

Nebenbei bemerkt begegnen gewisse Phänomene hier nicht nur dem Fußgänger.

(Was vielleicht kein Wunder wäre. Denn tatsächlich erscheint das Zu-Fuß-Gehen hier als abnorme Beschäftigung.)

(Fußgängertum ist hier zweifellos Grenzgängertum.)

(Für etwas weitere und vor allem spätere Exkursionen leiste ich mir also lieber wieder einen Leihwagen.)

Gestern nacht also. Auf dem Pacific Coast Highway.

Plötzlich ist Petra neben mir aufgetaucht.

Es war genau 12 Uhr 45, ich habe auf die Uhr geschaut.

Ich bin von Calico Ghost Town zurückgekommen.

Vielleicht eine halbe Minute fuhr sie einfach neben mir her.

Auf einer *Honda Shadow.* Ihre Lederkluft war noch dieselbe wie früher.

Sie fuhr ohne Sturzhelm. Ihr Haar wehte frei im Wind.

Zuerst bemühte ich mich aufzuwachen. Dann kurbelte ich die Windschutzscheibe hinunter. Da gab sie Gas und verschwand.

Schon merkwürdig, wenn bereits die zweite Nummer der ersten LP einer Newcomergruppe eine Abgangsnummer ist. Die 2 Minuten 25 Sekunden BREAK ON THROUGH sind ja eigentlich nur eine Art von programmatischer Eröffnung. Nun aber geht's richtig los, und zwar wieder *beginning with a beat* und den Akkorden AD AD AD^7 AD (ade . . .). Schön (well), die Uhr sagt, es ist Zeit, jetzt Schluß zu machen — was für eine ungewöhnliche Art, anzufangen!

Ich glaube, es wird besser sein, wenn ich jetzt gehe. Singt Morrison, nein, singt Morrisons Stimme, gebannt aufs

Magnetband. Und diese Stimme klingt klar, wie die eines sehr jungen Mannes, hell im Vergleich zu später, ungetrübt, noch nicht beschädigt, schon gar nicht ruiniert, erst recht nicht kaputt, obwohl, bei aller Jugendlichkeit, eigenartig abgeklärt. Ich würde gern die ganze Nacht hier bleiben, singt sie; das signalisiert gleich vorweg, daß dem nicht so sein kann.

Die Autos kriechen vorüber, vollgestopft mit Augen.

Die Straßenbeleuchtung vergießt ihren leeren Schein.

(*Hollow glow* – das wäre allerdings evtl. auch mit *hohle Glut* übersetzbar.)

Dein Hirn, gequetscht von starrem (nein taubem) Erstaunen.

Mit einem Wort, dem jungen Mann, der das singt, dem geht es nicht so gut.

Aber es gibt, vor der unpoetischen Welt, ein Refugium gibt es, er kennt das, er nennt das, das nennt sich, so einfach wie zweideutig, SOUL KITCHEN.

Soul Kitchen, was immer das für ein Schuppen gewesen sein mag, welche Hexen-Küche am Strand, an dem er nun wirklich, buchstäblich, *wohnte.*

Venedig in Kalifornien, das heißt so, weil dort Kanäle münden, die stinken so mediterran-romantisch, da soll er zunächst mit Dennis Jakob gehaust haben, in einer Bretterbude, und später allein, auf einem leerstehenden Dachboden.

Dennis Jakob wird, nebenbei bemerkt, im Nachspann zu APOKALYPSE NOW als *Creative consultant* angeführt. 1979 kam der Streifen heraus, da war aber good old Jim schon längst dead & gone. Coppola, lese ich, was determined to have the DOORS represented in the film somehow, as they were apparently the listeners' choice amongst those doing their patriotic duty, aber ohne Morrison hätte sie kaum wer erkannt. Es soll auch eine Sequenz gedreht worden sein, in der Kurtz (Marlon Brando) seiner Privatarmee von Einheimischen (Khmer) Text, Melodie und Rhythmus von COME ON BABY

LIGHT MY FIRE beizubringen versucht, und zwar in der Landessprache, aber diese Sequenz litt, heißt es, vor allem am merkbaren Unwillen Brandos, selbst wie immer geartete Texte zu lernen, und schließlich beschränkte man sich auf THE END am Anfang und am Ende.

Übrigens wird Venice und die im Song besungene Seelenküche, in die Jim, scheint es, spätnachts einzukehren pflegte, wohl im doppelten Sinn ein Refugium gewesen sein. Vor der Armee, die ihn, da er nicht ordnungsgemäß fürs nächste Semester inskribiert hatte, früher oder später suchen würde, denn Uncle Sam, der Typ mit dem sternengesprenkelten Zylinder und dem phallischen Finger, läßt sich nicht gern zum Narren halten, und vor der Universität, von der er, in seinem überempfindlichen Stolz gekränkt, in seiner Unsicherheit bestätigt, genug hatte. Daß er für seine Familie, wohnhaft werweißwo am Strand, kaum erreichbar gewesen sein dürfte — ein nicht unangenehmer Nebeneffekt. Still one place to go — in Morrisons Interpretation hört sich das an wie *steal* one place to go, und möglicherweise ergibt auch das Sinn.

Olivia's: A little soul-food restaurant, near the Venice Arcade.

Und was ist soul-food? fragt der in der einschlägigen Terminologie Unbewanderte. —: Die lokale Küche der Schwarzen.

Black Kitchen: Big plate of short ribs, beans & cornbread, 85 Cents, Steak-Dinner $ 1,25.

Darüber hinaus Atmosphäre, also auch in dieser Hinsicht Seelen-Nahrung, und übrigens, das weiß man auch anderswo, hält Essen, so lange es nötig ist, Seele & Leib zusammen.

Was den Leib betrifft, so gönnte sich Jim zu dieser Zeit allerdings ziemlich wenig. Erstens mußte er, wollte er nicht überflüssigen Kontakt mit seinen Eltern aufnehmen, sparen, und zweitens hatte er, wissen wir, ohnehin (auch) etwas übrig für

Askese. So kann man aus (milder) Not eine Tugend machen. Mit zumindest ästhetischem Erfolg: Derart schlank und rank wie in den schönen Tagen von Venice war Morrison später selten bis nie.

Sage und schreibe nur 59 Kilogramm im Vergleich zu davor 75 (die Biographen wissen es genau). Babyspeck weg, geschmeidig, fast hager, das nun längere, lockige Haar rahmte sehr vorteilhaft Jims Gesicht. Laß mich die ganze Nacht in deiner Seelenküche schlafen / laß mich (ja was? —: meine Seele, mein Verstand, meinen Geist, mein Herz, mein Gemüt? — das alles offenbar ziemlich durchfroren, obwohl Sommer gewesen sein muß) an deinem freundlichen Ofen wärmen. Schwer vorstellbar, daß Olivia, Chefin der Seelenküche, falls sie eine reale Person war, einem Adonis wie dem Morrison der Jahresmitte 1964 diese Bitte abgeschlagen hätte.

Die Wendung: Schmeiß mich raus, und ich werde wandern (streunen) Baby, strauchelnd draußen im Neongehölz, ist also aller Wahrscheinlichkeit nach eine rein rhetorische. Es sei denn, Jims asketische, eine gewisse Nervosität oder Schwäche kaschierenden Anwandlungen haben die Frau genervt. Sie scheint allerdings, wenn ich den Text nicht überinterpretiere, auch anderes (fragwürdiges) Seelenfutter parat gehabt zu haben. Your fingers weave quick minarets / speaking secret alphabets, vielleicht gab's noch einen schwarzen Segen, ein magisches Sprüchlein zur guten Nacht, Kinder, das Traumfräulein kommt, mit Gutenachtkuß als Draufgabe.

Es muß aber dem verkrachten Studenten Jim Morrison am Strand von Venice noch etwas ganz Besonderes begegnet sein:

Eine bemerkenswerte Erscheinung: Ein Indianer (auf Rollschuhen) fuhr auf ihn zu und sprach:

Wie wird man Schamane? Das Berufungserlebnis, das spontan, nach längerer Krankheit, in Träumen und in der Folge von Krisen auftritt, ist ungewollt und wird häufig nur widerwillig akzeptiert.

Ekstatisches Tanzen, Fasten und Selbstkasteiung auf der einen Seite, bewußtseinsverändernde Drogen auf der anderen sind zwar Mittel zum großen Zweck, doch kann niemand durch Anwendung dieser Mittel allein das Ziel erreichen.

Innere Vorbereitung und Auserwähltheit gehören dazu.

Wenn du träumst, so hast du noch keine Vision, jedes Supermarktmädchen kann träumen.

Wenn du ein Kraut nimmst, was soll's, auch der Mann, der dir Hamburger verkauft, hat eine Vision, wenn er ein Kraut nimmt.

Die wahre Vision kommt aus den eigenen Säften.

Ja, sagte Aldous Huxley, der, natürlich auch auf Rollschuhen, gerade vorbeikam, in Wirklichkeit hat sich diese Tatsache schon mehrere Jahrzehnte lang aufgedrängt. Aber wie es sich traf, hatte niemand sie bemerkt, bis einem jungen englischen Psychiater, der gegenwärtig in Kanada arbeitet, die große Ähnlichkeit in der chemischen Zusammensetzung von Meskalin und Adrenalin auffiel. Im Verlauf weiterer Forschungen erwies sich, daß Lysergsäure, ein äußerst starker, aus Mutterkorn gewonnener Erreger von Halluzinationen, eine strukturelle biochemische Verwandtschaft mit den beiden Substanzen besitzt. Dann folgte die Entdeckung, daß Adrenochrom, ein Zerfallsprodukt des Adrenalins, viele der beim Meskalinrausch beobachteten Symptome hervorrufen kann.

Adrenochrom aber bildet sich im menschlichen Körper wahrscheinlich von selber. Mit anderen Worten, jeder von uns ist vielleicht fähig, in sich eine chemische Substanz zu erzeugen, von der, wie man nun weiß, winzige Mengen tiefgreifende Veränderungen des Bewußtseins bewirken.

Einige dieser Veränderungen gleichen den bei der Schizophrenie auftretenden. Stimmt, sagte Lame Deer, die wahre Vision trifft dich so scharf und klar wie ein Elektroschock.

Danach hörte Jim auf, Olivias Soul-Kitchen zu besuchen und hatte Entzugserscheinungen.

Hingegen begann er (denn das hatte er bisher verabsäumt) auf seinem Dachboden zu tanzen.

Ohne Musik von außen. Die brauchte er nicht.

Da ihm das Hunger verursachte, aß er: ein Huhn (von Kentucky Fried Chicken) aß er mit solchem Appetit, daß er beinah die Verpackung und die Knochen mitgefressen hätte.

So blieb nichts übrig für Blake und Nietzsche, die zu Besuch waren.

(Eine bemerkenswerte Erscheinung.) Macht nichts, sagte Nietzsche und hielt sich am Wein schadlos.

Das ist mir lieber als alles andere, so schlicht und einfach: das narkotische Getränk, von dem alle ursprünglichen Menschen und Denker in Hymnen sprechen.

Ja, sagte Blake, jetzt fehlt uns nur noch weibliche Gesellschaft: die Straße der Ausschweifung führt zum Palast der Weisheit.

Sie lachten sehr viel und schlugen sich gegenseitig auf die Schultern.

Dann liefen sie hinaus an den Strand, es war Mitternacht, und der Mond sah aus wie in einem Walt-Disney-Film.

Sie liefen aufs Wasser zu und warfen dabei ihre T-Shirts und Jeans hinter sich.

Dann trafen sie einige nackte Mädchen, aber da verabschiedete sich Nietzsche, und Blake, der den Mund zuerst so voll genommen hatte, kam auch irgendwie abhanden.

Und dann ging Jim eines Abends am Strand entlang, da kam ihm ein Typ entgegen, der über die anbrandenden Wellen hüpfte.

Der sah ganz normal aus, bis auf die Pferdeohren und den prächtigen Schweif, der hinten an ihm dranhing.

Hey du, bist du Morrison? (with a satyric smile).

Ich soll dir folgendes vom Chef ausrichten: Siehe, du bist mein geliebter Sohn, an dem ich mein Wohlgefallen habe.

Schön, wenn es so und nicht anders gewesen wäre.

Allerdings hatte Jim, wie es scheint, kein rechtes Zutrauen zu seinen selbstproduzierten Visionen.

Eigene Säfte hin und her — ein bißchen Hasch, das so süß war, obwohl es im Grunde genommen bitter schmeckte, würde nichts schaden.

Morgens 1 Joint und der Tag ist dein Froind. (Er tat sich in letzter Zeit recht schwer beim Aufstehen).

Und da eine Pille und dort eine Pille (nur gegen die Kopfschmerzen).

Und Aspirin mit Cola macht auch high, das wissen sie schon auf der Elementarschule.

Und das gute Gras aus Mexiko, das am Strand angeboten wurde wie Cosher Franks, Service für eine rauchende Glaubensgemeinschaft, sollte man auch nicht verkommen lassen.

Und Koks ist sehr praktisch, das schnupft sich so zwischendurch und tut rasch seine Wirkung.

Übrigens ist es überhaupt nicht wahr, sagte Dennis, daß die Dionysiker nur durch den Wein so berauscht waren. Die haben, das hab ich gelesen, den Alkohol doch bloß zum Hinunterspülen stärkerer Mittel verwendet!

Naja, wenn das so ist, sagte Jim — wo ist der nächste Fliegenpilz? Und auch, wenn der erste Trip, den er wieder versuchte, ein Horrortrip gewesen sein sollte, mit schlimmen Atembeschwerden und Angst, zu ersticken, zu ertrinken — du mußt da durch, redete er sich ein, wie beim Wellenreiten durch die überschwappende Brandung, lasset uns auf die andere Seite durchbrechen.

Lieber Morgenrot! Entschuldige die rüde Art, die ich unlängst an den Tag gelegt habe. Es war übrigens in der Nacht und ich hatte etwas zu viel getrunken — aber was soll's, Du weißt das. Glaub nicht, ich lenke nur ein, weil ich schon wieder Geld brauche. Mir liegt an der Freundschaft zu Dir. Und an Deinem Verständnis.

Es kann doch nicht sein, daß all das, was mich letzthin so sehr erhitzt und bewegt, einen wie Dich völlig unbewegt und kühl läßt.

Ich habe überlegt, wann wir uns eigentlich zum ersten Mal getroffen haben. Sag, war das nicht anläßlich einer Vietnam-Demonstration? Wir haben uns ineinander eingehängt und Ho-Ho-Ho-Tshi-Minh skandiert.

Waren das Du und ich oder waren das zwei andere?

Du mußt doch bemerken, was mich so an- & aufregt.

Auch wenn Du Jim Morrison nicht magst — da war oder ist etwas an ihm, das weit über seine Existenz, die sogenannte reale, hinausreicht.

Vielleicht ist so etwas ja an jedem Menschen.

Aber dieser da war ein vergleichsweise exponierter. Und ich habe mich nun einmal mit ihm zu beschäftigen begonnen.

In meinem Artikel würd ich also das Auftreten Jim Morrisons mit dem Auftreten des »Dionysos« in den Bakchen des Euripides vergleichen.

Wie einer eine Rolle zu spielen beginnt. Wie er sie mehr oder minder erfüllt.

Der junge Mann dort, wer immer er sein mag, der Typ, dem Pentheus, Chef von Theben, die Lust auf Bacchanalien schon austreiben wird, sieht, wie gesagt, gut aus, besonders die langen, weichen Locken haben es dem König angetan, die wird er ihm jedenfalls abschneiden. Und der Thyrsosstab (gewissen Auffassungen zufolge ein mit berauschenden Kräutern gefüllter Fenchelstiel), dieses — Zitat: Verzückungsrohr, muß, so spricht die für Erhaltung von Recht & Ordnung zuständige Autorität, natürlich konfisziert werden.

Natürlich! Der dionysische Kult hat dem Altertum die höchste Ausbildung einer durch und durch aphroditischen Zivilisation gebracht . . . Er hat alle Fesseln gelöst, alle Unterschiede aufgehoben und dadurch, daß er den Geist der Völker vorzugsweise auf die Materie und die Verschönerung des leiblichen Daseins richtete, das Leben selbst wieder zu den Gesetzen des Stoffes zurückgeführt. Dieser Fortschritt der Versinnlichung des Daseins fällt aber überall mit der Auflösung der politischen Organisation und des staatlichen Lebens zusammen. An der Stelle reicher Gliederung machen sich das Gesetz der Demokratie, der ununterschiedenen Masse, und jene Freiheit und Gleichheit geltend, welche das natürliche Leben vor dem zivilgeordneten auszeichnen . . .

Das ist nicht von mir bitte, sondern schon wieder von Bachofen. Die Alten sind sich über diese Verbindung völlig klar, heben sie in den entscheidenden Aussprüchen hervor und zeigen uns in bezeichnenden historischen Angaben die fleischliche und politische Emanzipation als notwendige und stets verbundene Zwillingsbrüder. Noch immer von Bachofen, nicht von Herbert Marcuse. Die dionysische Religion ist zu gleicher Zeit die Apotheose des aphroditischen Genusses und der allgemeinen Brüderlichkeit.

Und jetzt, bester Morgenrot, muß der Groschen doch fallen.

Was ist denn das öffentliche Ärgernis an den dionysischen Umtrieben?

Was fürchten die Sheriffs der jeweils bestehenden Ordnung?

Entfesselte Phantasie + Sex = Anarchie.

Eine Rechnung, die, aus ihrer Position erstellt, wahrscheinlich auch stimmt. Denn hätte die Hippiebewegung, so harm- & ahnungslos sie in politischer Hinsicht gewesen sein mag, tatsächlich die ganzen Vereinigten Staaten erfaßt, man hätte das Geschäft Amerika zusperren können. Und hier in Paris, wo jenes vorerst bloße *feeling* schließlich zu einem gewissen Bewußtsein seiner selbst gekommen ist (mit deutscher Entwicklungshilfe, sagen manche, aber in Deutschland, da bringt man doch die Verhältnisse erfahrungsgemäß weniger zum Tanzen als zum Marschieren), also hier in Paris ... Stell Dir bloß vor, wenn hier auf den Mai noch ein Juni gefolgt wäre.

P. S.: Ich besuche hier übrigens nicht nur Morrisons Grab. Gestern zum Beispiel war ich auf dem Montmartre-Friedhof, um Heine meine Reverenz zu erweisen. Erholsam: Ein (mit den Jahren) zweifelsfrei Toter ... Wenn Du Deinem Herzen einen Stoß gibst und doch noch ein bißchen Geld schickst, kann ich mir einen Aristophanes leisten.

Nicht nur die Bücher kosten übrigens Geld.

Habe meine ursprüngliche Idee, die Wege Jim Morrisons hier in Paris Schritt für Schritt nachzugehen, wieder aufgenommen.

Also z. B. früh am Morgen, d. h. gegen Mittag, aus der Rue Beautreillis auf die Rue Saint Antoine hinauszutreten.

Und mir am Zeitungskiosk die New York Herald Tribune und im Bistro MOUSQUETIER eine Bloody Mary zu kaufen.

Etwas kostspieliger wird die Angelegenheit, wenn ich davon ausgehe, daß Jim (was er zu Anfang seines Paris-Aufenthalts einige Wochen lang getan hat) im Hotel GEORGE V in der gleichen Avenue logiert und sein Frühstück im ALEXANDRE einnimmt.

Qui n'est pas exactement ce qui j'appelerais un petit restaurant sympa et pas cher.

Letzteres ist ein Zitat von Hervé Muller.

Ja denk Dir, ich habe sein Buch endlich doch noch gefunden!

Morgenrot, hörst Du? Das interessiert Dich nicht?

Du ziehst es vor, Dich totzustellen? Schon recht, ich werde auch ohne Dich auskommen.

Du läßt meine Briefe inzwischen ungeöffnet?

Dann muß ich Dich telepathisch anappellieren!

Wollen doch sehen, ob ich nicht nur ein guter Empfänger bin, sondern auch ein guter Sender.

Alles spielt sich so ab, »als ob« (man) »telefonisch verständigt worden wäre«.

»Gewissermaßen ein psychisches Gegenstück zur drahtlosen Telegraphie.«

Notiert Freud für eine höchst merkwürdige Vorlesung über Telepathie, die wirklich zu halten ihm sein Freund Wilhelm Fließ aber offenbar abriet, und das hab ich, ob Dir meine Lektüre nun paßt oder nicht, einmal mehr bei Derrida gelesen.

Das aber nur am Rande. Zurück zu Muller.

Zwar fehlt sein Morrison-Buch im Centre Pompidou nach wie vor, aber in einer kleinen Bibliothek in der Nähe des Pantheon habe ich es aufgestöbert.

Gerade jetzt, im Café AUX DEUX MAGOTS sitzend, lese ich in den Fotokopien, die ich mir davon angefertigt habe.

Hier soll Jim oft am späten Vormittag (also am frühen Nachmittag) gesessen sein, hinaus auf den Boulevard Saint Germain oder die Place Saint Germain des Près schauend, nachdenkend, schreibend.

Das heißt: Wenn er noch nicht zu viel geladen gehabt hat, denn bei der Bloody Mary zum morgendlichen Aufwärmen ist es sicher nicht geblieben.

Anderseits hat er, kein Zweifel, wesentlich mehr vertragen als ich, und vielleicht wäre ihm das Schreiben gerade in nüchternem Zustand schwergefallen.

Zu dem Zeitpunkt, zu dem ihn Muller kennengelernt hat, dürfte es mit seiner literarischen Produktion allerdings nicht mehr weit her gewesen sein.

Falls es, hier in Paris, überhaupt je weit her gewesen ist mit Morrisons literarischer Produktion, was die Experten bezweifeln.

Wie Jim, stockbesoffen, vor dem ROCK'N'ROLL CIRCUS in der Rue de Seine randaliert hatte. Und keiner hatte ihn erkannt, im Gegenteil, man hatte den Typ, der schon innerhalb des Lokals durch unkontrolliertes Torkeln und undifferenziertes Fluchen die Leute belästigt haben soll, glatt hinausgeschmissen. Da stand er nun, saß er nun, wackelte er herum. Und nannte sowohl die Hinein- und Herausdrängenden als auch die einfach Vorbeigehenden recht wahllos und lautstark mütterfickende Nigger.

Was angeblich überhaupt nicht rassistisch gemeint war. Er nenne, verdammt noch einmal, Nigger, wen er wolle, genauso wie er, zum Teufel, wen er wolle mit motherfucker anspreche. Er meine, das setze nicht voraus, daß derjenige, den er mit diesem Titel auszeichne, seine Mutter wirklich gefickt habe. We all are niggers. And we all are motherfuckers. Don't say you don't know it.

Aber zu solchen Statements war er an jenem Abend nicht fähig. Ein gewisser Gilles, Familienname unbekannt, erkannte hinter den aus der Form geratenen Zügen des Randalierers den ehemals häufig fotografierten Rockstar. In einer Anwandlung von Pietät manövrierte er den Stinker in ein Taxi. Dann überlegte er, wo er ihn deponieren könnte — da fiel ihm, wir wissen nicht genauer, warum ausgerechnet — sein Freund Hervé ein.

Wie es folglich mitten in der Nacht an der Tür Mullers klopfte und ein amerikanischer Bekannter, mit dem man gerade ein Pfeifchen Hasch rauchte, glaubte, es sei die Polizei. Aber es war nicht die Polizei, sondern Gilles mit einem dumpf vor sich hin dümpelnden Wrack, das er als Jim Morrison bezeichnete. Und wie dieser sogenannte Morrison sich auf die offene Tür einpendelte, dann aber mit erstaunlicher Zielsicherheit eine Couch fand. Auf die fiel er dann, ohne vorläufig auch nur ein Wort gesagt zu haben. Paris war das Ende.

Lieber zurück an den Anfang der DOORS-Legende.
Ort der Handlung: Nach wie vor Venice Beach.
Gelesen und exzerpiert im SIDEWALK-CAFÉ.

Aber diese Authentizität, würde Morgenrot sagen, ist doch nichts als Scheinauthentizität!

Und sehr relativ. Und damit würde er recht haben. Diese Notizen sichtend, sitze ich nun im LA PALETTE.

Und diese Scheißtour, mit irgendwelchen mehr oder minder bekannten Lokalen anzugeben, als ob es von Interesse wäre, von wo nach wohin so ein Autor seinen Arsch bewegt!

Merkwürdig aggressiv, dieser Morgenrot.

Statt mir endlich zurückzuschreiben und dem von mir lange genug erwarteten Brief wieder einmal ein paar schöne Scheinchen beizulegen, meldet er sich in zunehmendem Maße als innere Stimme und wird beleidigend.

Ort der Handlung also nach wie vor Venice Beach, aber reflektiert aus Paris:

Die Kurve, die nach Long Beach führt, ist so weit wie die Bucht von Ipanema in Rio, mit der sie als einziger verglichen werden kann. Aber im Gegensatz zu Rio mit seinem stolzen, großartigen und anmaßenden (aber trotzdem schönen) Meer läuft diese Stadt hier wie der Randbezirk eines Strandbads, dessen Nebelcharakter sie immer noch trägt, fast flach in den Ozean aus . . . Der Okzident endet wie eine Reise, die ihren Sinn verliert, wenn sie ans Ziel gelangt, in einem sinnentleerten Ufer.

Schön gesagt, muß man zugeben, Morgenrot, nichtwahr?

Aber das nur nebenbei. Zeit (von Manzarek wiederholt mit fast gleichlautenden Worten so angegeben) —: A beautiful California summer day, the middle of August.

And who should come walking down the beach but Jim Morrison.

Und wer sollte die Strandpromenade entlang kommen, wenn nicht Petra, und zwar auf einem Fahrrad, aber das war erst viel später.

Nicht im Sommer, sondern im Herbst. Jetzt ist Winter.

Die Sicht auf die Rue Mazarine ist verunschärft durch Eisblumen.

Hey man! Ray hatte gedacht, Jim sei in New York.

Hallo Petra! Ich habe gedacht, du bist ganz woanders.

Nein, sagte Jim, der Ray bis zu diesem Zeitpunkt nur flüchtig von der Film-School her kannte, zwar habe er tatsächlich einen Abstecher nach New York machen wollen, aber das habe er sich aus dem Kopf geschlagen.

Was wollte er in New York? Etwa das MUSEUM OF MODERN ART besuchen?

Und ein spezielles Bild von Rousseau betrachten?

Petra fuhr einfach weiter und sagte gar nichts.

In that year, hat Morrison notiert, there was an intense visitation of energy.

I left school and went down to the beach to live.

I slept on a roof. At night the moon became a woman's face.

And thus (hier folgt die entscheidende Information:) I met the Spirit of Music.

Zu diesem Treffen ging Jim allerdings einen Umweg.

What the hell were you doin'? fragte Manzarek.

Antwortete Morrison: Just writing.

Du schreibst? Was hast du geschrieben?

Nur ein paar Songs.

Gegen das Lesen und Schreiben von Noten hatte er schon in den wenigen Klavierstunden, die er ertragen hatte, eine zumindest passive Resistenz entwickelt: also brauchte er nun als Erinnerungsstützen die Wörter.

I said (so Manzarek) Aha! Why don't you sing one or something?

I don't know, sagte Jim. I'm no singer. It's just to give an impression.

Und Jim setzte sich in den Sand. Und Jim schloß die Augen. Und Jim sang mit dünner Stimme.

Manzarek, zuhörend, lese ich, kniete vor ihm.

Und Morrison sang, die Fans wissen das, die Nummer MOONLIGHT DRIVE.

Und muß wohl, einer gewissen Hemmung zum Trotz, noch einiges mehr gesungen haben, denn Manzareks darauf folgende Expertise bezieht sich auf eine Mehrzahl:

Those are the greatest fuckin' song-lyrics I've ever heard.

Bleiben wir trotzdem bei der Mondscheinpartie.

Langsame Nummer, mit violetten Tönen am Anfang, glitzernd, metallisch, aber quecksilbern, was allerdings erst durch Manzareks Arrangements und nicht zuletzt durch Kriegers Slide-Gitarrenspiel realisiert wird.

Vorläufig existierte sie, wie ein Großteil der nachmaligen DOORS-Nummern überhaupt, nur in Morrisons Hirn.

Er hörte damals (wahrscheinlich nicht unabhängig vom Seelenfutter in Olivias Seelenküche) ein ungeheures Rockkonzert in seinem Kopf und brauchte nichts anderes zu tun, als mitzunotieren.

In Worten, wie schon erwähnt; etwa in Worten, wie den folgenden.

Laß uns zum Mond schwimmen, uh huh

Laß uns durch die Gezeiten klettern, nein schreiten, nein gleiten, was soll ich schreiben

Laß uns den Abend penetrieren, okay, wir wollen den Dichter beim Wort nehmen, wozu die Umschweife

Aber die Stadt, die sich im Schlaf versteckt, reimt sich nicht darauf, und vielleicht ist es doch besser, beim Originaltext zu bleiben:

Let's swim out tonight love
It's our turn to try
Let's start a rock & roll band
and make a million dollars

sagte Ray Manzarek.
Gesagt getan.

Quite simple.

Oder doch nicht so ganz. Ray hatte zwei Brüder.

Rick hieß der eine Bruder, Jim hieß der andere Bruder, Ray war der dritte.

Brüderlich hatten sie bis dahin musiziert.

Als Ray nun Jim Morrison anschleppte, gingen die beiden anderen instinktiv in Abwehrstellung.

RICK & THE RAVENS, so nannte sich ihre Band.

Daraus ist zu schließen, daß Rick am Anfang der Boß war.

Falls überhaupt jemand der Boß war (das war nicht so wichtig).

Auch gab es unter den Manzarek-Brüdern keinen, der auch nur ansatzweise den Star spielte.

Das sollte sich ändern. Jim (Morrison) war zwar schüchtern und konnte nicht singen.

Aber das gibt sich, schwor Ray, das ist alles eine Frage der Praxis.

Es wird keinen geben, prophezeite er, der deine Songs besser singen kann als du.

So war er ein guter Psychologe und Trainer, aber ein schlechter Bruder.

Was findest du bloß, protestierten die Brüder, an diesem arroganten Affen?

Jenes gewisse Etwas, für das Ray ein Gespür hatte.

Nennen wir's Charisma, if you know what I mean.

Ray Manzareks Brüder *wollten* das gar nicht wissen.

Charisma (griech. »Gnadengabe«), im theol. Sprachgebrauch eine weder vom Menschen selbst herbeizuführende noch durch Sakramente zu vermittelnde Einwirkung des göttl. Geistes. Im übertragenen Sinn auch die besondere Eigenschaft, die Personen aufgrund von angenommenen Verbindungen mit schicksalsbestimmenden Gewalten zugesprochen wird. Maßgebend sind nicht objektive, sondern subjektiv den Charismatikern von ihren Anhängern zugeschriebene Attribute. Kennzeichen des C. sind besonders seine »Außeralltäglichkeit« und sein irrationaler Charakter.

Zumindest letzterem hätten Ray Manzareks Brüder, die

bald darauf wegen unüberbrückbarer Differenzen aus der Band ausschieden, zweifellos zugestimmt. Irrational. Jaja. Genau das war es, was sie gestört hatte. Laß uns zum Mond schwimmen uh huh, laß uns durch die Gezeiten klettern, schreiten, vielleicht am ehesten steigen — ich bitt dich, was soll das?! Jim's lyrics, schreiben die Biographen, sailed over Ray's brothers heads, und diese Wendung ist zu passend, um übersetzt zu werden.

Gewisse Wege der Erkenntnis sind seltsam.

Ich sollte wohl richtiger schreiben: gewisse Umwege.

Hab ich doch tatsächlich bis nach Los Angeles fahren müssen, um auf die Idee zu kommen, daß es Videokassetten der DOORS gibt!

(Ehrlich gestanden bin ich auch hier nicht *auf die Idee gekommen*, sondern — immer diese Zufälle — ganz einfach auf eine solche DOORS-Kassette gestoßen.

Und das nicht etwa in einem Videoshop. Nein, in einem banalen Elektro-Store. Mein Kassettenrecorder, vom ständigen Abspielen der DOORS-Kassette müde, hatte wieder einmal frische Batterien nötig. Und da liegt dieses DOORS-Video mit dem Bild des Lizard-King in action ganz schlicht und etwas verstaubt auf dem Ladentisch.

For those who have never experienced (experienced!) the DOORS live

this recording of their famous Hollywood Concert is simply obligatory

(Simply!). At the climax (the climax!) of their career . . .

Electrifying, filmed from unusual visual angles, mit einem Wort: ladies & gentlemen: we proudly present: für alle Fans, auch die inzwischen verstorbenen und damals noch ungeborenen: denn das muß man einfach gesehen haben.

Nur merkwürdig, daß ich es nicht vorher gesehen habe. Dieses Videoband nämlich — seit ich mich in Venice aufhalte, bin ich doch schon mindestens dreimal in diesem Elektroladen gewesen. (Gleich dem Motel gegenüber, auf dem Washington Boulevard.) Der Verkäufer, ein Neapolitaner, der mir ansieht, daß ich ein bißchen Italienisch spreche, schwört, dieses Band sei seit Wochen, wenn nicht seit Monaten auf seinem Platz gelegen.

Mit dem Videoband ins Motel zurückgekehrt, erkundigte ich mich an der Rezeption, ob es einen Videorecorder im Hause gäbe — nein, es gab keinen.

Dies sei ein einfaches Haus. Und im übrigen gäbe es doch genug Fernsehprogramme in den Vereinigten Staaten, die sollten mir genügen.

Mr. America himself! Tut mir leid, sagte ich, die genügen mir nicht.

So, sagte der Typ. Haben wir Sonderwünsche. Wollen Sie einen Pornofilm ansehen?

Das war es. Das hat mich auf *den* Gedanken gebracht!

Nein, sagte ich. Aber, wieder auf die Straße getreten, ein Taxi zu stoppen und dem Fahrer eine diskrete Frage zu stellen, war eins.

Chinesisch lächelnd reichte er mir ein Kärtchen:

MAGIC THEATRE, SPIRITUAL READING, LIVE-SHOW.

Okay, sagte ich. Go on. That's the right adress.

Wer sucht, der findet nicht. Aber wer *nicht* sucht, der findet.

Pardon? fragte der Fahrer. Nothing. I was just thinking.

All light, sagte er. Ich lehnte mich in den nach süßlichen Zigaretten riechenden Sitz zurück. Ich sah meine Augen im Rückspiegel.

Die Mauer, die laufende Schrift, das spitzbogige Portal.

DROP IN AND SEE OUR TOTALLY NUDES ON STAGE.

Paar Treppenstufen hinunter; oder hinauf?

Regale mit Magazinen, Videobändern.

In der Mitte die Kojen zur Guckkastenschau.

Carl Gropius (1793—1870) eröffnete 1827 das erste Diorama in Berlin; im August 1832 eröffnete er zusätzlich ein Pleorama.

LIVE ACT AT 6 P.M:, 8 P.M. 10 P.M., MIDNIGHT.

Die sehr glückliche, nach vielen mühsamen und kostspieligen Versuchen nun zur Reife gediehene Erfindung gibt uns durch eine ununterbrochene, über mehrere hundert Ellen sich erstreckende Reihe von Bildern nicht etwa nur einzelne Ansichten von Neapel, sondern führt die Szenerie vollständig an uns vorüber.

Daguerres Londoner Diorama steht noch heute im Regent's Park, ein seltenes Relikt.

Fantasmagorien, Laterna-Magica-Vorstellungen. Die Vorstellung eines Wettertheaters.

Cinema, notiert Morrison, has evolved in two paths.

One is spectacle. The other the peep-show.

Nein, lüge ich, in die Live-Show möchte ich nicht.

Und auch in die Videokabine, erkläre ich, will ich nur unter ganz bestimmten Voraussetzungen.

Der Mann an der Kasse sieht aus wie Duke Ellington.

Über enorme Tränensäcke hinweg schaut er mir nachdenklich in die Seele.

Er überlegt. Ich sehe, ja höre beinah, wie er hinter seiner kastanienfarbenen Stirn denkt.

Zum wesentlichen stilistischen Merkmal seiner Musik gehören ein sehr differenzierter Umgang mit den klanglichen Mitteln der Big Band bei jedoch starker Betonung der individuellen Eigenart seiner Musiker.

Okay man, sagt er schießlich, solange du zahlst, ist mir alles recht.

Nahm meine DOORS-Kassette und schickte mich in die Einzelzelle.

Wie er die Bühne betrat / betritt, betont lässig —

Kopf etwas vorgeneigt, linksgeneigt, Zeitlupenschritt, Schlafzimmerblick –

Hintergründig aus der Ur-Explosion der 5 Buchstaben (DOORS) in den Vordergrund tretend, nein, einfach vorbeikommend: JIM MORRISON, VOCALS –

Schlafzimmerschritt, Zeitlupenblick, Aug sanft verschleiert, aber auch unspezifisch verächtlich; Mund sanft verächtlich, aber auch unspezifisch sinnlich; die Beziehungen des Mundes zum Auge, die Beziehungen des Auges zum Mund.

Schau, daß du das Draußen hereinholst, saug's auf, schlürf's nach innen –

. . . deine Augen sind immer schwarz: die Pupille öffnet sich und ergreift das Objekt der Vision –

(zitiert nach Jim Morrison, DIE HERREN, im Original THE LORDS, Notate zum Sehen)

oder auch *Noten* zum Sehen. Trotzige Schmollaugen-Blicke, tatsächlich, zumindest hierin hat Morgenrot recht: eine männliche Brigitte Bardot.

Haar über die linke (sinistre) Augenbraue frisiert, die nachtschattige Nasenwurzel, gekonnt zerzaust –

Und die Nase darunter, eigentlich klein & weich, aber ab & zu nüsternd wie Richard Burtons Nase als Alexanders des Großen Nase, in Technicolor & Cinemascope –

Und Morrisons Hals, auch er eine Spur zu weiblich, aber mit deutlichem Adamsapfel –

Schwarzes Hemd oder schwarzer Pullover, Gilet in Gold oder Violett, enge Lederjeans, goldbraun, silberblau, je nach Beleuchtung, schweres Metall am Gürtel, vielleicht Blech.

Das sehen wir vorerst nur flüchtig: Das Auge der Kamera kehrt zurück zu Morrisons Augen –

Blick violett oder gold, Blick silbergrau, goldbraun, je nach Beleuchtung, die Lider hängen tief –

Tief hängen Morrisons Lieder, tief hängt der Himmel, von existentieller Müdigkeit schwer –

Und existentielle Müdigkeit wäre die Müdigkeit ewiger Wiederkehr.

(Nietzsche, in Sils Maria, soll das erfrischt haben.

Der wollte zumindest den Anschein erwecken, als ob.

Jim Morrison scheint das müde zu machen, zum Einschlafen.

Aufwachend hat er gedacht: O Gott, nicht schon wieder!)

Bevor er versinkt, wird er singen, im großen Schlaf —

(Na immerhin!) Da will er noch einmal den Schrei —

(Wessen?) Den Schrei eines Schmetterlings hören, das will er —

Wir wollen die Welt und wir wollen sie jetzt (aber das klingt wie ein Schmerzensschrei).

Und / aber das kommt erst. Noch singt er ja gar nicht. Noch schweigt er.

Seine Pupille, im Regenbogenhäutigen, wirkt viel zu groß.

Er dürfte eine Frau kennen, die Belladonna heißt, heute nacht hat er von ihr geträumt.

Wenn er an sie denkt, muß er (was selten vorkommt) ein ganz kleinwenig lächeln.

Erinnerung eines Lächelns aus einem Traum.

Doch wenn es schon da ist, dieses Spurenelement eines Lächelns auf seinem Gesicht, dann läßt es sich auch anwenden.

Dann kann es auch spöttisch sein, dieses Lächeln, unter diesem Blick, der sich nun etwas abwendet, jetzt, da er endlich entdeckt hat, was er vorweg weiß, daß er nämlich gefilmt wird —

Und daß wir ihn sehen, bestellte Voyeure; und er, der sich als Exhibitionist produziert, zeigt gleichzeitig etwas kokett Geniertes: Wo bin ich denn hier, was tu ich denn da, so seht doch, was ich hier anfange.

Und Morrison, von der anderen Seite durchs Bild gehend.

Nun etwas rascher, körperlich-seelisch gespannter, pantherpfotig.

Der Panther, der Puma, der Leopard, kurz die Groß-Katze.
Das ist die andere Tierart, mit der er sich (nach den Eidechsen & Schlangen natürlich) identifiziert hat.
Sein Katzengang hat allerdings was vom Gang *Pink* Panthers.
Ein bißchen knieweich, von der Ferse zum Fußballen abrollend, Kopf und Schultern etwas zu weit nach vor hängend.
Frage: War er, als Lieblingsdarsteller seiner selbst, zur Selbstironie fähig?
Antwort: Wir wollen es hoffen. Es will manchmal so scheinen.
Vielleicht jedoch ist das eine optische Täuschung.
Möglicherweise liegt es an einer Art Unschärferelation.
Da stehen wir hinter der Kamera / sitzen wir vor dem Fernsehschirm.
Und sehen, wie einer auftritt, als Rocksänger verkleidet.
Wie er auftritt, als ob er lebendig wäre.
Video: ja: auch das ein magnetisches Phänomen.
Aufzeichnung von Signalen bis rund 5 MHz — beachtliche *Vibrations.*
Aber (zitieren wir noch einmal Morrison selbst): Du kannst diese Phantome nicht berühren.
Sei's drum: Er faßt uns erneut ins orale Aug.
Seinem Schatten über die Schulter schauend, mit leichter Wendung des Lockenkopfs, ein Mannequin.
Die Lippen jetzt etwas geöffnet, befeuchtet, ganz Glanz.
Und einen Sekundenbruchteil sieht es so aus, als wollte er etwas sagen — aber nein, er sagt nichts.
Und dann bekommt sein Körper mit einem Mal Schwung.
Das heißt, was da Schwung bekommt, ist das Phantom seines Körpers.
Lichtspuren eines Schattens, Impulse, Zeichen.
Und eigentlich ist das gespenstisch, aber wir alle sind seit Jahrzehnten an so etwas gewöhnt.
Jetzt sieht es so aus, als ob er sich kurz verneigte.

Aber ganz leicht nur. Mit Eleganz, ja Grandezza.

Ein Renaissancemensch wäre er gern gewesen.

So anmutig, stimmt, so stolz, so lebens- & todeslüstern, so grausam.

Er könnte den Tybalt spielen, wie er jetzt aussieht.

(Shakespeare, Romeo & Julia, 3. Aufzug, 1. Szene: Sein Auftritt ist kurz, aber gut.)

Ich steh zu Diensten / er zieht / sie fechten / er fällt.

So lebt man, so stirbt man, ohne sich lang damit aufzuhalten.

Jetzt neigt er sich zwar etwas weiter nach rechts und verharrt einen Augenblick in dieser Stellung, nach irgend etwas über unseren Köpfen Ausschau haltend, nicht unamüsiert sieht er drein, für die Standfotografen –

nimmt aber, wenn wir ihn nicht stoppen, den Schwung der Bewegung von vorher in die Kurve mit, das Drehmoment der Lebens-Kraft ist gleich dem Drehmoment der Lebens-Last (Zentrifugal- & Zentripedalkräfte) –

und kurz eingeblendet sehen wir die emsigen Handwerker Manzarek & Densmore, meistens im Halbdunkel werkend und wirkend, wie Heinzelmännchen –

während Robby Krieger, den Blick auf seine Gitarre gesenkt wie auf ein Baby, still durchs Bild wandert, das Baby wiegend, und immer so aussieht, als ob ihn das alles nichts anginge.

Dann aber: der Seitenblick hat nur die Spannung gesteigert und das sollte er auch: dann folgt er tatsächlich, der berühmte Morrisonsche Katerschrei –

mit einer leidenschaftlichen Drehung, mit einem kühnen Schwenk rundum, von der Lockenkopfhinteransicht ungefähr 270 Grad –

und Jim reißt das Mikro aus der Verankerung und hält es, hoch erhobenen Arms, furios triumphierend, in einer fest zupackenden Hand –

(oder es ist ihm ganz einfach das Kabel zu lang, und er versucht, das rechtzeitig in Ordnung zu bringen, bevor er darüber stolpert.)

Morrisons Haltung: halb oberflächlich unbeteiligt, halb tief versenkt.

Da steht er einen Moment lang wie einer, der nicht weiß, was er sagen soll — hat er seinen Text vergessen?

Und schaut auf seine Hände und schaut auf seine Finger, die sich bewegen, als wollte er einen Joint drehen.

Und sieht sich nach seiner Band um, ob sie noch da ist, tatsächlich, sie *ist* noch da, also los jetzt, auf geht's, come on, da bekommt das Bardot-Gesicht wieder den Burton-Ausdruck.

Aber was heißt hier Burton? Das ist untertrieben!

Jetzt ähnelt er eher John Holmes, dem Mann mit dem angeblich größten Schwanz der Welt, und auch der (o Vergänglichkeit allen Fleisches) weilt nicht mehr unter den Lebenden!

Obwohl er abrufbar ist, allzeit bereit zur Penetration, auf zahllosen Videokassetten.

Und / aber wie, fragt sich die esoterisch erotisierte Nachwelt, soll unter diesen Bedingungen eine Seele zur Ruhe kommen?

Zurück zu Morrison, der ihm kurz ähnlich gesehn hat.

Noch einmal Atem holend vor der Aktion.

Da ist keine Frau in den Träumen der Machos, die sich so einem Mann nicht gern unterwürfe.

Nur, würde Petra einwenden, daß die Träume der Machos nicht maßgeblich sind, und die sollen sich ihre Schwänze an den Hut stecken.

Morrison aber, immer zu Überraschungen fähig, wendet sich nun dem Mikro zu wie einem *männlichen* Freund.

Umfaßt es zuerst mit Daumen und Zeigefinger der Rechten, behutsam, dann schließt er die Augen, faltet die Hände über dem Schaft, ein zärtlich-blasphemischer Liebhaber.

Sein Mund: ein Appell, ein Signal: sag Linda zu mir.

Aber was soll diese Assoziation, DEEP THROAT wird erst zehn Jahre später gedreht werden, und trotz solcher Zeichen und Wunder war Jim, der nicht nur die Frauen, sondern auch die sensibleren Männer ansprach, nach allem, was sich über ihn in Erfahrung bringen läßt, kein praktizierender Homosexueller.

Er war, kommt mir vor, nur ein *Aus*löser und kein *Ein*löser.

Was sich übrigens nicht nur auf Erotik und Sexualität beziehen dürfte.

Folgerichtig geht er ein Stück auf Distanz und steht wieder frommvertikal hinter dem Mikro, wenn auch mit einem verfänglich spätgotisch wirkenden Hüftknick —

und sieht aus, wie Sebastian in der bittersüßen Sekunde, bevor ihn der erste Pfeil trifft, o innigst erwarteter, seliger Orgasmus, John Densmores Schlagzeug, im Hintergrund glitzernd, sein Heiligenschein.

Bis hierher hatte sich das Videoband abgespult, als die Bilder plötzlich zu flimmern und auf dem Bildschirm von unten nach oben zu laufen begannen. Die Kassette, die ich gekauft hatte, war, man erinnert sich, zwar etwas verstaubt, aber neu gewesen — also konnte die Bildstörung nur am Recorder liegen. Schon wollte ich von meinem intimen Sitz aufstehen, die Kabine verlassen, Duke Ellington auf den Defekt aufmerksam machen und eventuell den Platz wechseln. Doch da schien sich das Band wieder zu beruhigen, Morrisons Gesicht war nun in Großaufnahme zu sehen, seine Augen sehr groß, samtig, aber auch starr und zielgerichtet, the pupil (die Pupille), hatte er selbst geschrieben, opens to seize the object of vision.

To seize: Erfassen, aber auch packen, ergreifen.

Einnehmen, erobern, sich einer Sache bemächtigen, Macht etc. an sich reißen.

Festnehmen, beschlagnahmen, eine Gelegenheit ergreifen, eine Gelegenheit wahrnehmen.

To seize on: Eine Gelegenheit (Idee) begierig aufgreifen. To seize up: Sich an etwas (oder jemandem?) *festfressen.*

Morrisons Züge verschwammen, zerrannen, verfetteten. Seine Augen wurden stumpfer, abgeklärter, skeptischer, bald sahr er aus und drein wie Marlon Brando im LETZTEN TANGO. Und dann – die Kamera wich allmählich zurück – sah man endlich, worauf sein Blick trotz allem begehrlich gerichtet war. In ein langes, schwarzes Cape gehüllt, das er mit der Linken am Kragen zusammenhielt, als ob er fröre, stand M., am Fußende eines reichlich altmodischen Baldachinbettes, in dem, das hatte ich / habe ich, je länger diese Szene / dieser Satz dauerte / dauert, mit umso größerer, bangerer Sicherheit erwartet, die schlafende Petra lag.

Etwas abrupt verließ ich die Zelle (ein Ausbruch).

Something wrong, man? fragte mich Ellington.

No, antwortete ich der Unwahrheit gemäß und ließ mir mein Band wieder aushändigen.

Draußen hatte es inzwischen zu regnen begonnen. Das auch noch.

Versuchte ein Taxi zu stoppen, aber da hielt keins.

Das Wasser kam nicht nur von oben, sondern auch von unten, spritzte in die Hosenbeine. Und das bei der bekanntlich ziemlich geringen Niederschlagsmenge von L. A.!

Als ich endlich im Hotel war, nahm ich mir, nun war schon alles egal, eine Flasche Whisky aufs Zimmer mit und ließ mir ein Bad ein.

In meinem Kopf lief der Videofilm einfach weiter.

M. entblößte einen Zahn, aber da richtete sich Petra auf, indem sie sich unerwartet rasch in der Mitte winkelte, und lachte.

M. machte nun einen eher genierten Eindruck, ganz im Gegensatz zu ihr, die sich ihres Nachthemds entledigte.

Und dann saßen die zwei doch tatsächlich einander gegenüber in der Badewanne!

Zur Ernüchterung verordnete ich mir die Wiederaufnahme der realistischen Geschichte.

Insert: VOM UNAUFHALTSAMEN AUFSTIEG DER DOORS.

Im Sommer '68, als das im Videofilm wiedergegebene Konzert AT THE HOLLYWOOD BOWL stattfand, waren die DOORS auf dem Gipfel.

Aber im Herbst '64, als Morrison die Brüder Jim und Rick Manzarek aus der nach letzterem benannten Gruppe geekelt hatte, schien der Aufstieg in dieser Richtung noch recht aufhaltsam.

Einiges mußte geschehen, bis Jim sich als Lizard King produzieren konnte.

Zum Beispiel: Ray Manzarek mußte Robby und John finden.

Die Band mußte ihren Namen finden, und die DOORS mußten erste Engagements finden.

Rockbiographisches also. Am besten im Zeitraffer.

Außen, Tag. Manzarek, in der 3rd Street, wie er aufs Meditationszentrum des durch die Beatles berühmt gewordenen Guru Maharishi zu hampelt. *Innen, Tag.* Ray Manzarek und John Densmore nebeneinander im Yogasitz. Manzarek (mit zu schnell abgespulter Stimme:) I've heard you're a drummer. Well, I'am a keyboard-player. We're trying to get a band together.

Innen, abend. Manhattan-Beach, die Garage der alten Manzareks. Densmore in Windeseile sein Schlagzeug aufbauend. Morrison, kreuz und quer durch die Garage trippelnd, mit winzigen Intervallen, dazwischen zahlreiche Dosen Bier kippend. Densmore, kurz lächelnd wie Henry Fonda: You should hear his lyrics.

Vortrag eines Gedichts mit Mickymaus-Stimme.

Densmore (ins Publikum quakend:) The lyrics were really far out of me.

But then I figured

I'm not the lyricist

I'm just the drummer

(Worauf er, wie ein soeben aus seiner Box gefederter Springteufel, zu trommeln anfängt.)

Innen, Tag. Auf der Treppe zu Morrisons Dachboden. Der inzwischen zur Gruppe gestoßene Krieger, in Windeseile seine Gitarre stimmend. Ray und John mit irrer Frequenz an Jims verschlossene Tür klopfend. Hey Jim! Stop fucking! We've found a marvellous guitar-player!

Keine Antwort. Sie setzen sich neben Robby.

Ray: I wonder, what name we could find for the group.

Sehr kurz erscheint Morrison, ramponiert, in der Tür.

Er klingt wie ein Schlumpf:

What's about THE DOORS, sagt er,

OPEN AND CLOSED.

Wie die DOORS vorerst auf studentischen Festen gespielt haben sollen, auf Geburtstagen, bei Hochzeiten, auf Beschneidungsfesten. Wie Jim anfangs immer mit dem Rücken zum Publikum agiert haben soll, so opfert man Pluto. Sagen die Obskuranten, die dunkle Andeutungen lieben. Aber wahrscheinlich war er nach wie vor schüchtern.

Zumindest vor mehreren Menschen. Schon gar auf der Bühne. Sie sangen vorerst nicht nur eigene Nummern, sondern auch ausgeborgte. LOUIE, LOUIE zum Beispiel, LITTLE RED ROOSTER. Um bei einem dieser ersten Auftritte Pamela zu erblicken, muß er sich allerdings umgedreht haben.

Ich bin ein Bewohner dieser Stadt, sie haben ausgerechnet mich erwischt, den Hamlet zu spielen.

Sie hätte die Ophelia spielen können, so mädchenhaft melancholisch, wie sie aussah, so von Anfang an gefährdet.

Bewundernd, vertrauensvoll, aber auch etwas gequält schaut sie, auf einem Foto aus dem Frühjahr '65, geschossen in Santa Monica, zu Jim auf. Er ist ein immer noch etwas hamsterbackiger junger Mann, der ihr Halt gibt, indem er sie festhält.

Klemmt ihren Hals zwischen Ober- und Unterarm.

Wenn es ihm Spaß macht, wird er ein wenig zudrücken.

Hey, what's your name, könnte er, ihren Blick, der dem seinen begegnete, Reaktion einer Selenzelle auf die andere, diesen etwas kurzsichtigen Blick erwidernd, gesagt haben.

Und darauf hätte sie geantwortet: Pamela Susan Courson, born December 22, 1946, in Weed, California, a few miles from Mount Shasta, considered a holy mountain by the Indians.

Schon gut, würde Morgenrot sagen, ich denke, das reicht.

Vielleicht solltest du, bevor du endgültig in die melodramatische Love-Story zweier späterer Rauschgiftopfer abgleitest, doch auf die wohltuend sachliche Frage der Plattenfirma zurückkommen ...

Noch im Herbst '65, schon mit Densmore, aber noch ohne Krieger, hatten, so lese ich, die Proto-DOORS ein Demoband aufgenommen.

6 Songs, schließlich gepreßt auf 3 Acetatplatten; Aura-Records, eine Firma, die aus unerfindlichen Gründen Rick & The Ravens unter Vertrag gehabt hatte, ließ deren noch namenlosen Nachfolgern einige Stunden Studiozeit — wahrscheinlich, um sie bei einigermaßen gutem Wind loszuwerden.

Wie Ray, John und Jim mit diesen 3 Platten hausieren gingen.

Und wie niemand sie mochte. Die Schallplattenfirmenfreaks: ignorant bis präpotent (weit davon entfernt, die seltsame Qualität der ihnen angebotenen Songs auch nur zu erahnen). Sie ging ihnen buchstäblich beim einen Ohr hinein und beim anderen heraus.

Aber ich bitte dich (Morgenrot), solche Geschichten gehören doch zu den beliebtesten Fertigteilen beim Basteln von Rocklegenden — so etwas kannst du doch nicht einfach unhinterfragt in den Raum stellen!

Sei doch das Rockmusikbusiness ein kapitalistisches Geschäft.

Was er nicht sagt!

Das mag eine Binsenweisheit sein, aber ich kann und darf mich, so Morgenrot, trotzdem nicht simpel darum herumdrücken.

Da gehe es um Geld, da gehe es um die Einschätzung von Verkaufschancen, alles andere sei sekundär.

Die der Rockmusik zwar immanente, aber damals, ab Mitte der 60er Jahre, notorisch (und illusorisch) überschätzte Renitenz stehe nur in scheinbarem Widerspruch dazu.

Du sprichst wie ein Buch.

Morgenrot: Man könnte schlimmer sprechen.

ÜBER DIE ILLUSIONEN DER DAMALIGEN ROCKBANDS.

(Morgenrot, wie es so seine Art ist, aus seinen ausgebeulten Rocktaschen allerlei mehr oder minder zerfledderte Zettel zum Vorschein bringend.)

Das ist ein Thema, zu dem ich mir etwas notiert habe.

Nur einige Stichworte: Anleihen bei der Philosophie der Romantik . . . Der Künstler (unter Anführungszeichen), weil kreativ (unter Anführungszeichen), versteht sich selbst als autonom . . . Das ist, nebenbei erwähnt, natürlich eine typisch kleinbürgerliche Vorstellung . . . Er lügt sich selbst in den Sack. Was er nicht wahrhaben will, sind die Mechanismen des Marktes.

Als wäre Komponieren, Dichten, Singen, Musizieren, wie und was immer, kein unter bestimmten, ökonomischen Bedingungen organisierter, gesellschaftlicher Prozeß . . . Kontrolliert von Produzenten, Promotoren, Agenturen, unterliegend den immer wieder getürkten Gesetzen von Angebot & Nachfrage . . . Verwirklichung von Persönlichkeiten, Ergebnis ihrer Subjektivität und Emotionalität — schön wär's! . . . Das ist doch nur möglich, soweit der Markt es zuläßt.

Okay: Der Markt ließ die DOORS fürs erste nicht zu.

Aber kann man das bloß ökonomisch betrachten?

It was funny. (Ray Manzarek) We said: Here we have 6 songs, we've got many more, but first listen to these.

And everyone, really everyone said: No! You can't do that! It's terrible! No! I hate it!

Was mag es gewesen sein, das sie buchstäblich haßten?

Laß sehen, so Morgenrot. Um welche 6 Songs hat es sich überhaupt gehandelt?

MOONLIGHT DRIVE, sage ich, MY EYES HAVE SEEN YOU, END OF THE NIGHT, HALLO I LOVE YOU, SUMMER'S ALMOST GONE und GO INSANE.

Hinreißend! (Morgenrot sichtlich verärgert im Songbook der DOORS blätternd.) Nehmen wir ganz egal welche Nummer davon als Exempel.

Zum Beispiel die hier: Vom Sommer, der fast vorbei ist.

Der Sommer ist fast vorbei. Wenn der Sommer vorbei ist, wo werden wir sein etc.

Und das bitte zu einer Zeit, die wir als Frühling der z. T. durch die Rockmusik transportierten, weltweiten Jugendprotestbewegung bezeichnen könnten.

Stimmt schon, solche Jahreszeitenvergleiche sind, auf gesellschaftliche Phänomene angewandt, bekanntermaßen problematisch — aber das bin ja nicht ich, der den Vergleich ins Spiel bringt: das sind ja deine DOORS.

Der Morgen hat uns, ja wie hat er uns vorgefunden? Calmly unaware.

Hat er uns unversehens überrascht oder unverfroren nichtsahnend? Ich wäre für letzteres.

Der Nachmittag hat Gold in unsere Haare gebrannt, hello, die Beach-Boys lassen grüßen.

Und / aber am Abend sind wir auf das lachende Meer hinausgeschwommen, und unser Sommer, der wird nicht wiederkommen, wie du bemerkst, verleitet soviel Poesie sogar mich zum Endreimen.

Aber du mußt doch zugeben, wende ich ein, daß dieser Song eine gewisse Stimmung hat.

Das ist es ja eben, trumpft Morgenrot auf, diese Stimmung!

Diese Endzeitstimmung mitten im Aufbruch.

Diese vorweggenommene Endzeitstimmung, sowohl subjektiv als auch kollektiv, also die finde ich nicht gerade zum Hassen, aber zum Kotzen.

Das Gerede, daß die DOORS eine revolutionäre Band waren, halte ich also für einen aufgelegten Blödsinn.

Klar, es gibt Nummern, die im Ansatz so klingen, aber im Endeffekt sind sie nihilistisch, fatalistisch.

Five To One? — Vermittelt vor allem die Botschaft, daß hier (wo auch immer) keiner lebend rauskommt ... The Unknown Soldier? — Der Soldat stirbt. Und nur so (in seinem durch eine von egal welcher Seite abgefeuerte Kugel getroffenen Kopf) ist der Krieg vorbei.

Ach was, würde M. darauf antworten. Alles Gewäsch!

Eierköpfe wie der haben doch überhaupt keine Ahnung, was Revolution ist.

Nichts gegen das Hirn. Ich habe mein eigenes Hirn bis in die entlegensten Winkel durchforscht. Doch eine Revolution, die nicht wirklich von unten her kommt, auch (sicher nicht *nur)* aus den Eierstöcken, aus den Hoden, aus dem Schwanz, aus der Möse: also ich sag dir, eine solche Revolution kann sich hundert- und tausendmal eine Revolution nennen, aber sie ist keine.

Scheißegal, ob wir damals revolutionär waren.

Ich meine: Wir haben das überhaupt nicht diskutiert. Aber wir waren gegen das Establishment.

Underground waren wir. In unseren Anfängen zumindest waren wir Underground. Das Establishment mochte uns nicht. Na bestens, wir mochten es auch nicht.

Ja, ich weiß, zu meinen Lebzeiten habe ich manchmal das Gegenteil behauptet.

Aber das waren doch Sprüche um der Provokation willen.
Statements, entstanden aus reinem Widerspruchsgeist.
Daraus resultiert viel bei mir. Soll heißen: Daraus hat viel bei mir resultiert. Wenn du mir A einreden willst, bekomme ich eine unwiderstehliche Lust, B zu sagen.
Und nicht nur Lust. Auch Ärger steigt in mir auf.
Besonders über die Typen, die uns ihre sogenannte Moral, die sie vor sich hinhalten, hinten hineinschieben wollen.
Diese Lemuren von der englischen Presse zum Beispiel, die sich, vor unserem überflüssigen Auftritt im Londoner ROUNDHOUSE, das Maul voll Marx, Mao & Marcuse, weiß Gott wie progressiv vorkamen!
Schön, sagte ich, wenn Underground bedeuten soll, daß man nur Geld investiert und kein Geld verdient, dann sind wir zum Glück keiner – ich fürchte, Genossen, wir sind Geschäftsleute: Kapitalisten.

Einen solchen Sarkasmus ernst zu nehmen, das wäre im Januar '66, als die DOORS ihr erstes, mehr als einen Abend dauerndes Engagement antraten, noch kaum möglich gewesen.
Die Gagen im FOG, erzählt Manzarek, reichten bestenfalls für ein paar über die spärlich bemessenen Freigetränke hinaus erforderliche Drinks und den als Unterlage dafür nicht ganz entbehrlichen Zubiß.
Das LONDON FOG war ein Club auf dem Sunset Strip.
Zwar war es nur 50 Meter entfernt vom WHISKEY A-GO-GO, da es einen gewissen Ruf hatte, aber die räumliche Nähe zu diesem frequentierten Lokal war vorläufig die einzige.
Kein Mensch kam je an diesen verwunschenen Ort.
Bestenfalls zwei oder drei verirrte Matrosen.
So M., an einem wirklich verwunschenen Ort, wir erinnern uns, rund 20 Jahre später.
Und wahrhaftig! Ich weiß, wie verwunschen dieser gleich-

zeitig nahe und ferne Ort ist. Ich habe es sehr persönlich erfahren.

Werde es sehr persönlich erfahren. Das liegt in der Zukunft.

Aber was haben Zeitfolgen schon zu bedeuten?

Muß ich noch Einstein zitieren? — Nein, ich muß nicht.

Lieber wieder einmal Cocteau: Meine Nacht ist nicht Eure Nacht. Bei mir ist Nacht und bei Euch ist Morgen.

Sagt La Bête, das Tier. Auf deutsch ist das Wort, mit dem wir es nennen (bannen?) sächlich, auf französisch weiblich.

Obwohl es sich bei dem Ungeheuer, dem sich die schöne Tochter eines glücklosen Vaters aussetzt, doch allem Anschein nach um einen veritablen Mann handelt.

— Hat dieses Ungeheuer denn ein Herz?
— Eine Seite in ihm kämpft gegen die andere.
— Zuerst macht es einem große Angst, Vater,
jetzt allerdings möchte ich manchmal loslachen —
aber dann: Diese zutiefst menschlichen Tieraugen . . .

Darüber könnte man stundenlang schreiben. Ich will mich zurückhalten.

Auch über Erlösungsvorstellungen. Nur soviel: Sie mögen falsch sein.

Und doch sind sie schön, so Petra. Sowas von schön!

Es ist allerdings denkmöglich, daß der Kuß, den die Prinzessin z. B. dem Frosch gibt, gar nicht den Prinzen oder gar König in ihm freisetzt, sondern bloß ihre innere Fröschin.

Ein alter Witz, lästert Morgenrot. Übrigens küßt sie ihn nicht, sondern wirft ihn an die Wand.

Wo er zerplatzt. Aber was, wenn er auf der anderen Seite herauskäme?

Break on through. Im HOTEL EXCELLENT in Paris sitzend, assoziiere ich auf die im MARINA-MOTEL zu Los Angeles gemachten Notizen.

Ab und zu an einen geographisch nicht festgelegten Ort denkend.

Bleib auf belegbarem Boden, rät Morgenrot.
Und schweif nicht schon wieder ab. Du warst auf dem Sunset Boulevard.
O Morgenrot! Wenn ich dich nicht hätte! Ich ginge mir glatt verloren!
Wir schreiben den 29. Oktober. Ich habe eine Reihe von amerikanischen Universitäten abgeklappert. Nun befinde ich mich in Los Angeles, 119 Grad westlicher Länge, 29 Grad nördlicher Breite.

Direkt vor dem LONDON FOG, das es nicht mehr gibt.
Die Biographen beschreiben die Atmosphäre.
Dekoration: Ein Gemisch aus Verfilmungen von TREASURE ISLAND and JACK THE RIPPER.
Statisten: Drunken sailors und perverts in raincoats.
Das Publikum: An den ersten paar Abenden dargestellt von Studienkollegen.
Vielleicht 50 beim ersten Auftritt.
Der Besitzer war schwer beeindruckt. Er engagierte die DOORS für einen Monat.
Am zweiten Abend waren es 40, am dritten noch 30.
THE DOORS, stand auf einem handgeschriebenen Plakat, und damit man wußte, mit wem man es da zu tun kriegte: THE BAND FROM VENICE.
Es gab auch ein sogenanntes Go-Go-Girl: Pretty Rhonda Lane, die auf der anderen Seite des Raumes agierte, und zumindest das Stammpublikum etwas mehr interessiert haben dürfte, als jede wie immer geartete Rockgruppe.
Manchmal, so M., kam einer vorbei, der wie Peter Lorre aussah, genau diese Basedowaugen.
Einmal fielen sie ihm aus dem Kopf und rollten in Rhondas Tanzkäfig.
Aber das war ein Gig, während dem ich auf Trip war.
It was the great summer of acid, erzählt Manzarek, wenn man's genau nimmt, war allerdings Februar.

Je weniger Leute kamen, desto mehr und stärkeren Stoff brachte Jim auf die Bühne.

Zuerst bloß Gras, aber das war im ganzen Lokal zu riechen, deshalb griff er alsbald zu — wenigstens was die Geruchsentwicklung betraf — weniger auffallenden Mitteln.

Poppers zum Beispiel, little yellow capsules, erinnert sich Densmore, that you break (or pop) and stick under your nose.

Sie waren für Herzpatienten bestimmt und brachten einen innerhalb von 20 Sekunden auf höhere Touren . . . One night in the middle of LIGHT MY FIRE Jim whirled around and stuck an amy under my nose . . . Desgleichen behandelte er die Nasen der anderen . . . I could hardly, so Densmore, hold on to the drumsticks.

Und dann eben Acid. Was den Gebrauch von Rauschgiften anlangt, war Morrison kaum zu bremsen.

It is true, that drug abuse had season, but Jim, wie es so seine Art war, acted extremely excessive.

Wenn die Gerüchte darüber, was er sich, abgesehen vom Alkohol, alles einverleibt haben soll, und zwar binnen kürzester Zeit, wenn diese Gerüchte auch nur annähernd stimmen, ist es erstaunlich, daß er (nun ganze 22) noch so lang (immerhin bis in die Mitte seines 27. Jahres) gelebt hat.

Aber die Fama neigt wahrscheinlich auch auf diesem Gebiet zu Übertreibungen.

J'ai avalé une fameuse gorgée de poison.

Ich habe genug Gift genommen, um einen Elefanten umzubringen — so kann man Rimbaud auch übersetzen.

Systematisch muß sich der Dichter sämtliche Gifte zuführen, er muß alle nur denkbaren Grenzerfahrungen machen, und wenn er sich dabei zugrunde richtet.

Aber so wild, wie ich manchmal getan habe, war es ehrlich gestanden nur selten.

So M. zu Petra, auf einem ganz anderen Trip:

Aber soviel ist wahr: Bei unseren Auftritten im LONDON FOG gerieten wir in psychedelische Bereiche.

Wir mußten vier oder fünf Sets pro Nacht spielen, fingen an um neun und durften fast nie vor halbdrei aufhören.

So begannen wir einfach, die Songs auszudehnen, machten mit ursprünglich kleineren Formen größere Reisen und gerieten damit in Bezirke, von deren Beschaffenheit wir anfangs noch gar nichts geahnt hatten.

Es gibt einen Typus von Märchen, in dem muß der Held oder die Heldin durch ein System meist unterirdischer Räume ... Du stehst dann vor jeweils mehreren Türen und mußt eine aussuchen ... Und dann öffnest du eine, und was mag dahinter sein, das wird sich gleich herausstellen ... Eine Schatztruhe oder ein Ungeheuer oder beides (nämlich das Ungeheuer auf der Schatztruhe).

Hallo, sagte Ellington. Er kannte mich schon.

Ich hatte mir geschworen, jenes Etablissement nicht mehr zu besuchen, aber die Kräfte, die mich von dort her anzogen, waren offenbar stärker als jene, die mich abstießen.

There's a new girl at the Live-Show, sagte er. Don't you want to see her?

No, thank you, log ich hartnäckig weiter. Meine Interessen seien andere.

Er zuckte die Achseln. Meine besondere Neigung war ihm anscheinend noch nicht vorgekommen.

Aber ganz allgemein schien ihn nichts Menschliches zu befremden.

There are no glass houses. The shades are drawn and »real« life begins.

Some activities, steht bei Morrison, are impossible in the open.

Stimmt. Ich nahm wieder Platz in der Videozelle.

Das Band lief dort weiter, wo ich es das letzte Mal gestoppt hatte.

Nicht die geringste Spur von einem Vampirfilm.

Doch als Gespensterfilm ließ sich die Aufzeichnung wohl deuten.

Soeben war WHEN THE MUSIC'S OVER zu Ende.

Applaus aus der Menge. Blicke ins Publikum.

Sehr junge, gut aufgelegte, von Morrison an- und aufgeregte Leute.

Und wenn sie nicht gestorben sind, dann leben sie noch heute.

Gestorben. Zum Beispiel in Vietnam geblieben.

Oder ganz simpel als Opfer des Straßenverkehrs.

Oder an Drogenmißbrauch zugrunde gegangen.

An Aids in der Blutbahn, das damals noch kein Begriff war.

Sie klatschen und pfeifen. Sie kauen Kaugummi. Ein dunkelhäutiges Mädchen im hellen Hemd würde man gern näher kennenlernen.

Leben, was ist das? Schönheit, was ist das? — Eine Form der Selbstdarstellung.

Sehen, was ist das? — Ein für wahr Halten von Erscheinungen, die bereits in dem Augenblick, in dem sie wahrgenommen werden, nicht mehr ganz wahr sind.

Und was ist Schreiben? — Der Versuch, etwas davon festzuhalten.

(Gedanken des Autors in der Singlekabine.)

(Unterbrochen durch einen Rhythmuswechsel. Zu hören der Jahrmarktsklang der Brecht-Weillschen Mahagonny-Oper.)

(Die Verfremdung des Verfremdungseffekts. Nein, die Aufhebung des Verfremdungseffekts. Darüber könnte Morgenrot referieren.)

(Aber der Ort, an dem dieser Denkprozeß stattfindet, ist als Refugium für höchst private Bedürfnisse von einzelnen gedacht. Also verzichte ich auf Morgenrots Beitrag.)

Zum Alabama-Song: Die Art, wie ihn Morrison singt, ist ein Mißverständnis. Er hatte, erinnern wir uns, gerade Brechts Baal gelesen. War begeistert über etwas, das er im Gespräch mit Ray Manzarek als »dionysischen Existentialismus« bezeichnete. Keine Ahnung, wie der das Stück einleitende Choral in der englischen Übersetzung klingt, aber auf Morrison hatte er zweifellos seine Wirkung.

Daß Baal hier als Dionysiker par excellence beschrieben wurde, imponierte ihm ungeheuer.

Auf gewisse Reizwörter und Vorstellungen muß er buchstäblich erektiv reagiert haben.

Weißer Mutterschoß gleich in der ersten Zeile, großer, stiller, fahler Himmel schon in der zweiten, dann in rascher Folge Nacktheit, Trunkenheit, Blöße ...

Na und natürlich die Riesin, das vom frühen Brecht so drastisch beschriebene Große Weib Welt, jene chthonische Überfrau, die sich dem lachend hingibt, der sich zwischen ihren Knien zermalmen läßt — daß der Alabama-Song aus einem Singspiel stammte, in dem vom früh-unfrommen Expressionismus nicht mehr allzu viel zu merken war, kümmerte den weniger am epischen als am dithyrambischen Theater Interessierten herzlich wenig.

Schon wahr: Im auf dem Videoband aufgezeichneten Hollywood-Bowl-Konzert singt er den Song, wenn auch kaum Brechts Intentionen entsprechend, vergleichsweise zurückhaltend. Und auf der ersten LP ist das exzessive Element, das er später so sehr hervorkehren sollte, noch unterkühlt von nonchalanter Ironie. Wer aber je den lüstern-verzweifelten Urschrei gehört hat, mit dem Morrison auf der ABSOLUTELY LIVE Platte die Fakten quittiert, daß wir 1.) eine Whisky-Bar suchen, und zwar die nächste, denn wir sind offenbar am Verdursten, und 2.) unsere gute alte Mamma verloren haben, die uns ihre Brust anscheinend viel zu früh entzogen hat, weshalb sie uns jetzt (wie überhaupt manches Weibliche) deutlich abgeht, wer je, sage ich, diesen Elementarschrei gehört hat, mit der er (Jim) auf diese zutiefst existentiell empfundenen Tatsachen reagiert, wird ihn (den Schrei) wahrscheinlich, wie ich, von da an bei jeder wie immer gearteten Interpretation des Alabama-Songs im Ohr haben.

Aber in jenem Schrei schwingt noch wesentlich mehr: Haben wir nicht soeben ganz deutlich gehört, daß wir sterben müssen, und zwar, realistisch betrachtet, unabhängig davon, ob wir nun in den nächsten fünf Minuten die nächste Whisky-Bar, das nächste *little girl* oder — wie es im Original bei Brecht wohlgemerkt heißt — den nächsten *pretty boy* finden? Diese Conditio humana kommentiert, illustriert, interpretiert Morrison nicht, nein er brüllt sie aus sich heraus. Um sie dann, hörbarst, gleich wieder in sich hinein zu schlürfen (das Agens des unerlösten Daseins, sagt Buddha etwas weniger trockenbegrifflich als die Schulphilosophie, ist Durst, doch alle Lust, sagt Nietzsche, also auch der Durst, will Ewigkeit.)

Soviel zu einem Schrei, der auf dem Konzertmitschnitt aus dem Hollywood-Bowl nicht geschrien wird. Der Morrison auf dem Bildschirm hat jedenfalls eindeutig über die Stelle hinaus gesungen, an der ich den Schrei erwartet habe. Er ist inzwischen auf etwas anderes zu sprechen (zu singen) gekommen. Und wie Morrison von Brecht, so hat sich Ray Manzarek von Kurt Weill verabschiedet.

Sein weißer Schuh wippt nun im von Willie Dixon angegebenen Rhythmus. Und Morrison blickt in die Ferne, für kurze Zeit abwesend. Doch dann schwingt er die Hüfte und das linke Bein, wie ein ungewöhnlich anmutiger Fußballer, der zum Longpass ansetzt. Und läßt uns wissen, was wir spätestens während der letzten vier Takte bereits geahnt haben: Er ist ein Backdoor Man.

Wie immer man diese Feststellung deuten mag.

Ihm scheint sie jedenfalls ein Bedürfnis gewesen zu sein, denn er wirkt jetzt befreit, ja befriedigt, schenkt der Kamera ein aufatmendes Lächeln.

Dies allerdings nur kurz. Schon wendet er sich aus der Vorderansicht ins Profil.

Und bekommt einen bösen Blick. Etwas Schimpansen-, nein Gorillahaftes. Brauen gerunzelt, Lippen gewulstet, die zwischen Unterlippe und Kinn geschobene Zunge betont das Unterkiefer.

Er ist ein Backdoor Man. Okay, haben wir schon gehört, er ist ein Backdoor Man. I am a Backdoor Man, wiederholt er nichtsdestoweniger, für alle jene, die es noch immer nicht kapiert haben. Die Männer (the men) oder sind es die Bösen (the mean) behauptet er, wissen das nicht, vielleicht meint er, sie wissen es nicht zu schätzen. Die *little girls* allerdings, die er im Alabama-Song gesucht und nun, wie es scheint, endlich gefunden hat, also die, gratuliere, wie schön für ihn, verstehen (they understand).

Nein, man muß das nicht bloß sexuell, man kann das auch sozial deuten. Dixon, Willie: Der schwergewichtige, ehemalige Boxer kannte die Bluesszene von Chicago wie kaum ein anderer. Was kannte er noch? Während die anderen Leute schlafen, versucht der Backdoor Man mit einem nicht ganz klargestellten mitternächtlichen Job zu Rande zu kommen. Aber seinem Wesen nach, daran ändert sich nichts, wird er von den Männern, den bösen, nicht verstanden, während das weibliche Geschlecht mehr für ihn übrig zu haben scheint, daran läßt sich nichts ändern.

Und braucht sich auch nicht. Der Triumph des Underdogs: Ihr freßt Abend für Abend euer Schweinefleisch mit Bohnen, ihr um des täglichen Brots willen versklavten Idioten, ich aber ... Er aber: was? Hier transzendiert der immerhin noch bewußte Wunsch die öde Realität: ... Ich aber vernasche mehr Chicken, als ihr euch überhaupt vorstellen könnt (so stellt sich der Gewohnheitshungernde das Paradies vor).

Womit Morrison aber auch schon wieder zu den sexuellen Vorstellungen zurückkehrt, die dem Song sicherlich immanent sind.

You understand? Don't you darling? Ha-Ha! (Stilisierung eines hinreichend dreckigen Lachens.)

Worauf, nun eher unerwartet, ein gutturaler Schrei folgt, kombiniert mit einem Luftsprung.

Sehr high hinaus will der Schreiende, aber die Schwerkraft holt ihn etwas x-beinig wieder auf die Erde zurück.

Unmittelbar darauf, nach diesem wie immer zu kurzen Orgasmus, steht er ganz einfach da und will sich sinken lassen. Augen geschlossen, meditativ, post coitum triste. Und schweigt, was Krieger Gelegenheit gibt zu einem die Saiten seiner Gitarre zärtlich strapazierenden Solo. Wie Lust schmerzhaft wird. Aber auch lustig. Um Morrisons Mundwinkel wieder die Ahnung eines Lächelns.

Und dann lacht er. Nicht ohne Künstlichkeit. Sozusagen unfrei heraus. Aber das kann realistisch sein. So lacht man in diese Welt, in der es einen permanenten, schon je vorweg und immer aufs neue verlorenen Krieg gibt.

You look real good, sagt er, ins Auditorium blickend, und befeuchtet sich mit koketter Zunge die Lippen.

Oder mit spöttischer Zunge? Wir da unten wissen nicht recht, was wir von seinen Worten in Kombination mit dieser Mimik halten sollen. Gefallen wir ihm wirklich, oder ist die Feststellung, daß wir gut aussehen, gerade an dieser Stelle subtiler Zynismus?

Gut seht ihr aus! Oder: Lieb seht ihr aus! Na, fein seht ihr aus!

Sind wir wirklich die, vor denen uns unsere Eltern gewarnt haben? Es ist zu bezweifeln.

Jener Jerry Rubin, der Typ, der um '68 ein Buch mit dem Titel DO IT geschrieben hat — wir erinnern uns an sein eindrucksvolles Rübezahlporträt auf dem Cover — sehr viel Bart, sehr viel Haar, buntes Stirnband, do it, hat er uns aufgefordert, getraut euch nur, das was die Alten sungen, verweigern nun die Jungen, jener Jerry Rubin ist, habe ich gehört, heute mit nicht mehr erwähnenswerter Frisur und glattem, vermutlich nach Rasierwasser duftendem Kinn irgendein Manager.

Das Vergehen der Zeit ist frustrierend. Die Geschichte (auch unsere) ist eine Tragikomödie. Der tote Morrison hat darüber vielleicht nicht froh lachen, aber leichter.

Und / aber da wechselt der Rhythmus erneut. Five to one.

Von Densmore signalisiert. Ein anderer Beat.

Five to one baby, one in five, singt das Phantom auf dem Bildschirm, das ist kein Fußballergebnis, sondern ein statistisches Verhältnis.

Zwischen Weiß und Schwarz in den Vereinigten Staaten von Amerika, zwischen Marihuanarauchenden und Nichtmarihuanarauchenden in Los Angeles, was Jim genau damit meinte, ist angeblich nie geklärt worden.

Die (Welt-)Relation zwischen jung und alt? — Der Text legt das nahe.

No one here gets out alive. Diese Prognose ist ebenso pessimistisch wie realistisch.

Und trotzdem: Wir haben unsere Möglichkeiten, wir bekommen unsere Chance.

Wir werden es schaffen, wenn wir's versuchen. Versuchen wir's wirklich?

Haben wir es wirklich versucht? Geschafft haben wir es jedenfalls nicht. Werden wir es wirklich wieder versuchen?

The old get old, singt der tote Morrison, and the young get stronger.

Diese Parole, erinnere ich mich nun, habe ich vor meinem Aufbruch nach Amerika neben dem Eingang zu einem Kindergarten gelesen.

May take a week and it may take longer. Unsere Mitarbeit an der Geschichte ist eine Hilfsarbeit für Sisyphos.

So assoziierend und stenographierend saß ich in meiner Einzelzelle. Ich saß, um das Ding beim Namen zu nennen, auf Onans Stuhl. Zwar war es relativ dunkel (mit dem Verriegeln der Tür hatte sich das Videogerät ein- und das helle Licht ausgeschaltet). Aber ich schrieb ohnehin fast ohne aufs Blatt zu sehen, und wenn ich die Buchstaben groß genug machte, würde ich sie später, dachte ich, schon entziffern können. Zwar taten mir trotzdem allmählich die Augen weh. Aber das kam, dachte ich, eher vom angestrengten Schauen als vom Schreiben. Wie auch immer: Plötzlich flimmerte es, sei es auf dem Bildschirm, sei es in meinen Sehzellen. Und dann trat ein, was ich befürchtet, aber vielleicht auch erhofft hatte: nämlich ein neuerliches Phänomen.

Es war anders als beim letzten Mal, diesmal begann das Band nicht von unten nach oben zu laufen, sondern schaltete sich ganz einfach aus. Muß sich wohl ausgeschaltet haben, denn der Videoschirm wirkte nun plötzlich wie ein Spiegel, in dem ich mich selbst sah. Ich gefiel mir nicht, meine Haare waren noch schütterer geworden, als ich sie in Erinnerung hatte. Und unter meinen Augen hingen tiefe Ringe.

Aber ich hatte wenig Zeit zum Selbstmitleid, denn im nächsten Moment öffnete sich die verriegelte Tür hinter mir, und zu mir in die Kabine, in der ja eigentlich nur für eine Person Platz war, trat eine zweite Person, nämlich Petra. Sie sah, im Unterschied zu mir, blendend aus, und — soweit ich das auf den ersten Blick beurteilen konnte — unverändert. Allerdings trug sie ein Kleidungsstück, das sie früher nie getragen hatte: eine Art von Badeumhang, schwarz, in der Halsgegend, in der sie es mit der Linken zusammenhielt, seltsamerweise mit einem kleinen, rotgefütterten Stehkragen. Mit der freien Rechten berührte sie mich, kurz über meine Glatze streichelnd, dann aber beugte sie sich über mich, als ob sie mich auf die Schulter oder womöglich ein Stück darüber am Hals küssen wollte, und da wachte ich vorsichtshalber auf.

Falls das ein Aufwachen war. Und das vorher ein Schlaf.

Eine ungewöhnliche Art von Schlaf jedenfalls. Es gelang mir danach nicht, sofort aufzustehen.

Ich klebte am Sessel. Mein Hemd klebte am Rücken. Ich war eigenartig benommen.

Das Videoband schien tatsächlich zu Ende gelaufen zu sein.

Morrison war verschwunden. Aus der Nebenzelle hörte ich das Stöhnen anderer Bildschirmphantome.

In mein Hotelzimmer zurückgekehrt, verzichtete ich diesmals vorsichtshalber aufs Bad. Hingegen trank ich die beim letzten Mal nur zu einem Drittel geleerte Whiskyflasche konsequent zu Ende. Ich hatte Interesse an einem traumlosen Schlummer. Aber quer über dem Bett liegend, unbekleideten Leibs und benebelten Kopfs, hatte ich jedesmal, wenn ich im Begriff war, vollends einzuschlafen, das beängstigende Gefühl, rückwärts ins Bodenlose zu fallen, so daß ich wieder aufschrak. Schließlich brach ich die Einschlafversuche ab und beschloß, obwohl mein Kopf toste, den Rest der Nacht auf andere Art hinter mich zu bringen.

Um mich von Petra abzulenken, beschwor ich Morgenrot.

Komm, Morgenrot, alter Freund, sagte und schrieb ich, wir wollen unseren Dischkurs, den wir letschthin begonnen haben, fortsetzen.

Meine Zunge war ebenso schwer wie meine Hand, auch wenn ich laut redete, wurde, was ich zu sagen hatte, nicht leserlicher, auf mehreren Heftseiten, die für meine großen, ständig größer werdenden Worte alle zu klein waren, entstanden den Wellen meines inneren Seegangs entsprechende Sinuskurven.

Okay, okay, sagte ich, ich hab schon kapiert, daß dir der Sommer, der beinah vorbei ist, nicht gefällt. Ich meine: Versteh mich recht, der vorbeigegangene Sommer. Ich meine: Der Song vom vorbeigegangenen Sommer. Und wenn er vorbei ist, wo werden wir sein, wo sind wir?

Wo bist du, Morgenrot, Zwillingsbruder, wo bin ich? Ich meine: Versteh mich recht, verstehst du mich nicht? Ich meine: Wo stehen wir, wenn du verstehst, was ich meine ... Mit einem Wort, was ich vorschlagen wollte, war die Fortsetzung unseres letzthin begonnenen Gesprächs über die Vorbehalte der von den Proto-DOORS Ende 1965 abgeklapperten Plattenfirmen gegen die ersten 6 auf 3 Probeplatten gepreßten

DOORS-Nummern, und zwar in Form eines platonischen Dialogs, aber sagen & schreiben Sie so einen langen Satz mit einem Quantum von schätzungsweise 2,5 bis 3,5 Promille Alkohol im Blut.

Einverstanden, sagte Morgenrot trotzdem, aber vielleicht solltest du dich vorher kalt waschen und dir vom Getränkeautomaten auf dem Gang einen Becher Kaffee oder Cola holen. Das hatte etwas für sich. Von einem alten und zumindest in Alkoholräuschen erfahrenen Kumpan kann man sich das sagen lassen. Ich ging also zuerst den Serpentinenweg ins Bad und dann den hinterhältigerweise etwas abschüssig angelegten Gang entlang. Zwar geriet ich auf dem Rückweg in einige Orientierungsschwierigkeiten und kotzte, wenn ich mich recht erinnere, bei dieser Gelegenheit über die meinen totalen Absturz immerhin verhindernde Reling in den Innenhof, aber irgendwie und irgendwann gelangte ich doch wieder in mein Zimmer (das einzige unversperrte) zurück und hatte, als ich mich an den Tisch setzte, überraschenderweise das Gefühl, daß der Kopf, den ich zwischen meinen Schultern trug, nun recht leicht sei.

Etwa so leicht wie ein Luftballon, der im nächsten Moment zur Zimmerdecke aufsteigen würde. Aber das macht nichts, sagte Morgenrot, mit so einem Kopf hat man oft die erheblichsten Ideen. Auch in Los Angeles, das, erstaunlich aber wahr, immer noch draußen vor dem Fenster lag, wurde es bei diesen seinen Worten hell. Sogar einige Vögel zwitscherten. Ich hatte die Nacht überstanden. Und war in der besten Stimmung zu diskutieren:

Ich habe, wie gesagt, durchaus begriffen, daß dir die Nummer SUMMER'S ALMOST GONE exemplarisch mißfällt, aber das ist mir zu wenig.

Wieso? fragte Morgenrot.

Weil es nichts anderes wiedergibt als deine subjektive Meinung.

Nicht doch.

Was heißt nicht doch? Du wirst doch nicht behaupten wollen . . .

Was?

Daß die Schallplattenfirmenfreaks im L. A. der knapp mittleren 60er Jahre im von dir & meinesgleichen rückblickend als fortschrittlich postulierten Sinn *progressiv* waren?

Wie meinst du das?

Ganz einfach: Ich meine: Sie ihrerseits vorausschauend . . . So daß sie erkannt hätten, was du erkannt zu haben glaubst, denn nur unter dieser Voraussetzung wären deine und ihre Aversionen vergleichbar.

Und was, wenn man fragen darf, glaubst du, daß ich erkannt zu haben glaube?

Durch gewissermaßen vorauseilende Resignation hätten die DOORS eine reaktionäre Wende, eine zuerst allmähliche und dann immer rapidere Umkehr, Inversion, Aufgabe zumindest *bewußtseins*revolutionärer Positionen in mancher Hinsicht vorweggenommen.

Bravo! Ich hätte es nicht treffender formulieren können. Wieso verstehst du mich so gut?

Zuweilen sprichst du mir aus dem Kopf. Und dann möchte ich dir von ganzem Herzen zustimmen. Allerdings meine Seele . . .

Morgenrot: Ich bitt dich, hör auf, verschon mich mit deiner Seele!. . . Alles was recht ist, aber ich finde, jetzt übertreibst du das Platonische.

Na schön, wie du glaubst. Zurück zu den ersten 6 Songs.

Welcher von ihnen war es, den sie gehaßt haben?

MOONLIGHT DRIVE? Ein Song für Lunatiker. Aber hassenswert?

MY EYES HAVE SEEN YOU? Ein harmloses Liebeslied. Das sich durch wenige ungewöhnliche Wendungen nur mäßig interessant macht.

END OF THE NIGHT? Celine & Sartre, gesungen.

Some are born to sweet delight / Some are born to the endless night — dieser deterministische Ansatz ist allenfalls interessant.

HELLO I LOVE YOU? Siehe MY EYES HAVE SEEN YOU.

Bleibt nur A LITTLE GAME. Und das ist jene kleine Nummer, die Morrison später in seinen Monstersong THE CELEBRATION OF THE LIZARD einbaute.

Die Feier der Eidechse: Morrisons Großprojekt.

Vielleicht wußte er selbst nicht genau, was er sich darunter vorstellte, irgendwas zwischen griechischer Tragödie und schamanischer Performance vielleicht, aber die anderen drei DOORS, denen er damit immer wieder auf die Nerven ging, wußten es schon gar nicht.

Auch Paul Rotchild, nachmals der Produzent der DOORS, konnte offenbar nichts Rechtes damit anfangen — well, all right, er war für den Grenzverkehr zwischen Rockmusik, Poesie und Mythos, aber sozusagen mit Rückfahrkarte.

Die Feier der Eidechse: Ein Projekt mit einem Wort, das, solang es Morrison als Rocksänger durchzusetzen versuchte, immer wieder auf Widerstand stieß und das, obwohl es (24 Minuten lang!) für die dritte LP (WAITING FOR THE SUN) geplant war, schließlich verworfen und auch später im Studio niemals realisiert wurde.

Ich hatte einmal ein kleines Spiel, heißt es folglich nur auf der B-Seite der zweiten LP von ABSOLUTELY LIVE, ich liebte es nämlich, in mein Gehirn zurückzukriechen (dazu tropft Ray Manzareks Orgel wie eine Wasserleitung). Ich denk, du kennst dieses kleine Spiel (die Orgel tropft weiter und Morrison singt das mit extrem harmloser Stimme, wie einen Auszählvers). Es handelt sich um das Spiel, das sie verrückt werden nennen (wenn dir die undichte Wasserleitung auf die Stirn tropft und du sitzt gefesselt darunter, dann ist das eine Folter). Von der ersten zur zweiten Strophe gibt es einen Niveauunterschied von einem Halbton.

Auch du solltest dieses kleine Spiel probieren (jetzt ist Densmore dazugekommen, das Trommel-Fell ahnt eine Spur von Percussion, nicht mehr und nicht weniger). Schließ deine Augen und laß dich führen / verführen (es könnte, nichtwahr liebe Petra, es könnte wohl sein, daß diese meine, zugegeben etwas freie Übersetzung die ambivalente Problematik des Songs und des in ihm nachempfundenen Spiels auf den Punkt bringt). Forget the world / forget the people / and we'll erect / a different steeple. Aber ich bitt dich, höre ich Morgenrot sagen, was soll denn das nun wieder heißen?

Erect a different steeple! also wenn du mich fragst, verrät sich damit der phallische Hochstapler. Oder was? Soll es hier etwa um einen neuen Babylonischen Turm gehen? — Und in dessen Schatten um eine Aufhebung der Babylonischen Sprachverwirrung? — Etwa ins Nonverbale? Wenn ich das schon höre!

Zwischen Strophe 2 und 3 gesellt sich dann Kriegers Gitarre zu Orgel, Stimme und Percussion, was auf dem Demoband damals noch nicht der Fall war. Aber, wer immer die Gitarre spielt, wir hören sie förmlich einige Stufen in Richtung Stammhirn absteigen. Dieses kleine Spiel zu spielen macht Spaß, du hast keinen Weg zu verlieren, denn es gibt keinen. Morrison allerdings, sein poetisches Ich, ist schon da, geht diesen Weg voraus, also folge ihm nach — und genau das ist es, rufen Morgenrot und der inzwischen längst in die Computerbranche übergewechselte Mister Liberty im Chor, dieser Jim Morrison mit seinen sandigen Basketballschuhen, den mit werweißwas bekleckerten Jeans und den selbst für den Laien auf den ersten Blick als solche erkennbaren Tripaugen, dieser Jim Morrison als Psychopompos, als Seelenlotse, also das fehlt noch!

Aber bei aller Ironie Morgenrot gegenüber: eins muß ich doch festhalten. Auch ich wollte und will meine Seele nicht von Morrison führen (verführen) lassen. Sein kleines Spiel würde ich nicht mitspielen, Petras kleines Spiel würde ich nicht mitspielen, mit mir konnten sie nicht ihr Spiel treiben. Nach einem ausführlichen Nachmittagsschlaf fühlte ich mich wieder einigermaßen ernüchtert und konnte halbwegs realistisch weiterschreiben –

Was bisher geschah: Der Journalist und mäßig erfolgreiche Schriftsteller Paul hat ziemlich merkwürdige Briefe von der Fotografin Petra erhalten, die ihn fast 20 Jahre früher erotisiert hat. An einem Ort, den sie vorsichtshalber verschweigt, will sie dem 1971 verstorbenen und / aber von diversen Legenden umrankten Rockstar Jim Morrison begegnet sein. Durch eine Einladung zu einer Lesereise und / oder auch auf der Flucht vor Petras Briefen ist Paul nach Amerika geraten. Und nun sitzt er in einem Hotelzimmer zu Los Angeles und versucht, der ihn immer ärger bedrängenden phantastischen Geschichte eine (seine) realistische Geschichte entgegenzusetzen:

Von einem Journalisten und mäßig erfolgreichen Schriftsteller namens Paul, der nach Amerika gereist ist. Und zwar anläßlich einer Lesereise, zu der man ihn überraschenderweise eingeladen hat, und das läßt sich mit seinen Morrison-Recherchen verbinden. Er will nämlich ein Buch über Jim Morrison schreiben, obwohl sein Freund Morgenrot, ein Musikjournalist, an den er sich wegen dieses Projektes gewandt hat, Jim Morrison nicht leiden kann. Und nun sitzt er in einem Zimmer des Marina-Motels in L. A., und den Nachmittag hat er verschlafen, weil er eine ziemlich anstrengende Nacht hinter sich hat, aber jetzt ist er wieder einigermaßen wach und schreibt ungefähr folgendes:

Wie die DOORS ihren ersten Vertrag bekamen.

Wie der Kontakt mit Billy James (Manager für Talentsuche & -förderung bei Columbia) zustande kam.

Manzarek: We saw his picture in one of the trade magazines.

Densmore: No. To our surprise one evening he himself appeared at the lousy FOG.

Jedenfalls, darin stimmen die Erinnerungen der beiden überein, trug er einen Bart, was damals ein Zeichen von Unangepaßtheit und nicht näher bestimmter Progressivität galt.

Manzarek: We thought, he was hip.

Densmore: He said, he would like to help us.

Er nickte etwas abwesend, sagte, sie sollten reinkommen und nahm den als Gastgeschenk mitgebrachten Stoff wohlwollend entgegen.

Oder: Er kam die Treppe ins FOG hinunter (es war einer der Nachmittage, an denen die Band dort proben durfte) und sagte: Hey boys, habt ihr zufällig was zu kiffen?

Er tat so, als wäre er einer von uns, sagte M.

Aber damit belog er uns und sich — ein ganz typischer Vertreter einer sich damals sehr rasch verbreitenden Spezies.

Mr. Schizo; Mr. Ich-möcht-gern-und-kann-nicht.

Mr. Ideell-bin-ich-selbstverständlich-der-eure, aber materiell-der-ihre.

Der Herrschaften von Columbia Records natürlich.

Man! Amazing! Columbia! Dylan's label!

Dicke Tochter des CBS-Konzerns.

Immerhin die Firma, die unter dem Schlagwort »Revolutionaries of Rock« eine Promotionkampagne auf der Suggestivkraft des Wortes »progressiv« aufbaute, aber das war erst '68.

1966, als Good Old Billy das Label Columbia für die DOORS zu interessieren versuchte, war das Wort Revolution, das die Allzuvielen dann ein paar Jahre später so eitel im Mund führten, jedenfalls noch kein Verkaufshit.

Es ließ sich den DOORS noch nicht aufkleben, wie bald danach u. a. Janis Joplin, Santana, Blood Sweat & Tears, Chicago und Leonard Cohen.

Dazu fällt mir ein: Der im Jahre '69 oder '70 von den Reklamechefs einer Lebensmittelfirma offenbar für werbewirksam gehaltene Slogan KARTOFFELKNÖDELREVOLUTION.

Aber das nur nebenbei. Die DOORS unterzeichneten anyway einen Vorvertrag, den Billy James, wie es scheint, wenigstens ausstellen durfte, aber damit hatte ihre Zusammenarbeit mit Columbia auch schon ihr Bewenden.

Verständlich, daß ihre anfängliche Begeisterung, von so einer renommierten Firma zumindest ins Auge gefaßt zu sein, proportional zum Verstreichen der Monate, in denen nichts weiter geschah, sehr deutlich nachließ.

Innen, Tag. In einem Lokal zu Venice.

Morrison (ziemlich betrunken): Fuck Billy James!

(. . .)

Fuck Columbia!

Fuck the rock-business!

I'm going to be a writer.

Wovon ihn Manzarek, scheint es, erfolgreich abhielt.

Oder war (und wirkte) da noch etwas anderes?

Carry on, sagte Manzarek. Don't forget the million dollars we want to make.

Ha-Ha, sagte Jim. Er hatte in dieser Phase nicht allzu viel über für Witze.

Wir probten, so M., trotzdem weiter, wir liefen von Lokal zu Lokal, um Gigs auszumachen, die uns an Tagen, an denen wir nicht im FOG spielten, mehr Geld bringen sollten.

Aber außer Ray, der eine manchmal ennervierende Art von Gottvertrauen hatte und mir mit seinem ewigen Quäkerlächeln allmählich auf den Geist ging, glaubte wohl keiner mehr recht an den Sinn dieser Aktivitäten.

Mein Engagement für die Sache ließ jedenfalls nach.

Vielleicht war das doch nicht mein Weg. Hatte ich nicht etwas viel Besseres im Sinn gehabt? Ich setzte mich hin und versuchte, Short-Stories zu schreiben.

Zum Beispiel die: Von einem Gefängnisausbruch irgendwo in New Mexico oder Arizona. Die drei Ausbrecher benützen die Vorführung eines Films, um aus dem Zuchthaus zu entkommen. Die Anstalt ist sonst sehr streng, aber der Direktor ist ein Filmfan. Und das hat er nun davon, daß er den ihm anvertrauten Gefangenen cineastische Kultur vermitteln will: Während der Film (etwa Henri Georges Clouzots LOHN DER ANGST) läuft, gelingt es dreien von ihnen, die im Kultursaal anwesenden Wachen zu entwaffnen und Geiseln zu nehmen.

Wie es im Mittelteil weitergehen sollte, wußte ich noch nicht genau. Abenteuerliche Fahrten mit mehreren Fluchtautos, Geiselentlassungen, weitere Geiselnahmen. Das sollte jedoch in der Rückblende kommen, in meinem Kopf lief die Story erst weiter, als sich die drei Ausbrecher schon voneinander getrennt hatten. Denn ihrer zwei hatten irgendwo im Gebirge aufgegeben, und nur der dritte ließ sich nicht unterkriegen; er war kein Killer, aber irgendwie war auf der Flucht, die er seit Tagen allein durchgestanden hatte, ein Mord geschehen.

Und jetzt fuhr er per Autostopp durch die Wüste, und da fiel mir auch der Titel für die Geschichte ein: ganz einfach DER HITCHHIKER. Und wahrscheinlich war es besser, alles erst damit beginnen zu lassen, daß der Hitchhiker in ein soeben gestopptes Auto steigt. Und klapp, fällt die Wagentür zu, und da sitzen sie nun miteinander in der Falle, der Autofahrer und der Autostopper. Und der Autofahrer sieht den Autostopper im Rückspiegel, und die Straße hinter und vor ihm ist endlos, und da beginnt der Autostopper zu erzählen.

Great, sagte Pamela, wenn du ein wirklicher Schriftsteller wirst, werden wir miteinander eine gute Zeit haben.

Sie schrieb nämlich selbst. Und nicht einmal schlecht. Wir konnten ein Team sein.

Ich würde ihr meine Text vorlesen, und (ja, warum nicht?) sie würde mir ihre Texte vorlesen.

Und sie erklärte sich bereit, meine Texte ins reine zu tippen und bei dieser Gelegenheit gewisse geniale Fehler auszubessern und die Typoskripte an Zeitungen und Verlage zu schicken.

Was mich betraf, würde es nicht viel bringen, wenn ich ihre Texte ins reine zu tippen versuchte, da ich nur mit zwei bis drei Fingern Schreibmaschine schrieb.

Aber das machte ihr, wie sie beteuerte, nichts, denn sie liebte mich und war sogar bereit, ihr eigenes Talent zugunsten des meinen zurückzustellen.

Wenn du mich nur auch liebst, sagte sie. Liebst du mich? fragte sie. Aber ja, wie denn nicht.

(Die Vorwürfe, daß er nur nehme, nie gebe, kamen erst später.)

Aber dann, eines Nachmittags, als er bemerkte, daß er doch nicht so recht mit dieser Geschichte vorankam, unternahm Jim einen einsamen Strandspaziergang.

Nein, bitte, enttäuschte er Pamela, laß mich allein sein.

Da weinte sie bitterlich, und die anderen DOORS warteten an diesem Abend vergebens.

Im fucking FOG. Manzarek mußte als Sänger einspringen. Über dem Pazifik lag Nebel.

Und Morrison ging den Strand entlang, immer einen Fuß vor den anderen setzend.

Ging barfuß, mit jedem Schritt von der Ferse zur Zehenspitze den Sand fühlend.

Aus Staub nämlich bist du, und zu Staub sollst du werden.

Schwer atmete der Ozean. Die grauen Salzwellen fingen Morrisons Füße und gaben sie wieder frei.

LIVE OR DIE. Eins unter vielen Graffiti an der Mole von Santa Monica.

. . . als würde man sagen: Sei du selbst oder sei es nicht. So idiotisch wie rätselhaft.

Und da begegnete ihm einer, den kennen wir schon: Pferdeohren, Schweif, vielleicht trug er diesmal auch Hörner und Bocksbeine.

Nicht, daß du glaubst, du kannst dich davonstehlen, sagte er en passant, als *Schriftsteller* haben wir dich nicht unter Vertrag genommen.

Ein paar Tage später – es war im März oder April '66 – kündigte der Besitzer der LONDON FOG den DOORS, die er, trotz längst verebbten Publikumsinteresses, immerhin fast drei Monate ausgehalten hatte. Das hätte ein Uneingeweihter für den absoluten Tiefpunkt gehalten – beim letzten Auftritt verging sogar Ray Manzarek das Lächeln. Verzögerten Schlags hing John über den Drums, deutlicher noch als sonst machte Robby den Eindruck, als würde er samt seiner Gitarre nicht zur Band gehören. Aber Jim, was war bloß mit Jim geschehen? Er mußte eine neue Droge entdeckt haben.

Wartet nur ab, sagte er ungefähr, noch ist nicht aller Tage Abend. Oder er sagte: Der Abend ist noch nicht zu Ende – wie soll ich wissen, was er genau gesagt hat? Ich stelle mir aber vor, daß er so etwas ausstrahlte wie zynische Selbstgewißheit. Man soll den Abend nicht vor Mitternacht tadeln (für verloren, verpatzt oder beschissen erklären) – er hatte, mit einem Wort, das sehr deutliche Gefühl, daß noch etwas Entscheidendes bevorstand.

And loo, erzählte Manzarek, exactly at midnight, Ronnie Haran, the booking agent for the WHISKY A-GO-GO, came down to the FOG with the fixed idea to hear us.

Und nicht nur das. Was gewisse Mächte versprechen, das pflegen sie auch zu halten.

She immediately fell in love with Jim, listened to our music and asked: How would you guys like to play one night at the WHISKEY?

She
immediately
fell
in love
with Jim.

Ronnie. Ein Ex-Starlet. 1966 machte sie, lesen wir, auch die Öffentlichkeitsarbeit für Donovan.

An extremely sexy, pixie-voiced blonde, ergänzt Densmore; das Wort pixie übersetzt der Diktionär, das sei nur am Rande erwähnt, mit Elfe oder Kobold.

Yellow is the colour of my true love's hair, das ist ein schönes Lied, und Donovan, so wie er singt und aussieht, dürfte sogar auf Trip ein netter und sanfter Mensch gewesen sein — nur war er der Dame vielleicht ein bißchen zu langweilig.

Morrison hingegen begann, kaum wurde er ihrer ansichtig, dem Bild zu ähneln, das man sich später von ihm gemacht hat.

Tall, ascetic-eyed, angelic-faced, he grinds out his songs with gyrating hips and a flat full-bodied anguished voice that substitutes orgasmic cries for hallelujahs ...

Writhing and grinding in his skin-tight black leather pants, he is sort of the male equivalent of the late Miss Lilly Christine, the Cat Girl ...

If my antennae are right he could be the biggest thing to grab the mass libido for a long time.

Klar, zur vollen Entfaltung kam all das erst später.

Aber an diesem Abend sprießte die Knospe.

Ronnie sah das mit merklichem Wohlgefallen.

One night only, bot sie fürs erste an — aber wenn es einigermaßen klappte, würde man weitersehen.

Und siehe, es klappte (so klappte die Falle zu).

Zwar konnte der Chef des WHISKEY Jim Morrison nicht leiden.

He told her (Ronnie) that he (Elmer Valentine) thought this fellow to be an amateur without potential, who affected a far out pose to cover his lack of talent.

Nur scheint ihn die Koboldin doch noch herumgekriegt zu haben.

Eine Person, zu der man schwer nein sagen konnte.

So argumentierte auch Jim seiner Pam gegenüber.
Aus einer Nacht wurden 7 Nächte pro Woche.
We went from making $ 5 a night on union scale to $ 135 a week: gegen diese Verbesserung der finanziellen Verhältnisse ließ sich schwer etwas einwenden.

Es sei denn aus Eifersucht. Knappe fünf Seiten weiter in der Standardbiographie können wir lesen, daß Jim, der nun offenbar begriffen hatte, worauf es ankam, in Ronnie Harans Appartement zog.
Und daß er dort mit ihr über einen Promotion-Vertrag verhandelte.
Diese Verflechtung privater & geschäftlicher Beziehungen!
Aber da könne er ihr nicht helfen, sagte Jim zu Pamela, was sein müsse, müsse sein.
Er las damals nicht nur Brecht, nein, auch Macchiavelli.
Und im übrigen tue er, was er da tue, nicht nur für sich, sondern auch für Ray, Robby und John, und wenn man es recht bedenke (in etwas weiteren Lebens-Perspektiven gedacht), dann tue er es sogar für sie.
Hier ist, können wir uns vorstellen, Pamela doch etwas zornig geworden. Wenn sie sich aufregte, wallte das Blut unter ihrer durchsichtigen Haut sehr rot und sehr heiß vom Nabel bis an die Haarwurzeln.

So M. zu Petra. Ronnie war, läßt sich nachlesen, keineswegs die erste, mit der er sich etwas anfing, seit er Pamela kennengelernt hatte.
Von einer Kunststudentin namens Katie ist da zum Beispiel die Rede.
She (Katie) invited Jim to stay at her apartment any time he wanted.
Auch kochte sie sumptuous meals und manchmal, wenn ihm danach war, Jim would disappear with her car for days, leaving Katie to walk and wonder.

Trotzdem war sie, so scheint es, von ihm begeistert.
Oder wollte sie ihn bloß loswerden? You really ought to meet Jim, sagte sie jedenfalls zu ihrer Freundin Rossana.
Die hatte was über für seine Nackenmuskulatur.
Mit ihr fing er an, seine Eitelkeit auszuleben, fand Gefallen daran, vor dem Spiegel zu posieren, aber als sie ihn wegen gewisser Ansätze zur Selbststilisierung neckte, soll er sie mit dem Küchenmesser bedroht haben.
So? sagte M. Das hör ich zum ersten Mal.
Gewisse Leute wollen sich wichtig machen, weißt du, und gewisse Autoren sind dankbar für jede Horrorstory.
Wie soll das gewesen sein, ich hätte nur mit flüsternder Stimme gesprochen, um auf Rossana interessant zu wirken?
Brando-like? Also ich weiß nicht. Wahrscheinlich hatte ich eine Stimmbandentzündung oder einen Kehlkopfkatarrh.
Was willst du? Ich sang zu laut und ich rauchte zu viel.
Aber daß ich damals zu viel und zu wahllos herumgevögelt haben soll, ist ein Blödsinn!
Monogamie, zumindest wenn sie öffentlich bekannt geworden wäre — das wäre doch damals, in Zeiten des Aufbruchs nach neuen Ufern auch sexueller Befreiung, für eine Figur wie mich direkt imageschädigend gewesen.
Und es ist wichtig, sagte er, daß du ein Image aufbaust, mit einem Image, notierte er, kann dir fast nichts mehr passieren.

Wirklich? — Es muß ungefähr um diese Zeit gewesen sein, daß man James Douglas Morrison, American subject, Jahrgang 1943, kurzfristig zu einer Nachmusterung vor die Stabsärzte der US-Army zitierte. Solang er ohne feste Wohnadresse geblieben war, hatte man ihm anscheinend keinen Brief dieses Inhalts zustellen können, das war jetzt anders. M. würde nicht ausschließen, daß Pam seinen Aufenthalt bei Ronnie verraten hätte. Aber nein, würde Petra sagen, das traue ich ihr nicht zu.
Vielleicht auch hatten ihn seine Auftritte mit den DOORS inzwischen eine Kleinigkeit zu bekannt gemacht. Theore-

tisch hätte man ihm ja schon per Adresse LONDON FOG oder WHISKEY A-GO-GO schreiben können. Uncle Sam jedenfalls, unter dessen Zylinder der Totenkopf mit von Woche zu Woche größerer Deutlichkeit hervorwuchs, hatte seit Februar '65 mit der Bombardierung militärischer und wirtschaftlicher Ziele in Nordvietnam sowie mit Luftangriffen gegen den von den Nordvietnamesen benutzten Ho-Chi-Minh-Pfad in Laos und Kambodscha begonnen. Die Zahl der Toten, auch auf amerikanischer Seite, stieg; man brauchte Soldaten.

Gut möglich, daß damals die ersten Skizzen zu UNKNOWN SOLDIER entstanden sind.

Da saß die Nation beim Frühstück und hörte die Nachrichten, das heißt, sie gingen ihr beim einen Ohr hinein und beim anderen wieder heraus.

Und die Kinder wurden mit Dosenfutter aus der TV-Büchse gefüttert, und bereits die Ungeborenen waren potentielle Gefallene, ganz zu schweigen von den schon lebenden Toten.

Und eine Kugel kam geflogen, gilt sie mir oder gilt sie dir, but no, sagte M., I don't know that song, I speak no German.

Und / aber der Helm ist ein Kopf und der Kopf ist ein Helm.

Welcher Bildhauer war das bloß, der das so treffend dargestellt hat?

So treffend. Getroffen. Und wieder ein Treffer. Meine Alpträume reichen weiter zurück.

Habt ihr die Lektion des letzten Krieges vergessen? Seit ich meinen Vater auf seinem Scheißflugzeugträger besucht hatte, träumte ich diese Alpträume.

Als er Captain geworden war, Jänner 1964, da hab ich mir das noch einreden lassen. Er befehligt jetzt 3.000 Mann, sagte Ma, er ist stolz auf seinen Job und seinen Sohn, sagte Ma, du könntest ihm eine Freude machen. Und okay, habe ich gedacht, bevor ich an die U. C. L. A. und damit wahrscheinlich auf Nimmerwiedersehen aus dem Familienleben verschwinde, muß ich nicht so stur sein. Und hab mir zu diesem Anlaß sogar die Haare schneiden lassen, aber kaum war ich auf dem Kahn, hat mich mein Alter zum Schiffsfriseur abkommandiert, und das war nur der Anfang.

Aber das ist, so M., auch der Anfang des Alptraums. Zwei Mann packen mich links und rechts unter den Achseln und schleifen mich in einen weißen, schwankenden Raum. Und sie schneiden mir die Haare ratzekahl, ich sitze festgeschnallt auf einem weißen Stuhl, und ich sehe meine Haare zu Boden fallen wie Schafwolle. Und ich fühle mich völlig nackt, und sie schleppen mich hinauf an Deck und dort schießen sie schon auf Zielbojen. – Das war nämlich am nächsten Tag, da waren wir schon ein schlimmes Stück draußen im Pazifik, denn der Ausflug war Teil eines Manövers. Und diese Zielbojen hatten menschliche Gesichter, aber keine Haare. Und sie drückten mir ein MG in die Hand, und ich, der Sohn des Kapitäns, sollte natürlich auch schießen. In meinem Traum aber werfen sie mich über Bord, und dann bin ich selbst eine solche Zielboje, treibe im grauen, öligen Meer und sehe genau, wie mein Vater, sportiv an der Reling stehend, auf mich anlegt.

Wißt ihr nicht, daß wir von gemütlichen Admiralen zum Abschlachten geführt werden?

Und daß behäbige Generäle Orgasmen bekommen, wenn junges Blut rinnt?

Er hatte Angst, aber mit dem Rücken zur Wand kämpft man bekanntlich am besten.

Und: Nein, sagte der Satyr, der ihm auf dem Weg zur Nachmusterung zum dritten und letzten Mal begegnete, mit dir wollen wir ein ganz anderes Exempel statuieren, in Vietnam werden wir dich nicht abkratzen lassen.

So affirmiert zog Jim, heißt es, eine Show ab.

Blutdruck zu niedrig, Blutzuckerspiegel zu hoch.

Herzschlag zu flatternd, Atmung zu flach, Wahrnehmungsvermögen und Stimme zu schwach.

Er hatte gewisse pharmazeutische Kenntnisse, aber vielleicht entnahmen die Ärzte dem dadurch herbeigeführten Zustand nur, daß er total auf Drugs war.

Auch habe er ihnen gesagt, daß er selbstredend schwul sei.

Sollte das auch nichts genutzt haben, hat er ihnen vielleicht von seinem Indianer erzählt.

Von jenem Indio, den er seit dem 4. oder 5. Lebensjahr im Kopf trug, wie manche Kriegsveteranen ihren Granatsplitter.

He was, heißt es lapidar, refused for service.

So stand dem Kometenaufstieg nichts mehr im Wege.

Oder — um mit dem Vergleich genauer zu sein — dem Meteoritenflug.

Von Mai bis Juli '66 spielten die DOORS als permanente Vorgruppe im WHISKEY.

Und hatten, vor allem wegen der grellen Leuchtkraft ihres lead-singers, immer größere Publikumserfolge.

Zwar waren sie ausdrücklich nur der opening-act.

Aber: They soon gained a reputation for playing too loud and attempting to blow he headlining act offstage.

Darüber beschwerten sich angeblich Gruppen wie die RASCALS, die PAUL BUTTERFIELD BAND, die TURTLES, die ANIMALS und THE MOTHERS OF INVENTION.

Auch die BEAU BRUMMELS, BUFFALO SPRINGFIELD, CAPTAIN BEEFHEART und sogar Van Morrisons THEM hatten, dem Vernehmen nach, wenig Freude mit solchen Anheizern.

Die DOORS wurden mindestens einmal pro Woche gefeuert.

But it was always the same with the goddamned chicks.

So Elmer Valentine, so die Biographen, so die Legende.

Is the horny motherfucker in the black pants there tonight? — nein, es war nicht Ronnie selbst, die in solchen Fällen anrief, ihre Stimme hätte der Boß zweifellos erkannt, doch sie verfügte über eine flotte Einsatzbrigade von Jungbacchantinnen.

Auch als Jims Modeberaterin soll sie agiert haben.

(Encouraging him to discard his underpants.)

Wie auch immer. Die Ausstrahlung, auf die bisher nur wenige reagiert hatten, wurde nun von mehreren wahrgenommen.

Erst addiertes, dann multipliziertes Feedback: Das war wahrscheinlich der Grund, warum sich die dahinterstehende Kraft potenzierte.

The girls, erinnert sich Densmore, were *mesmerized.*

Nein, mit der feministischen Bewegung oder zumindest ihrer agitatorischen Effizienz kann es damals noch nicht weit her gewesen sein.

Doch auch die Kollegen spürten Morrisons Wirkung:

I did not like his singing, sagt Brian Mc Lean von den LOVE, but I was hypnotized by it.

Das war es, was offenbar mehreren widerfuhr.

Ja, sagte M., ich wunderte mich selbst darüber. Aber es klappte auf einmal.

Wenn ich die Bühne betrat, wenn die Musik zu spielen anfing, wenn ich mich in diesem Rhythmus, der ja subjektiv aus mir kam, aber nun kam er objektiv auf mich zurück — *mein* Pulsschlag, *mein* Zeitmaß — wenn ich mich in diesem Rhythmus zu wiegen begann, entstand ein Rapport zwischen denen da unten und mir. Und dann waren sie nicht mehr unten, im Zuschauerraum, und ich war nicht mehr oben, auf der Bühne, sondern sie trugen mich oder ich flog und zog sie hinter mir her.

Aber nein. Das käme erst später im Text.

Nicht um der DOORS-Story willen. Keine Mißverständnisse! Der Rest ist Rock-History.

Was, Morrison selbst betreffend, darüber hinausreicht, läßt

sich wahrscheinlich wirklich am besten von Paris aus erzählen.

Aber ich kann, so gern ich das möchte, nicht von meinem doch etwas überstürzten Aufbruch aus L. A. berichten, ohne auf seinen unmittelbaren Anlaß eingegangen zu sein.

Nicht, damit Morgenrot diesen Aufbruch versteht.

Was Morgenrot anlangt, so wäre es mir ehrlich gesagt lieber, er würde die folgende Passage ganz einfach überlesen.

Aber wahrscheinlich ist das nicht das Problem.

Denn bei seiner Abneigung gegen Morrison wird er das Buch, das, sollte ich je an den Punkt kommen, an dem sich der Anfang mit dem Ende verbinden läßt, vielleicht doch noch aus diesen Aufzeichnungen wird, wahrscheinlich überhaupt nicht in die Hand nehmen.

Was folgt, schreibe ich also einzig & allein aus Gründen des Selbstverständnisses.

Des Selbstverständnis-Versuchs. Ich besuchte zum 3. Mal jenes Sex-Center.

Hi, sagte Ellington. Last time you've forgotten your tape.

Ich nickte. I'm absent minded. Thank you for taking care of it.

I guess, sagte er, you want to see it up to the end.

As a matter of fact. Das war es, was ich wollte.

Die Kabinen, gab mir Ellington zu verstehen, seien allerdings im Augenblick alle besetzt.

Aber ich könne, wenn ich wolle, in einem ebenfalls mit einem Fernseher bestückten, sonst auch für andere Zwecke benutzten Raum Platz nehmen.

Okay. Dieser Raum war ein kleines, hinter einem verschossenen roten Samtvorhang verborgenes Zimmer.

In der Mitte ein großer, etwas klobiger Klubsessel mit verraucht riechender Plastikbespannung und vor diesem Lehnstuhl, auf einer Art stummem Diener, tatsächlich ein Fernseher.

Neben dem Klubsessel können Sie sich einen niedrigen, nierenförmigen Tisch vorstellen, von der fragwürdigen Sorte, die man als Couchtischchen bezeichnet.

Ob es auch eine dazugehörige Couch gab, konnte ich im Halbdunkel, das sich mit zunehmenderer Entfernung vom TV-Gerät zum Totaldunkel verdichtete, nicht erkennen — hatte ich beim Eintreten das Gefühl gehabt, der Raum sei klein, so hatte ich nun, kaum saß ich, das Gefühl, er sei eher groß, denn es gab einen seltsamen Luftzug, und hinter dem Fernseher trennte ein weiterer Samtvorhang den Bereich, in dem ich mich befand, von wer weiß welchen Weiten.

Das war mein Eindruck. Und ich wollte, da ich mich unbehaglich fühlte, schon wieder aufstehen und den Rückzug antreten.

Aber da kam Ellington hinter mir her wie ein Kellner und brachte mir etwas zu trinken. Eine kleine, drollige Flasche, little present of the house, sagte er und stellte das Fläschchen samt Glas neben mich auf den Couchtisch. Was ist das, wollte ich fragen, aber da hatte er sich, mit elegantem Schwung, schon umgedreht, ich versank in die Tiefe des Fauteuils, und das Videoband begann zu laufen.

Vorerst, Sie haben ganz recht, lief es ganz normal.

Die Nummer Five To One, bei der die Kassette letzthin ausgefallen war, ließ sich ohne weiteres zu Ende spielen.

Dann violettes Scheinwerferlicht. Ein über der Bühne des Hollywood-Bowl aufgehender Vollmond.

Und Morrison schmunzelnd. Er scheint seinen Einsatz verpaßt zu haben.

Macht nichts. Im Jahr 1968 war er schon längst ein Bühnenroutinier. Er beherrscht sein Publikum souverän.

Ein lockerer Magier. Soll sogar Spaß daran gefunden haben, möglichst lange Pausen einzulegen und den Punkt abzuwarten, bis zu dem die Spannung anhält.

Nein: bis zu dem die Spannung sich steigert. Jongleur mit der Vorlust.

Also jetzt endlich setzt er ein. Und auch seine Musiker wissen inzwischen ihre Mittel auf die präziseste Art anzuwenden. Denn der auf der ersten LP noch etwas schleppende MOONLIGHT DRIVE swingt hier auf erstaunliche Weise.

Und bekanntlich versucht uns Morrison in diesem Song zu einer Mondscheinfahrt zu überreden.

Aber wir lassen uns nicht herumkriegen, nein. Wir können uns vorstellen, daß diese Mondscheinfahrt letal endet.

Das ist sogar ihr offenes Geheimnis. Zuerst erzählt er uns, daß wir nur am Ufer entlangfahren.

Aber bald wird klar, daß wir, das Auto am Strand geparkt, hinausschwimmen sollen, heute nacht, denn genau heute nacht sind *wir* dran, und daß wir tiefer & tiefer sinken werden, come on down, und das ist, abgesehen davon, daß es fatal an die Verführungskünste diverser Nixen erinnert, makaber, wenn man bedenkt, daß der Texter und Sänger wahrscheinlich in der Badewanne ums Leben kommt, aber damit hat es noch etwas Muße.

Jetzt schaut er zum ersten Mal wieder ins Publikum, lächelnd.

Und streicht sich, bewußt nonchalant, das Haar aus der Stirn.

Ein hübsches, nicht uneitles Kind, geschult vor Daddys Super-8-Kamera.

Und wahrscheinlich besteht darin sein Charme, daß er sich auch und gerade als Lizard King, als Exponent der Protestbewegung, als Sexsymbol etwas von diesem unverfrorenen Narzißmus bewahrt hat.

Er wäre imstande, im nächsten Moment in die Kamera zu winken.

Oder ein Gesicht zu schneiden, das die ganze Familie noch Jahre später zum Lachen bringt.

So lieb war er damals. Und jetzt ist er schon so groß und so tot.

Doch es ist nicht auszuschließen, daß solche Typen sogar

als Gespenst, als Phantom, als Vampir noch bedenklich charmant wirken.

Das ist es ja eben. Davor muß sich unsereins schützen.

Wir, die wir diese Ausstrahlung nicht haben und daher am gefährdetsten sind, ihr zu erliegen.

Oder wir hätten sie, aber wir gestehen sie uns nicht ein.

Verbieten sie uns. Und daher würden wir sie am liebsten auch anderen verbieten.

Aber was sollen (was sollten) die allgemeinen Überlegungen?

Ich im besonderen fühle (und fühlte) mich gefährdet.

Gottlob zog sich die Kamera, die sich per Großaufnahme lange, allzu lange mit Jims Physiognomie und einigen anderen Details seiner körperlichen Erscheinung eingelassen hatte, fürs erste aus dieser intimen Nähe zurück.

Kaum jedoch hatte ich, dankbar über diese Verschnaufpause, aufgeatmet, war sie (die Kamera oder genaugenommen ihre begehrliche, mit einem die Welt und ihre Objekte ungeniert ansaugenden Zoom versehene Linse) schon wieder dabei, auf Morrisons Adamsapfel loszufahren.

Dieser bewegte sich unterdessen sehr deutlich.

Höchst artikuliert nämlich sprach James Douglas Morrison, talentiert auch zum Shakespeare-Interpreten, ein Gedicht.

Augen geschlossen, sehr konzentriert, aber mit zunehmend expressiver Mimik.

Denn um kein Sonett handelte es sich, sondern um die HORSE LATITUDES, jenes Gedicht, das Morrison, Sie erinnern sich, mit 14 bis 16 an der Washington-High geschrieben hatte.

Und die ganze Zeit über hatte ihn dieses Gedicht begleitet.

Mit sich überschlagender Stimme beschrieb er, wie die über Bord geworfenen Pferde ertranken.

Und die Köpfe tauchen auf
Halten sich kurz über den Wellen

In labilem Gleichgewicht
Einen Augenblick pausieren sie
Aber dann willigen sie ein
In stummer Agonie der Nüstern.

Damit nicht genug. Noch bevor ich zu Ende notiert hatte, was ich ohnehin schon längst wußte, nämlich daß die Visionen des Ertrinkens, des Zurücksinkens ins schaukelnde Fruchtwasser, in Morrisons Texten eine auffallend ostinate Rolle spielen, begann die nächste Nummer. Und natürlich war es (bereits die ersten Töne, die aus Manzareks Orgel tropfen, signalisieren das dem Kenner) das LITTLE GAME, das kleine Spiel, das man auch verrückt werden nennt, aber die Wendung to *go* insane ist mit verrückt *werden* ebenso unzureichend übersetzt, wie to *fall* in love mit sich verlieben. Und hier sprang ich auf aus dem Klubsessel, der, von mir rückwärts gestoßen, mit auf dem Boden radierenden Beinen ein unwilliges Geräusch machte. Morrisons kleines Spiel, Petras kleines Spiel, das kleine Spiel, das sich die beiden, egal in welcher genaueren Relation zueinander, egal in welchem jeweiligen Aggregatzustand, nun, zu allem Überfluß, noch mit mir erlauben wollten, würde ich nicht mitspielen.

Ich schlüpfte also durch den mit Kunstlederborten besetzten Spalt im Samtvorhang und wollte zurück, woher ich gekommen war. Aber, als hätte sich der Raum um mich gedreht, gelangte ich nicht dorthin, wohin ich gewollt hatte, sondern offenbar auf die andere Seite. An einem runden Tisch saß eine alte Negerin, wahrscheinlich die Frau Ellingtons, denn sie hatte die gleichen Tränensäcke. Was machen Sie hier? fragte ich. Statt einer Antwort begann sie ein Paket Karten zu mischen, das sie anscheinend aus dem weiten Ärmel ihres Kleides gezaubert hatte, und legte es schließlich vor mich auf den Tisch, mit einer das Kinn leicht anhebenden Kopfbewegung, die mich aufforderte, abzuheben.

Dann verteilte sie die Karten in drei Reihen. O Gott, dachte ich, Tarot. Eine Bekannte hatte mir einmal Tarotkarten gelegt.

Die Bilder auf diesen Karten schienen aber andere zu sein als jene, die ich, wenn auch ziemlich vage, in Erinnerung hatte.

Als ich mich über den Tisch beugte, um näher hinzusehen, sah ich einen Mond, eine Mandoline, einen Krug, einen Löwen und eine schlafende Zigeunerin.

Es schien jetzt übrigens weniger ein Kartenspiel zu sein als ein Puzzle, das Mrs. Ellington vor meinen Augen zusammensetzte.

Wie machen Sie das? fragte ich. Ich mache gar nichts, sagte sie. Ich setze nur zusammen, was ich in Ihrem Kopf vorfinde.

Merkwürdig, sagte ich. Ja, antwortete sie mit einem als Raucherhusten getarnten Auflachen (oder war es ein als Auflachen getarnter Raucherhusten?)

Ich finde das Bild, das Sie da in Ihrem Kopf tragen, auch etwas merkwürdig.

Aber ich kann's nicht ändern. Es kommt kein anderes.

Der nächste Raum, in den ich, durch den Spalt eines weiteren Samtvorhangs schlüpfend, gelangte, war offenbar ein Kino. Zwar saß, soweit ich das im auch hier vorherrschenden Halbdunkel ausnehmen konnte, niemand drin, aber es gab einige Sitzreihen, durch die ich mich ein Stück vortastete, und eine Leinwand, auf der Leerkader eines Films liefen. Dazu das charakteristische Geräusch eines alten Projektors und den von diesem Projektor ausgestrahlten Lichtkegel, in dem Staub tanzte. Der Film, dessen schon ziemlich abgespielte Kopie dann vor meinen Augen zu flimmern begann, hieß BEAUTY GIRL und kam mir, schon als er noch keine 5 Minuten gelaufen war, bekannt vor.

Nicht, daß ich ihn schon gesehen hatte. Das nicht!

Aber es ging — meine vorerst, vielleicht auch infolge des

Getränks, das mir Ellington serviert hatte, etwas schläfrige Aufmerksamkeit wurde auf einmal hellwach — um einen Vater, auf den drei Töchter warteten.

Der arme Mann hatte, erzählte er, sein ganzes Vermögen verspielt, und zwar an den Teufel, wie er ihn nannte, einen reichen, aggressiven und etwas unklar als pervers bezeichneten Spielsalondandy.

Und nun kam er zurück in die mittelwestliche Idylle, in der die Töchter seiner harrten, zwei davon auf recht kurzweilige Weise miteinander beschäftigt, während die dritte, Beauty Mara, sich solcher Vergnügungen enthielt, denn sie liebte, wie sie beteuerte, nur ihren Vater.

Aber das war das Verhängnis. Denn ihr Vater liebte auch sie ganz besonders, weswegen er immer ihr Bild mit sich trug.

Und jener Playboy, Martin Cross hieß er, hatte ihr keusches Porträt durch Zufall gesehen.

Und natürlich war er auf die Idee gekommen, ausgerechnet diese Unschuld vom Land zu begehren.

Und: Ich gebe Ihnen noch eine Chance, hatte er zu Maras verzweifeltem Vater gesagt, Sie schicken mir Ihre Tochter und behalten Ihr lumpiges Vermögen.

Soweit, so schlecht. Das stürzte den Vater in arge Gewissenskonflikte.

Selbstverständlich wollte er nicht, daß seine Tochter sich diesem Ungeheuer auslieferte, aber siehe da, die opferbereite Mara wollte das selber.

Und brach auf, bestärkt von ihren Schwestern, die, kaum daß sie weg war, ihre lesbischen Spielchen weiterspielten.

Und ich war, zugegeben, schon neugierig, wie das Ungeheuer aussehen würde, aber da riß der Film, es wurde unangenehm hell im Raum, und weil niemand da zu sein schien, um den Defekt zu beheben, ging ich in die Richtung, die ich nun einmal eingeschlagen hatte, weiter.

Durch einen mit abgestellten Sesseln angefüllten Zwischen-

Raum tappte ich und ertastete eine Tür, die ich, sobald ich die Schnalle gefunden hatte, aufmachte.

Dahinter war eine Art von Varieté- oder Theatersaal.

Der war zwar nicht leer wie das Kino, doch schütter besetzt.

Nur einige wenige Schatten bevölkerten die Bankreihen — nach der Quantität dieses Besuchs zu schließen, konnte, was auf der Bühne geboten wurde, nicht sensationell sein.

Ich war von der Längsseite in den Raum getreten und wollte, obiges denkend, nichts weiter als durchhuschen.

Aber da irritierte mich eine Stimme.

Es war eine weibliche. Komm, komm, flüsterte sie, seufzte sie, stöhnte sie, und zwar eigenartigerweise in meiner Sprache.

Und obwohl ich diese Aufforderung, das können Sie mir glauben, vorerst nicht auf mich bezog, mußte ich nun doch etwas genauer hinsehen, denn diese Stimme kam mir bekannt vor.

Und folgendes sah ich: Auf einer über die Bühne gebreiteten Wiese aus grünem Plastik bewegten sich zwei in mehr oder minder lustvoller Umarmung. Und ich mußte mich setzen, denn die weibliche Hälfte jenes Tiers mit den zwei Rücken war wirklich Petra oder zumindest ihre Doppelgängerin. Damit aber nicht genug: Der Typ, mit dem sie auf der im Rhythmus der Beckenstöße allmählich in meine Richtung rutschenden Lustwiese agierte, wem sah der zum Verwechseln ähnlich? Morrison, klar, und auch er war bestens erhalten.

Wie soll ich die widersprüchlichen Gefühle beschreiben, die dieser Anblick in mir auslöste? Jedenfalls stiegen sie mir, das spürte ich, zu Kopf, der mußte plötzlich sehr rot gewesen sein. Was man, so hoffte ich, aus dem Saal hinter mir nicht sah. Ich saß nämlich, wie ich erst jetzt bemerkte, in der ersten Reihe, so daß Petra, die mich ja einigermaßen kennt, meine Gemütsbewegung bemerkte.

Bestimmt. Sie sah mich und hatte mich längst gesehen.

Das Lust-Spiel, das die beiden nun miteinander trieben,

war, mußte ich mir eingestehen, phantasievoller, variationenreicher, offener, ja, alles in allem anregender, als die eher geschlossene Vorstellung, die sie zuvor gegeben hatten.

Kaum daß ich das dachte, obwohl mein Kopf noch immer recht rot gewesen sein muß, also da lächelte Petra.

Und sagte: Komm! Willst du nicht mitmachen? Das willst du doch! Komm! Gib's doch zu!

Indem ich das hörte, rannte ich schon davon.

Es durfte nicht sein, weil es nicht sein konnte, oder auch umgekehrt, es konnte nicht sein, weil es nicht sein durfte.

EMERGENCY EXIT, das war genau das, was ich jetzt brauchte, die Videokassette mit dem DOORS-Konzert würde ich gut und gern in Los Angeles zurücklassen.

Nur noch den Bücherkoffer wollte ich aus dem Marina-Motel holen. Und dann auf nach Paris. Ich muß mir Gewißheit verschaffen.

Paris also. Der Friedhof Père-Lachaise also, den ich seit Tagen umrunde. Seit Tagen, seit Wochen, seit Monaten — mein Zeitgefühl ist etwas durcheinander gekommen. Paris 1968. Paris 1971 und jetzt. Wann ist *jetzt?* Während ich diesen Satz schreibe, ist es bereits vorbeigegangen.

Vorbeigegangen. Passé. It has passed. Passato.

Jim, ovunque tu sia, buon natale.

Buon natale. A merry christmas. Joyeux noël.

Aus solchen Sprüchen ist zu schließen, daß wir inzwischen Weihnachten gehabt haben.

Soviel zu den zeitlichen Verhältnissen. Aber ich erkläre Ihnen wahrscheinlich besser die räumlichen.

Wollen Sie im Uhrzeigersinn gehen, so müssen Sie von der Metrostation Père-Lachaise die Avenue Gambetta nehmen.

Dann biegen Sie rechts in die Rue de Rondeaux ab, doch das ist eine Sackgasse.

Durch die Rue de Ramus kommen Sie in die Rue des Pyrenées, aber dort sind Sie zu weit von der Friedhofsmauer entfernt, und von der Rue de Bagnolet aus gibt es nur scheinbare Zugänge.

Gegen den Uhrzeigersinn zu gehen, ist günstiger. Etwa 300 Meter führt Sie der Boulevard de Menilmontant ohne weiteres an der Mauer entlang. Die Rue du Repos ist die erste Seitengasse nach links. Im Hotel EXCELLENT, an der — wenn Sie aus dieser Richtung kommen — gegenüberliegenden Ecke, habe ich mich, wie Sie sich denken können, nicht von ungefähr einquartiert.

Diese Rue du Repos nämlich führt nicht nur zum keine 60 Meter entfernten Friedhofstor. Sie verläuft auch (nach einer fast rechtwinkeligen Rechtswendung an diesem Nebentor vorbei) immer weiter, sanft ansteigend parallel zur Mauer. Sie wollen, sagte Jeanne, einen Elektrozaun oder eine Alarmanlage montieren. Aber davon, sagt sie, war schon im Vorjahr die Rede — sicher werden sie nicht vor Beginn der schönen Jahreszeit damit anfangen.

Übrigens liegt nicht nur Morrison auf diesem Friedhof, sondern eine ganze Menge anderer Berühmtheiten.

Jacques Louis David, Delacroix, Dr. Guillotin.

(Gewiß, das ist der Erfinder der Guillotine.)

Die Gräber der Kommunarden von 1871, zu denen sich auch sein Idol Rimbaud eine Zeitlang hingezogen gefühlt hat, soll Jim, solang er noch konnte, selber besucht haben.

Daß er aufs Grab der Gertrude Stein eine Rose gelegt hat, ist wahrscheinlich ein Gerücht.

Aber wer weiß. Er hatte poetisch ironische Anwandlungen und eine Schwäche für Kolleginnen und Kollegen.

Nicht Sänger und Sängerinnen (z. B. die Piaf).

Für die Nachwelt wollte er lieber Poet sein.

Und liegt hier in bester Gesellschaft, falls er hier liegt.

Molière, La Fontaine, Balzac, Marcel Proust, Oscar Wilde.

Letzteren schätzte er auf besondere Weise:

Ich möchte so werden wie Wilde, nur weniger häßlich.

Auch Apollinaire ist da, den er gern zitierte:

Das war, und ich möchte mich nicht daran erinnern im Abstieg der Schönheit.

Wortmusik / Tonmusik: Eine Wahlverwandtschaft.

Chopin hörte er auch gern. Besonders den tristen Walzer. Und Bizet schon wegen Nietzsche.

Die Carmen hat der ich weiß nicht wie oft gehört.

Diese Verbindung von Liebe und Tod: faszinierend.

Eins der beliebtesten reaktionären Klischees.

So Morgenrot.

Für mein Vorhaben aber wird es gut sein, wenn ich Morgenrot bis auf Widerruf vergesse.

Trotzdem beschränkt sich mein Interesse nach wie vor nicht nur auf den Friedhof.

Ich will keine Möglichkeit auslassen. Nach Möglichkeit will ich wissen, was in Wirklichkeit war. Ich will möglichst sichergehen.

Deswegen besuche ich manchmal den ehemaligen ROCK'N' ROLL CIRCUS.

Er heißt nun WHISKEY A-GO-GO. Ironie, nein Zynismus der Geschichte. Hier hat Morrisons Ende wahrscheinlich seinen Anfang genommen.

Am Abend des 2. Juli begab sich Morrison einmal mehr in den ROCK'N'ROLL CIRCUS, der in dieser Phase zu einem Treffpunkt für Pariser Junkies geworden war.

In der Rue de Seine gelegen, stand der ROCK'N'ROLL CIRCUS an der Rückseite mit der Küche des aus der parallelen Rue Mazarine zugänglichen ALCAZAR in Verbindung.

Hier hätte er also entschlüpfen oder auch unauffällig hinausgebracht werden können.

Eines scheint sicher: Daß er im ROCK'N'ROLL CIRCUS zum letzten Mal öffentlich gesehen wurde.

Das hätt ich mir denken können, daß du mich früher oder später doch noch nach jenem Abend, jener Nacht fragst.

In all den Interviews, die ich seit 18 Jahren nicht gegeben habe, wäre diese Frage die zentrale Frage gewesen.

Mehr oder minder umwegig hätten sie alle, deine sensationslüsternen Kolleginnen & Kollegen, auf jenen Abend, jene Nacht zu kommen versucht.

Und ich hätte ihnen allen die gleiche Antwort auf diese Frage geben müssen: An gewisse Details jenes Abends und vor allem jener Nacht, je weiter sie fortschreitet, kann ich mich schlicht & einfach nicht mehr erinnern.

Die Amnesiekurve verläuft allerdings nicht kontinuierlich.

Obwohl die Schadhaftigkeit des Materials gegen Ende des Streifens zunimmt, beginnt der Erinnerungsfilm gleich mit einer Erinnerungslücke.

Jener Abend (der Abend des 2. Juli 1971) begann damit, daß sie in einem Café saßen.

Aber der Name des Cafés falle ihm (M.) auch beim allerbesten Willen zum Interview nicht mehr ein.

Es war in der Rue Hautefeuille. Oder war es die Rue de la Huchette?

Die Rue de la Harpe? Vielleicht die Saint Séverin?

Die Rue de l'Hirondelle? Die Rue Danton? Die Place Saint Michel?

Es kann auch die Rue Serpente gewesen sein.

Wer saß in diesem Café?

Na Pam und ich.

Wer noch?

Na Allan. Allan Ronay. Ein Freund aus L. A.

Für die ersten paar Tage seines Paris-Besuchs habe der noch bei ihm (Jim) und Pamela in der Rue Beautreillis gehaust.

Aber als er bemerkt hatte, daß (und wie) es ihnen nicht gutging, habe er seinen Koffer wieder gepackt und sei zu Agnès umgezogen.

Agnès?

Die Varda. Die Allan auch gut gekannt habe.

Ob sie an jenem Abend auch dabei gewesen sei? — Also das ist schon die zweite Erinnerungslücke.

Möglicherweise seien sie und ihr Mann Jacques Demi (das ist, erinnerst Du Dich, so Petra, der mit den REGENSCHIRMEN VON CHERBOURG) irgendwann später dazugestoßen.

Aber, wenn das der Fall war, so M., seien sie ihm (Jim) im weiteren Verlauf des Abends, der Nacht, abhanden gekommen, oder er sei ihnen abhanden gekommen, wie er ja schließlich auch allen anderen abhanden gekommen sei, nicht zuletzt sich selbst.

Also sie saßen in diesem Café und aßen.

Das heißt, daß die anderen aßen. Morrison trank.

Und Allan hatte sie zum Abendessen eingeladen, obwohl er, Jim, zu diesem Zeitpunkt keinen festen Bissen mehr hinunterbrachte, aber er machte sich Sorgen um sie beide.

Und es war schwül. Und Jim schwitzte entsetzlich. Und das Hemd klebte ihm am Rücken.

This is the end / beautiful friend.

This is the end / my only friend the end.

The end of our elaborate plans / the end of everything that stands (jawohl das auch).

Das ist das Ende. So nimm denn meine Hände. Aber Jims Hände hatten seit geraumer Zeit das Zittern.

The End. Am Vorabend jenes Abends, jener Nacht hatte es schon angefangen.

Sie hatten gestritten. Wieder einmal gestritten.

Aber das war, so M., kein gewöhnlicher Streit.

Das war an der Grenze, so M., zu Mord und Totschlag.

Ich habe eine Flasche in der Hand gehabt, eine Bottle vom besten Chivas Regal, aber mit abgebrochenem Hals . . . Und Pam ist mir gegenüber gestanden, nackt, beinahe noch ebenso zart und zerbrechlich wie damals, als ich sie zum ersten Mal nackt gesehen habe, aber mit schwimmenden Augen und einem von Sekunde zu Sekunde ärger aufquellenden Gesicht, das überhaupt nicht zu diesem ihrem Nymphenkörper gepaßt hat, denn sie hatte mir soeben auf einen Zug die ganze Flasche Whisky ausgetrunken . . . Und ihre Arme waren so übersät von diesen verdammten Einstichen, und die Flasche war so leer, und ich war so voll Wut und Verzweiflung . . . Tu's doch, hat sie gesagt, du willst es doch tun – und ich schwör dir, hätte nicht in ebendiesem Moment das Telefon geklingelt und hätte uns Allan nicht zu ebenjenem Abendessen für den folgenden Tag eingeladen, ich wäre imstande gewesen und hätte sie umgebracht.

Ich war nach Paris gekommen, um ein anderer zu werden. Oder vielleicht auch, um ich selbst zu werden, das kommt darauf an, von welcher Seite man es betrachtet. Mein Leben war abgenutzt. Ja, exakt dieses Gefühl . . . Gibt es noch andere Leben? Zum Beispiel das des James Douglas Morrison, eines Dichters schottisch-amerikanischer Abkunft? Dann möchte ich eins davon versuchen.

Pamela bestärkte mich in meinem Vorsatz, endlich (wieder) zu schreiben, aber sie selbst war schwach. Du kannst es, sagte sie. Du mußt nur daran glauben, sagte sie. Du mußt nur einmal richtig damit anfangen ... Dich hinsetzen mußt du und schreiben: Also setzte ich mich hin und schrieb. Setzte mich an den Schreibtisch oder an den Eßzimmertisch unserer Wohnung in der Rue Beautreillis Nr. 17, aber weder am Schreibtisch noch am Eßzimmertisch gelang mir das Schreiben so, daß die Hand (meiner alten Idealvorstellung entsprechend) bloß die Feder nahm und sich zu bewegen begann, ohne daß ich selbst allzuviel damit zu tun hatte.

Mit einer Schreibmaschine ging's auch nicht besser. Vielleicht wollte ich übrigens, daß das, was die Feder, das, was die Schreibmaschine da schrieb, nicht allzuviel *mit mir* zu tun hatte. Ich habe alles so satt, schrieb ich, ich halt's nicht mehr aus, schrieb ich, ich wäre froh, auf der Straße von niemandem erkannt zu werden ... Aber was immer ich schrieb, um mich von jenem alten Ich, das mir zuwider geworden war, zu lösen, hatte natürlich erst recht mit jenem alten Ich zu tun.

Ob das ganz ehrlich war? fragst du. Was? Daß ich den alten, also den jungen Morrison nicht mehr leiden konnte? ... Verhielt es sich nicht eher so, daß ich nicht mehr der alte, das heißt eben der junge, war, und damit wurde ich nicht fertig? ... Daß mich ohnehin niemand mehr erkannte, weil ich mich fast zur Unkenntlichkeit verändert hatte? ... Na klar hatte ich mich verändert, na klar war ich nicht mehr der alte — aber das hatte seine Gründe.

Zum Beispiel den Alkohol, sagst du. Na großartig! Wie bist du mir da nur draufgekommen? ... Wo ich mich derart bemüht habe, das vor der Welt zu verbergen ... Und all die Drogen, meinst du. Gott, bist du schlau! ... Warum glaubst du wohl, wirft, schluckt, snieft, säuft einer so gut wie alles, dessen er habhaft werden kann, in sich hinein? Na, dreimal darfst du raten!

Sicher, zuerst war es, hab ich behauptet, um an die Grenzen

und darüber hinaus zu kommen, alle nur vorstellbaren und womöglich auch nicht vorstellbaren Erfahrungen zu machen, zur anderen Seite durchzubrechen . . . Zur anderen Seite durchzubrechen, wie der Typ auf dem Bild, das ich einmal gesehn hab, einem Bild, das den ersten Blick heraus aus dem kopernikanischen Weltsystem darstellt . . . Da steckt so ein Pilger, den Pilgerhut abgenommen, den Kopf durch die Kruste des wie ein Hohlweltmodell dargestellten Himmelsgewölbes . . . Und draußen, was ist da draußen? Das Räderwerk des Kosmos!

Ja, break on through to the other side — aber daß man da nicht drinnen bleiben, sondern raus will, das kommt doch, beim Satan, der bekanntlich ein gefallener Engel ist, nicht nur aus Neugier, sondern auch aus Not! Weil man nämlich allmählich oder auch sehr rasch kapiert hat, wie das da, diese Hohlwelt, in der wir gefangen sind, die Welt der hohlen Köpfe und ausgehöhlten Herzen, so überhaupt nicht die unsere ist, obwohl es sie sein sollte. Und wenn wir sie nicht verändern, usurpieren können oder uns anpassen, einpassen wollen, gebückt und gebuckelt — denn der Freiraum, den sie uns läßt, hat eine fatale Tendenz zu schrumpfen —, was können wir dann tun? Dann müssen wir sie, erst nur versuchsweise, auf Ausflüge sozusagen, aber irgendwann einmal konsequent, auf eine größere, große Reise verlassen.

Das war es also, warum ich gesoffen habe. Warum ich gekifft habe, warum ich jede Menge Trips geworfen habe, am Ende auch gesnieft. Nur eines muß ich dir sagen: gefixt hab ich nie! Als Kind schon bin ich in Ohnmacht gefallen, wenn der Arzt oder die Krankenschwester die Spritze für irgendeine Schutzimpfung gezückt hat, bei der Vorstellung, daß sie jetzt gleich mit dieser spitzen Nadel in meine Haut hineinstechen würden, ist mir schwarz vor den Augen und weiß im Gehirn geworden.

Und auch jetzt, als Erwachsener, ging es mir so. Aber bei der Vorstellung, daß sich Pam, meine schöne, zarte Pam, auf diese

Weise kaputtmachte, wurde mir rot vor Augen. Halt's Maul, sagte sie, du machst dich doch selber kaputt. Also sei so gut und misch doch nicht in meine Angelegenheiten: Jeder von uns hat das Recht, sich nach seiner Fasson kaputtzumachen.

Mein Gott, ich sag dir, das machte mich wahnsinnig. Das Gefühl nämlich, keineswegs unschuldig daran zu sein, daß sie so geworden war. Klar, vielleicht hätte sie es auch ohne mich fertiggebracht. Sich fertigzumachen. So fix und fertig. Aber ich wurde ihr zum Anlaß.

Mir hat sie übrigens einreden wollen, das Schreiben sei die Droge, durch die sich alles andere ersetzen ließe.

Ausgerechnet Pamela sagte mir das!

Ärztin heile dich selbst, kann man da nur sagen: sie hätte ja ihre Schreibversuche auch wieder aufnehmen können.

Aber das einzige, was sie in Paris geschrieben hat, waren Zettel, auf denen sie mir in immer schwerer lesbarer Schrift mitteilte, daß sie die Nacht über ausbleibe.

Wie dem auch sei, bis zum Abend darauf hatten wir uns wieder einigermaßen unter Kontrolle, ja es sah vorerst so aus, als hätte sich unser Konflikt beruhigt.

Nach Allans Telefonanruf hatte ich Pam zum Erbrechen gereizt, indem ich ihr einen Finger in den Mund steckte, das ersparte ihr die Alkoholvergiftung.

Dann waren wir eingeschlafen, einander streichelnd und miteinander heulend, wie zwei unglückliche Kinder.

Am nächsten Morgen waren wir aufgewacht, und den Nachmittag hatte Pamela damit zugebracht, sich im Badezimmer schön zu machen. Ich blieb im Schlafzimmer und häßlich.

Dann brachen wir auf in jenes Café, und dann waren wir dort.

Wir waren zu früh dran. Oder die anderen waren zu spät dran. Für uns beide kam das auf eins heraus:

Wir zwei, wir konnten doch nicht nur sitzen & schweigen.

Details unseres Gesprächs weiß ich nicht mehr, eins aufs andere zu einem Berg Beziehungsscheiße gehäuft, führten sie jedenfalls dazu, daß mir Pamela ankündigte, sie wolle sich wieder mit ihrem Grafen treffen.

Diese Geschichte hatte sie mir schon drei, vier Jahre früher in L. A. aufgetischt.

Als mein Meteor gerade im Hochsausen gewesen war, nur noch ein paar Lichtsekunden vor der Klimax.

Warum läßt du mich ausgerechnet jetzt im Stich? fragte ich. Sie sagte: du läßt mich ja auch im Stich.

Aber Pamela, Liebling, sagte ich, das ist doch ganz etwas anderes.

Das war, glaube ich, 1967. Ich war, jetzt lach nicht, in diesem Jahr der Mann mit dem meist fotografierten nackten Oberkörper.

Es begann mit den Fotos, die eine Kollegin von dir, Gloria Stevers, in ihrem New Yorker Atelier von mir gemacht hatte.

Diese berühmten Fotos in Glorias Pelz.

Schau Pam, sagte ich, eine gewisse Erwartungshaltung kann ich ganz einfach nicht enttäuschen. Einige Wochen später sah ich mein Bild auf dem Titelblatt von VOGUE.

Es hat wirklich kein größeres, männliches Sexsymbol gegeben, seit James Dean gestorben ist und Marlon Brando einen Bauch hat (Zitat).

Mit einem Wort, ich war halt ziemlich gefragt.

Da kann es schon sein, nichtwahr, daß man ein wenig den Überblick verliert, ein bißchen durcheinanderkommt.

Also wenn ich z. B. irgendein Groupie mit ins Bett nahm und glatt vergessen hatte, daß schon Pamela drin lag, hat sie hysterisch reagiert.

Hör einmal, Pam, habe ich gesagt, das ist doch nichts im Vergleich zur Ewigkeit: du bist meine kosmische Geliebte.

Ich habe eher den Eindruck, hat sie geantwortet, ich bin deine komische Geliebte.

Natürlich war auch keine Rede davon, daß *sie* mir treu war.

Aber ich glaube, sie wäre es gern gewesen.

Was soll's. Das ging nicht. Mein Leben ließ das nicht zu.

Mein Leben, das sie am Rande mitleben durfte.

Als Nico — auch ohne BLUE MOVIE — probieren wollte, ob ich ein kongenialer Partner für sie gewesen wäre, also da konnte ich doch nicht nein sagen.

Jim is crazy, sagte sie am Morgen danach in einem Interview. Das war es, worauf es ankam.

Und dann, als mein Meteor schon im Sturz war, kam Pat.

Sie war eine gute Rockjournalistin, jedenfalls eine, die mir und den DOORS auch nach dem Eklat von Miami noch gut gesinnt war.

Daß sie nebenbei als Hexe praktiziert hat, hätte mich nicht gestört: im Gegenteil: ich fand das sehr auf- und anregend.

Doch Pamela hat sich eingebildet, daß mich diese Konkurrentin, die sie merkwürdigerweise mehr gefürchtet hat als jede andere zuvor, tatsächlich verhext hätte.

Wer ist nun deine kosmische Geliebte? Sie oder ich?

Mein Gott, Mädchen, hab ich gesagt, ich hab doch, seit wir uns kennen, schon mit ganz anderen Frauen gevögelt!

Ja, aber noch mit keiner, die ihn dazu überredet habe, sich mit ihr einer Hochzeitszeremonie nach original Wicca-Ritus zu unterziehen.

Als Pam das mitbekommen habe, da habe er sich um den Gegenzauber einer »richtigen« Trauung mit ihr einfach nicht mehr herumdrücken können.

Aber zurück zu der Story mit Pamelas Grafen.

Manchmal verschwand sie für Wochen und behauptete dann, sie hätte sich drüben in Old Europe mit ihrem Grafen vergnügt.

Der Graf betete sie an. Der Graf lag vor ihr auf den Knien. Der Graf trank Sekt aus ihrem Stöckelschuh.

Der Graf liebte wechselseitiges Französisch, denn er war ein französischer Graf.

Vielleicht war dieser französische Graf der wahre Grund, warum wir nach Frankreich gegangen sind.

Sie, um ihn leichter treffen zu können, ich, um die Sache einigermaßen unter Kontrolle zu kriegen.

Ich hätte dem Kerl gern meine Meinung gesagt.

Aber ich habe ihn nie zu Gesicht bekommen.

Nun jedenfalls hat sie behauptet, sie träfe ihn wieder.

Und wann? habe ich gefragt. Morgen, hat sie gesagt. Er kann es schon kaum mehr erwarten.

Und: Jetzt nicht, habe ich gesagt. Bitte Pam, habe ich gesagt, nicht ausgerechnet jetzt.

Warum? hat sie gefragt. Weil ich Angst habe, hab ich gesagt. Ach was, hat sie gesagt, wovor muß ein Mann wie du denn überhaupt Angst haben?

Vielleicht hätte ich sagen sollen: Pam, ich habe ganz einfach Angst um dich, und das wäre wahr gewesen . . . Aber die Angst, die *ich* um *sie* hatte, entsprach wahrscheinlich der Angst, die *sie* um *mich* hatte, darauf wollte ich mich nicht wieder einlassen . . . Außerdem war meine Angst um sie nur ein Teil meiner Angstwahrheit . . . Ich hatte damals noch ganz andere Ängste: Wenn ich nicht bis zur Bewußtlosigkeit trank, konnte ich manchmal vor lauter Ängsten nicht einschlafen.

Als Brian Jones von den STONES von uns gegangen war, hatte ich ihm noch ein Gedicht geschrieben.

ODE TO L. A. While thinking of Brian Jones. Deceased.

Ich bin ein Einwohner dieser Stadt, sie haben ausgerechnet mich erwischt, den Prinzen von Dänemark zu spielen.

Das Sprungbrett, der Kopfsprung, das Schwimmbecken . . . Der Gärtner fand den Körper frei treibend.

Dann Jimi Hendrix. Mit dem ich noch einige Wochen vorher gejamt hatte.

Und Janis Joplin. Wir hatten uns einmal im Aufzug geliebt.

Kreislaufkollaps, Herzversagen, Gehirnlähmung nach sog. Exzessen, sicher: das alles war *möglich.*

Aber wieso gerade jetzt, wieso derart rasch hintereinander, wieso dermaßen konform mit einer immer stärker gegen *uns,* d. h. gegen das, was unsere armen Seelen *verkörperten,* mobilisierten öffentlichen Meinung?

Nichtwahr, da waren *wir,* und da waren *die.*

Klar, du hast recht, das war schon von Anfang an so.

Aber die Situation hat sich zugespitzt.

Und die Kräfteverteilung hat sich verändert.

The war is over, habe ich gesungen, da war der Krieg, der uns, so real er gewesen ist, zum Symbol wurde, noch in vollem Gang.

Breakfast where the news is read / television children fed / unborn living, living dead / bullet strikes the helmet's head / and it's all over — das haben die, welche immer so weitermachen wollten, die immer so weitermachen *wollen,* weil die Welt, in der sie leben & sterben lassen, immer so war & sein wird, nicht gern gehört.

Es hat ihnen aber vorerst die Rede verschlagen.

Sicher, nur eine Weltsekunde lang. Aber in dieser Weltsekunde (*unserer* Hoffnungssekunde, *ihrer* Schrecksekunde) haben wir alle miteinander die Vision einer anderen Welt gehabt, wir *und* sie.

Für uns war's ein Trip, für sie war's ein Horrortrip.

Also wollten *wir* nicht aufwachen, aber *sie* sind, so rasch sie nur konnten, aufgewacht und haben, beredter denn je zuvor, als Anwälte der sog. Wirklichkeit, nicht nur geredet, nicht nur geschrieben, sondern, so schnell konnten wir uns den Traum gar nicht aus den Augen reiben, auch & v. a. gehandelt.

Und hatten schon, hast du nicht gesehen, ihre Gegenmaßnahmen gesetzt wider die Gegenwelt, die *sie,* die *wir* da am Horizont aufgehen gesehen haben.

Aber vielleicht war das ohnehin nur eine Sternschnuppe ...

Nein, meldet sich Morgenrot, jetzt projizierst du schon wieder!

Was soll denn das werden? Etwa die REDE DES TOTEN MORRISON VOM WELTENGEBÄUDE HERAB?

Halt den Mund, sage ich, du störst mich beim Schreiben, sage ich, merkst du nicht, daß ich gerade in Schwung komme?

Wenn du nicht aufhörst, mir dreinzureden, werfe ich dich noch im vorletzten Moment aus dem Roman.

Nein, wehrt sich Morgenrot, das kannst du nicht tun.

Wo ich mich extra hierher bemüht habe, obwohl du in manchen deiner Briefe, wie erinnerlich, nicht gerade höflich mit mir umgehst.

Zugegeben, ich habe hier etwas beim Rundfunk zu erledigen, aber das läßt sich mit der Sorge um dich verbinden.

Ich habe hier auch etwas zu erledigen, sage ich, und wenn es das letzte ist, was ich in diesem Roman erledige. Aber zuvor lassen wir Morrison weiter reden.

Okay, sagte M. Wo waren wir stehen geblieben?

The old get old and the young get stronger, habe ich gesungen, aber das war leider eine Fehlkalkulation.

May take a week and may take longer, mir scheint, es wird wesentlich länger dauern.

Five to one? Die Verhältnisse waren anders.

Klar, wir wollten nicht kämpfen, wir wollten nur siegen.

Ich meine: Den Vietnamkrieg, gegen den *wir*, ohne nur ihn zu meinen, protestiert haben, den haben *die* verloren.

Oder genauer: Sie haben sich rechtzeitig aus ihm zurückgezogen.

Jenen anderen Krieg hingegen, den wir immer nur erklärt, aber nie geführt haben, den hätten *wir* gewinnen müssen.

Aber hätten wir gekämpft, so hätten wir doch erst recht ihr Spiel gespielt! ... Bei diesem Scheißspiel spielen wir nicht mehr mit, haben wir gedacht, und dadurch, daß *wir*, eine ganze Generation, nicht mehr mitspielen, wird es endlich aufhören ... Doch abgesehen davon, daß wir, realistisch betrachtet, nie die ganze Generation waren, hat es, kaum haben *die* ihre Maßnahmen zu setzen begonnen, jede Menge Überläufer gegeben ... Also haben gewisse, optimistische Prognosen, verfrühte Spekulationen mit einer Bewußtseinsrevolution, die (so ähnlich wie die Erlösung durch Jesus), gewissen Gerüchten zufolge, schon stattgefunden haben sollte, immer weniger gestimmt.

MAKE LOVE NOT WAR – also durch Liebe zu siegen wäre ja möglicherweise wirklich eine Perspektive gewesen.

Aber das bißchen Liebe, das wir zustande gebracht haben, ist durch allerlei Massenveranstaltungen nur massenhaft und nicht mehr geworden.

They got the guns but we got the numbers?

Sie haben die Gewehre, aber wir schieben die Nummern. Das war zu wenig.

Indessen, so M., schrieb Petra, ich greife vor.

Habe mich hinreißen lassen zu einem Statement, das ich dir heute geben kann, vielleicht doch etwas gescheiter als damals, aber machtloser denn je in meinem jetzigen Zustand.

Damals kapierte ich wohl schon einiges davon, aber weder war mir die Totalität der Niederlage voll bewußt noch das Unzureichen unserer Mittel, sie abzuwenden.

No chance. Kein *Zufall* oder keine *Chance*, das ist hier die Frage.

Nicht dieses Bewußtsein, aber dieses *feeling* hatte ich an jenem Abend in Paris auf jeden Fall auch schon ... Hatte es im Grunde genommen schon seit unserem denkwürdigen Auftritt in Miami ... We want the world and we want it *now*, vor Hunderttausenden habe ich das geschrien: in Los Angeles, in San Francisco, in New York, in Chicago: und nichts ist geschehen ... Aber *wenn* etwas geschehen wäre, wenn es mir wirklich gelungen wäre, unsere ganze erotische & chaotische Kraft in diesem Schrei zu bündeln und mit den dadurch verursachten Vibrations ein Weltbeben auszulösen, so daß sie uns, ihre Ringelschwänzchen einziehend, wider Erwarten wirklich die Welt überlassen hätten — was hätten wir, frage ich dich, mit der Welt getan?

Ach, diese Welt! Und dabei war die Welt so schön!

Etwa Südfrankreich. Etwa Spanien. Etwa Marokko.

Ja, Pam und ich, wir versuchten noch von Paris wegzukommen, das unsere Hoffnungen enttäuscht hatte.

Das waren Versuche, uns noch zu retten, verstehst du?

Uns und einander. Einander und unsere Beziehung.

Von Andalusien an lud uns die Sonne auf, da hatten wir ein paar wunderschöne Tage.

Und der Mond in Nordafrika! In Marrakesch rauchten wir uns ein und schauten nur diesen Mond an.

Ich rasierte mir den Bart ab und sah, redete sich Pamela ein, wieder beinah so aus wie der Typ, in den sie sich vor fünf Jahren, also vor einer Ewigkeit, verliebt hatte.

Vielleicht hätten wir dort bleiben sollen. Vielleicht hätten wir immer weiter nach Süden fahren sollen. Mir gefiel schon das bißchen Afrika, das wir auf dieser Reise mitbekamen, außerordentlich.

Aber umzukehren, so M., sich auf die Rückfahrt zu begeben, das war ein Fehler.

Auch wenn es Paris war, wohin wir zurückkehrten, *heimkehrten.*

Vielleicht lag es daran, daß es in Strömen regnete, als wir aus der Sonne zurückkamen, aber dieses Paris, so attraktiv ich es ursprünglich gefunden hatte, kam mir nun vor wie ein riesiger Friedhof.

Stimmt schon, so M., für Friedhöfe habe er immer was übrig gehabt.

It was the greatest night of my life
Although I had not found my wife

I had my friends there right beside me.

Edgar Allan Poe, z. B., aber auch Mark Twain — erinnerst du dich an die Stelle aus TOM SAWYER, an der davon die Rede ist, daß man Warzen vertreiben kann, indem man um Mitternacht auf den Friedhof geht und sich eine tote Katze über die Schulter wirft?

We scaled the wall

We tripped thru the graveyard

— aber das laß dir nur ja nicht einfallen, würde Morgenrot sagen. Das kann dich in enorme Schwierigkeiten bringen.

Misch dich nicht ein, sage ich. Ich weiß, was ich tu.

Beruhigend, sagt Morgenrot. Darf ich dich trotzdem fragen, was du um diese späte Stunde an dieser entlegenen Stelle der Rue du Repos suchst?

Ach was, sage ich. Ich habe einfach noch keine Lust gehabt, zu schlafen. Im übrigen ist Vollmond.

Ich glaube, es wäre besser, so Morgenrot, wenn du jetzt ins Hotel und in die auf den letzten paar Seiten wohltuend realistische Geschichte zurückkehrtest.

In diesem Paris (so M.), auf das es, zumindest in seiner Erinnerung, unausgesetzt regnete, seit sie von Marokko zurückgekehrt waren, wollte er nicht begraben sein.

Noch einmal weg, bevor es zu spät ist. Aber wohin?

Korsika beispielsweise. Dort regnete es allerdings auch.

Sie lagen in der Mansarde eines kleinen Hotels in Ajaccio, Pamela und er, in einem fast bis zum Boden durchhängenden Bett lagen sie und hörten, wie es aufs Dach regnete.

Sie lagen im Bett, in dessen Mitte sie, ob sie nun wollten oder nicht, immer wieder zusammenrollten, aber sie liebten sich wenig.

Jim las lieber (UNE SAISON EN ENFER). Dieser Rimbaud mußte ihn gekannt haben.

Natürlich: gekannt war nicht möglich. Also geahnt.

Der große Arthur sein Vorläufer. Er sein Nachläufer.

Alles was recht ist: Pamela hatte, wir wissen es, einiges über für schöne Literatur:

Doch was zu weit gehe, sagte sie, gehe zu weit.

Du steigerst dich, sagte sie, da in etwas hinein.

Und zwar bedenklich, sagte sie, sehr bedenklich.

Du bist gar nicht da, sagte Pamela. Jim, wo bist du?

Wie einer weggeht und dann woanders ist.

Vielleicht sollte ich, kündigte Jim an, endlich die längst fällige Konsequenz aus all den fatalen Bedingungen ziehen und nach Harar gehen.

Mach keinen Witz, sagte Pam. Was willst du in Abessinien?

Sein Harar, sagte Jim, müsse nicht in Abessinien liegen.

Falls er eines Tages aufbreche, um es zu suchen, und falls er es finde, werde er sie das wissen lassen.

Es soll, dem Vernehmen nach, nie ganz leicht gewesen sein, abzuschätzen, was er im Scherz und was er im Ernst meinte.

Er werde mit ihr Kontakt aufnehmen unter dem Namen Mr. Mojo Risin'.

So M. Schreibt Petra. Schreibe ich. Nämlich ins reine.

Der Originaltext (ein dicker Brief) kommt von Petra.

Lieber Paul! Du wirst Dich wahrscheinlich wundern, daß ich Dir nach Paris schreibe.

Aber es war leicht abzusehen, daß du früher oder später hier vorbeikommst.

Voilà une lettre pour toi, hat Jeanne gesagt.

Aufs erste bin ich natürlich perplex gewesen.

Qui est cette femme? Ton amie? hat Jeanne gefragt.

Oui. Ou non. C'est difficile à expliquer.

In der Anlage also das Interview.

Es hat eine Weile gedauert, bis ich ihn so weit gehabt habe, aber schließlich habe ich ihn, wie Du den Blättern entnehmen wirst, doch noch zum Reden gebracht.

Geduld, journalistischer Eros und — ja: gegebenenfalls

auch die Bereitschaft, ein paar Tropfen Blut zu spenden, waren die von mir mitgebrachten Voraussetzungen.

Jetzt hat er so sehr an mir Geschmack gefunden, daß ich ihm habe versprechen müssen, noch eine Weile hier zu bleiben.

Noch eine Weile ... Noch einige Zeit ... Auf unbestimmte Zeit.

Hier (dort) ... Wo? (Verdammt wo?) ... Und zu welchem Ende?

Es falle ihr, schrieb sie, ehrlich gestanden auch schwer, ihn nach all den vergangenen Tagnächten zu verlassen.

Manchmal hinkt er fast, als wäre er von irgendeinem Gebrechen befallen, aber dann wieder hat er einen beinahe königlichen Gang.

Außerdem, schrieb sie, habe sie noch ein Projekt.

Das Interview, das sie mir zur Verfügung stelle, sei nur eine Stufe auf dem Weg zur Erreichung dieses Ziels.

Der Film: ihr Film: der authentische Morrison-Film.

Zwar habe sie keine Ahnung, wie sie an dem Ort, an dem sie sich mit M. befinde, zu einer Filmkamera kommen könne, aber sie sei sicher, irgendwie ließe sich das bewerkstelligen.

Diese irrationale Rationalisiererin!

Sie sucht doch (Notiz im Einschlafen) nur einen Vorwand!

Traum dieser Nacht: Die Zigeunerin & der Löwe.

Sie schöpft mit den Händen Wasser. Das Tier trinkt aus ihren Händen.

Aber nein! Ich will mich nicht einlullen lassen!

Mit brummendem, aber klarem Kopf bin ich aufgewacht.

Keine Sentimentalität! Was in solchen Fällen getan werden muß, muß getan werden!

Auf so idyllische Weise kann die Erlösung eines Untoten nicht stattfinden!

Folgendes einkaufen: Viktualien: Une livre d'ail (Knoblauch).

Devotionalien: Un crucifix d'argent. Oder besser: d'or.

Sonstiges: Einen runden, hölzernen Pfahl (pieu, piquet), ungefähr 5 bis 10 cm stark und 1 m lang.

Ein scharfes Messer (couteau). Einen Hammer (marteau). Eine Schachtel Zündhölzer.

Ich hatte, wie gesagt, Angst — und mit gutem Grund.

So M. O doch: Er soll noch zu Ende erzählen.

Auch wenn die Bewegung, zu deren Symbolfiguren Leute wie Brian, Jimi, Janis und ich mehr oder minder zufällig geworden waren, nur eine Scheinbewegung gewesen sein sollte, hatte sich doch zuviel bewegt.

Auch wenn solche wie wir, weil wir ja nur symbolisch agierten, im Grunde genommen keine Gefahr *waren*, mochten uns manche für eine Gefahr *halten*.

Und vielleicht hatten sie sogar recht, denn manchmal kommt in dieser Scheinwelt, in der wir leben, trotz ihrer Dichte etwas ganz anderes zum Vorschein.

Ich meine: Alles paradiert als es selbst, aber es steht doch, hab ich nicht recht, in Wirklichkeit auch für etwas anderes.

Wenn es wirklich nur *Dinge* gäbe auf dieser Welt und ihr Ensemble nicht auch ein Panorama von *Symbolen* wäre, dann wären alle Poeten Buchhalter oder Volkszähler geworden.

Es kann also vorkommen, daß der kleine Morrison auf der Bühne steht und nur eine dunkle Angst aus sich herausschreit und / aber trotzdem . . .

Ach komm, sagte Pam, hör auf, du bist doch nicht Christus! Weder hast du die Händler aus der Wall Street gejagt, noch hast du angekündigt, das Weiße Haus niederzureißen und in drei Tagen wieder aufzubauen.

Du bist nicht so *in*, daß sie hinter dir her sein müssen . . . Sei froh, daß du *out* bist. Du kannst das Beste draus machen.

Ich sagte: So. Ich bin also out. Bei dir auch.

Nein, sagte Pam.

Doch, sagte ich. Wozu brauchst du sonst diesen angeblichen Grafen?

Er ist kein *angeblicher* Graf, sagte Pam, sondern ein wirklicher Aristokrat mit sehr aparten sexuellen Gewohnheiten . . .

Hingegen gibt es *angebliche* Sexsymbole, die, und ich kenn einen Fall, im Bett nicht einmal mehr ihren weit überschätzten Schwanz hochbringen.

Auf diesen Zynismus konnte ich nur zynisch antworten:

Ach was, gib doch zu, daß dein Graf überhaupt nicht existiert!

Und wie der existiert, sagte Pam, etwas zu schrill, wenn du wüßtest, wie der existiert: Wenn er mich vögelt, hör ich die Engel singen!

Fick dich doch selbst, wollte ich sagen, aber in diesem Moment erschienen die andern.

Habt ihr nicht auch davon gehört, daß Jesus nach seiner Kreuzigung angeblich in Indien aufgetaucht ist?

Soll Morrison an jenem Abend unvermittelt gefragt haben, nachdem er lange nichts gesagt hatte.

Vielleicht war er nur scheintot. Vielleicht war er durch Drogen präpariert. Vielleicht haben die Jünger seinen Leichnam aus dem Grab geholt.

Im alten Ägypten sollen sie Methoden zur Totenauferweckung gehabt haben.

Na hör einmal, sagte Allan. Du hast aber heute komische Anwandlungen.

Tatsächlich, die hatte er. Zwischendurch fiel ihm ein, daß er unbedingt auf die Post mußte.

Bei Simon & Schuster in New York sollte demnächst die kombinierte Taschenbuchausgabe von THE LORDS & THE NEW CREATURES erscheinen.

Das Umschlagbild, schoß ihm auf einmal ein, war nicht auszuhalten.

Das Umschlagbild war das Morrison-Standardfoto.

Lockenkopf, Samtaugen, Schmollmund. Wie ihn die Welt kannte.

Das bin nicht mehr ich, sagte Jim. Und will's nicht mehr sein.

Falls ich es je gewesen bin. Ich ist ein anderer.

Natürlich hatte die Post in der Rue Danton um diese Zeit nicht mehr offen.

Irgendwer führte ihn in die Rue du Louvre.

Per Telegramm (dringend) beschwor er (wortwörtlich) den Verleger, das Foto gegen ein anderes zu tauschen.

Als er zurück ins Café kam, war Pamela verschwunden.

This is the end, singt Morrison, beautiful friend.

Das ist das Ende, ehemals schöne Freundin, wo ist sie?

Du weißt es, so Allan. Sie hat behauptet, du weißt es.

Achja, sagte Jim. Natürlich. Ich werde vergeßlich.

Kein Wunder, sagte er. Weißt du, wieviele Gehirnzellen bei einem einzigen Vollrausch zugrunde gehn?

Nein.

So ratet!

Allan riet viel zu wenig.

Auch Agnès, falls sie es war. Jacques Demi desgleichen.

Darauf soll Jim noch einen Whisky bestellt und dem Kellner, der ihm einschenken wollte, die Flasche aus der Hand genommen haben.

Und dann? Was war dann?

Ja wenn ich das wüßte (so M.)

Manche sagen (so Petra), du warst noch im Kino!

So? Sagte M. Schon möglich. Sogar wahrscheinlich.

L'attrait du Cinéma se trouve dans la peur de la mort. Quod erat demonstrandum.

Welches Kino? So Petra. Was hast du gesehn?

Keine Ahnung. Irgendein Kino auf dem »Boul' Mich«. Oder war's der Boulevard Saint Germain?

Hatte nicht Allan ihm einen Film empfohlen?

Ach ja, einen Film, wie hieß er doch gleich, na auf jeden Fall einen Film mit Mitchum.

Robert Mitchum. Fast sein Lieblingsschauspieler.

Ein interessantes, beinah verwandtes Gesicht.

Rein äußerlich nicht. Aber die Art, wie er mit seinen Augen sozusagen von innen heraus schaut.

Oder hinein schaut. In die prinzipielle Traurigkeit dieser Welt. Dieser Scheinewelt. Dieser Schweinewelt.

Nichtwahr, inzwischen haben sie wieder total die Macht ergriffen. Bist du nicht auch dieser Meinung?

Wer? fragte der Fahrer, in dessen Taxi er sich nach dem Kino wiederfand.

Oder war das schon vor dem Kino? Die Erinnerung dreht sich im Kreis.

Der Kreis . . . Wer das Ende mit dem Anfang zu verbinden weiß, hat Ewigkeit.

Am Beginn war das Ende und am Ende wird der Beginn sein.

Diese Ewigkeitsfasler sind mir nicht koscher.

So Morgenrot. Ihm sind halt die lieber, die sich an ihre Zeit halten.

Diese zyklischen Geschichtsmodelle und ihre fatalistische Tendenz!

The time we ran was too insane, entschuldigt sich Morrison. Morgenrot hält das für eine Ausrede.

We'll meet again usf. Ist diese Aussicht eher zum Verzweifeln oder tröstlich?

Stammt jedenfalls aus einem anderen Song . . . Die ewig alte Schlange, die sich selbst in den Schwanz beißt.

Fuhr also mit dem Taxi. Aber wohin?

I'm a changeling, singt Morrisons Stimme, see me change.

Ich verlasse die Stadt mit dem Mitternachtszug / oder ich nehme den nächsten Flug.

Die Strecke nach Süden. Vage Erinnerungen an die Avenue du General Leclerc. Dann wahrscheinlich die Ringautobahn und vermutlich die Abzweigung Richtung Orléans, Chartres und Lyon.

Chauffeur!

Ja, Monsieur?

Haben Sie nicht auch das Gefühl, daß jemand hinter uns her ist?

Der Fahrer brummt etwas. Jim hat ihn nicht verstanden.

Sein Französisch ist schlecht, aber er wird sich die Mühe sparen, es noch zu verbessern.

Es hat gereicht, um die amerikanische Übersetzung Rimbauds mit dem Original zu vergleichen.

Inzwischen hat er seinen Rimbaud im Kopf:

Dem Volk da habe ich niemals angehört. Am schlauesten ist es, diesen Kontinent zu verlassen . . .

Comment? fragt der Fahrer.

Ma journée est faite. Je quitte l'Europe.

Also wolle er zu den internationalen Abflügen.

Diesem Volk da habe ich niemals angehört (jenem Volk dort auch kaum).

Priester, Professoren, Advokaten, ihr irrt, indem ihr mich dem Gericht ausliefert!

Die Echos von Worten, von Sätzen in seinem Kopf.

Ich bin niemals Christ gewesen; ich gehöre zu der Rasse, die unter der Folter sang; ich verstehe die Gesetze nicht!

Der einzige Ort, wo ich wirklich gelebt habe, ist die Bühne.

Mein Leben wiegt nicht schwer genug, es fliegt davon und weht hoch über der Tat, diesem Angelpunkt der Welt.

Noch ganz Kind, bewunderte ich den unbeugsamen Sträfling, hinter dem sich immer von neuem die Zuchthaustür schließt.

Kenne ich noch die Natur? – Kenne ich mich? – Keine Worte mehr.

Oder doch Worte. Aber wirksame Worte.

Worte verbunden mit Action. Die etwas auslösen.

Man müßte was tun! Man müßte endlich was tun!

Soll er am Vorabend des Miami-Skandals gesagt haben, nachdem er, noch in Los Angeles, Julian Becks LIVING THEATRE gesehen & gehört hatte.

Er soll mit den Schauspielern angeregt diskutiert haben.

Wißt ihr, Freunde, im Grunde genommen ist das, was ihr da macht, genau das, was ich schon die ganze Zeit über machen wollte; mit Artaud habe ich mich übrigens auch beschäftigt.

Das ist allerdings schon eine Weile her; vielleicht habe ich inzwischen mit den falschen Leuten zusammengearbeitet.

Stellt euch vor, meine Musiker wollen die Nummer COME ON BABY LIGHT MY FIRE als Werbespot an die Firma Buick verkaufen.

Come on Buick light my fire. Eine überaus originelle Idee, nichtwahr?

Aber ich sag euch: Nur über meine Leiche!

Darf ich dich darauf aufmerksam machen (so Robby, der sich kritisch angesprochen fühlte), daß nicht nur die Melodie, sondern auch der Text zu COME ON BABY LIGHT MY FIRE zufällig von mir stammt?

Ja, sagte Jim. Doch der Song wird mit mir assoziiert.

Mit *uns*, sagt Ray, um genau zu sein. John sagte gar nichts.

Stimmt, sagte M. Wir verstanden uns nicht mehr so gut.

Falls wir uns je wirklich gut verstanden hatten. Die Euphorie des Anfangs hat da viel verdeckt.

Ich hatte z. B. nie das Gefühl, mit Robby über etwas anderes als über musikalische Details reden zu können, von John, der ein, wie soll ich es nennen, teils amüsiertes, teils verärgertes Desinteresse an meinen wirklichen Anliegen nie ganz verbergen konnte, also von Densmore ganz zu schweigen.

Das Theater
ist der Zustand,

der Ort,
die Stelle,
wo die menschliche Anatomie begriffen
und durch diese das Leben geheilt und regiert werden kann ...

Ja, das Leben mit seinen Aufwallungen, seinem Gewieher, seinen Blähungen, seinen Leerlöchern, seinem Jucken, seinen Hitzeblattern, seinen Verkehrsstockungen, seinen mit Blut vermischten Mahlströmen, seinen empfindlichen Blutstürzen, seinen Temperamentsknoten ...

All das wird mit einem Glied erkannt, entdeckt, beleuchtet, und indem man Glieder in Tätigkeit versetzt wie die Glieder dieses fabelhaften Fetischs, welcher der ganze Körper
eines ganzen Schauspiels ist,
kann man
wie entblößt
das Leben —

Das Leben. Life. The Life Of The Theatre.
Das Living Theatre war eine Offenbarung.
Zumindest für mich (so M.). Für die andern drei weniger.
Wir wollten und wollen Musik machen, Jim, kein Theater.
Fachidioten! Es ging um Grenzüberschreitung.
Auch um die Überschreitung von Gattungsgrenzen.
Auf- & Ausbruch des Theaters ins Leben.
Break out of the prison. The image is the image of the jailbreak.
Eine Generation ist in Rage: wählt nicht zahlt keine Steuern widersetzt euch der Polizei verbrennt euer Geld zersticht Autoreifen wälzt um und zerstört die sogenannte Kultur laßt die Vergangenheit fahren scheißt lieber auf alles als die sterile debile Reinigungsmaschine weiter zu betreiben eßt weniger zieht weniger an arbeitet weniger tut nichts das nicht direkt zur großen Umwandlung beiträgt Poesie bricht jedes Gesetz — ach Kinder, ihr sprecht mir aus der Seele!

Das Theater, das auf Befreiung aus ist, muß sich der Herstellung von Bedingungen zuwenden, unter denen Akteure wie Publikum (wir) ihr eigenes, physisches Selbst erfahren, spüren, daß sie da sind, nämlich physisch da sind, ihren eigenen Körper spüren, subjektiv & kollektiv –

Das Dionysische Theater, das die Leute zu Tanz, Fick und Wilder Jagd veranlaßt (nennen wir's eine dreifache Bewegung durch die Welt auf der Suche nach dem, was uns zusteht) deutet an, was wir im Sinn haben –

Aber jetzt dürfen wir nicht nur auf diese Anregung, auf diese Erfahrung aus der Vergangenheit menschlichen Widerstands zurückweisen, sondern wir wollen / wir müssen durch sie durchgehen und ihr gegenwärtiges Pendant finden . . .

Mein Gott! War das nicht das, was er (Jim) seit Jahren geträumt (und versäumt) hatte?

Und war das nicht das, was sie alle, seine geistigen Väter, nein Onkel, nein älteren Brüder, im Grunde genommen gemeint hatten, von Willie (Blake) und Fritz (Nietzsche) angefangen?

The theatre is a dream. But like a dream it is an image of the world.

You must enter the theatre through the world. You must enter the world through the theatre.

Enter. Entern. From the stage. Von der Bühne aus.

Theatre is like a boat. It is only so big (small) but uprising is the reversal of the system.

Theater ist wie ein Schiff. Ein Piratenschiff.

Wir ziehen die schwarze Flagge der Anarchie auf, aber der Totenkopf, der den Krämerseelen Angst einjagt, meint die Lust des Lebens.

Are you content? No? Well, is it good to change?

Is anything sufficient unchanged? No? What am I talking about?

Do you go to the theatre for answers? Don't you have any questions?

How long is a lifetime? Does it matter what happens? Does it matter how we live?

Spielt es eine Rolle? Spielt es eine Rolle, wie wir leben?

Wie wir gelebt *werden?* Wie wir uns *leben lassen?*

ICH DARF NICHT OHNE PASS REISEN. ICH KANN NICHT EINFACH FREI HERUMFAHREN. ICH KANN MICH NICHT RÜHREN, WIE ICH WILL.

ICH BIN VON MEINEN MITMENSCHEN GETRENNT. MEINE GRENZEN WERDEN WILLKÜRLICH VON ANDEREN GESETZT. WOHIN MAN SCHAUT, NICHTS ALS VERBOTSSCHILDER, MAUERN UND GRENZEN.

Mein Gott! dachte Jim. Das hätte von ihm stammen können.

Das war doch *sein* Lebensgefühl. Aber es wäre uninteressant gewesen, wenn es nur seines gewesen wäre: Das war auch (zumindest potentiell) das Lebensgefühl von Millionen.

Why do you go to the theatre? Do you go to the theatre to find out about life? Why is life as it is?

ICH WEISS NICHT, WIE MAN DEN KRIEG BEENDET. ICH KANN NICHT OHNE GELD LEBEN. ICH HABE NICHT DAS RECHT, GANZ EINFACH MEINE KLEIDER ABZULEGEN.

I'm not talking about a revolution, soll Jim am folgenden Abend in Miami plötzlich gesagt haben, er stand (etwas schwankend zwar) auf der Bühne, aber er hatte das Mikrophon, um sich festzuhalten. I'm not talking about a revolution but — (er erinnerte sich an Shakespeare, seinen raffiniert aus der Negation gegen Caesar argumentierenden Brutus, und bemühte sich, auszusehen wie der junge Marlon Brando). I'm talking about a good time, about having a good time together this summer. Von einer guten Zeit rede ich, die wir uns miteinander machen sollten, bevor der Sommer wieder vorbei ist.

Es war Anfang März. Doch in Florida war es heiß.

All I remember, sagte Robby, was, it was a real hot night in

Miami. We played at this place called the DINNER KEY AUDITORIUM, which was used, I think, more for political speeches.

Kann also sein, daß Jims Rede durchaus am Platz war.

Das Publikum, so M., wollte meine Rede allerdings nicht hören. Auch wenn ich sie als Talking Blues vortrug oder als Rap, sie erwarteten sich etwas anderes ... By the time, we went on stage, the place was a madhouse already — kids were drunk or on angel dust ... Seid ihr bereit? fragte Jim, hey, kids, ich habe euch was gefragt, seid ihr bereit? —

Sie wußten nicht, wozu. Sie sahen mich an wie den leibhaftigen Mann im Mond.

Lauter! schrie ich. Macht die verdammte Musik lauter! Sie haben Ohren, aber sie können nicht hören!

Hört zu, verflucht noch einmal. Ich bin ein Backdoor-Man, ja, wir alle (auch die girls) sind im Grunde genommen Backdoor-Men.

Aber ihr seht aus, als ob ihr das noch nicht kapiert hättet.

Der Katerschrei kam gut an, doch das war auch schon alles ... Ich weiß, Baby, sie sagen, daß ich auch damals völlig betrunken war, aber an *diesen* Abend, den ich ja in Hinblick auf den Prozeß x-mal rekapituliert habe, erinnere ich mich ganz ausgezeichnet ... Stimmt, ich hatte im Flugzeug schon einiges getrunken, aber das war bitte 1969 ... Da war ich noch ganz intakt, ein gewisses Quantum Alkohol brachte mich nur in Schwung, und die Hervorhebung meiner angeblichen Unzurechnungsfähigkeit war später, im Verlauf des Prozesses nämlich, ein Argument der Verteidigung gegen die Anklage.

Also der Katerschrei kam gut an, aber das Publikum war blöd ... Es war, glaube ich, das blödeste Publikum, vor dem wir je aufgetreten sind, oder mir fiel anläßlich dieses Auftritts, Miami am 1. März 1969, erst auf, wie blöd so ein Publikum sein konnte ... Und vielleicht, ja wahrscheinlich, hatte ich mich bis dahin nur einer Illusion hingegeben, jene Vibrations betreffend, die von mir auf die Kids übergehen konnten, weil sie im Prinzip schon dort waren ... Und die von dort auf mich zurückkamen, potenziert, so daß es mich, und dadurch wieder sie, higher und higher hob — an diesem Scheißabend in meinem heimatlichen Florida war jedenfalls nichts davon zu spüren.

Aber man soll nichts unversucht lassen: Vielleicht konnte ich ihnen auf etwas andere Weise vermitteln, was ich meinte. Ich bin ein Backdoor-Man. Wir alle brauchen ein bißchen mehr Liebe und auch ich brauche ein bißchen mehr Liebe, seht mich an, hier steh ich . . .

He'd just had a fight, erzählt Robby, with his girlfriend Pam that day.

So kommt doch und habt mich lieb. Mag denn niemand von euch meinen netten Arsch?

Darauf reagierten sie auch nicht, die Hemmies & Klemmies.

Oder doch. Aber falsch. Es gab Unruhe im Auditorium.

So viele von euch sind da, und niemand mag mich.

Auch Ray, Robby und John konnten sich jetzt immer schlechter durchsetzen, selbst mit extrem hohen Orgeltönen, übersteuerter E-Gitarre und zirkushaften Trommelwirbeln war diesen Scheißern nicht mehr beizukommen.

Und also sprach Morrison, ist überliefert, wie folgt:

You're all a bunch of fuckin' idiots.

Daß sie sich von anderen vorschreiben ließen, was sie tun sollten, statt verdammt nocheinmal zu tun, was ihnen Spaß mache. Und daß sie sich fortwährend von allen möglichen Seiten Scheiße ins Gesicht schmieren ließen, ohne es überhaupt auch nur zu bemerken, aber wer weiß, vielleicht sei es ja genau das, worauf sie, von klein auf daran gewöhnt, eigentlich scharf seien.

Das sprach er, heißt es, zum Beat des Songs FIVE TO ONE.

Dann (so M.) fuhr ich fort: Wozu seid ihr hergepilgert?

Um ein mehr oder minder gutes Rockkonzert zu hören, um ein paar gute Songs zu hören, um ein paar Hampelmänner auf der Bühne rumhopsen zu sehen?

Oder um etwas mitzuerleben, von dem ihr noch euren Enkelkindern erzählen könnt? Um etwas zu sehen, das ihr noch nie gesehen habt, etwas Großes, etwas Einmaliges – okay, da kann euch geholfen werden!

So war's? fragte Petra.

Ja, sagte M., so war's.

Und ich muß sagen, ich war ganz zufrieden mit mir.

Stellte mich blau: Uh oh, I think I have exposed myself out there.

Aber ich hatte es ihnen gezeigt. Und die Firma Buick würde nicht mehr mit COME ON BABY LIGHT MY FIRE werben.

Dieser zweifellos starke Abgang hatte Ende März '69 eine Großkundgebung im Orange Stadion von Miami zur Folge. Angeblich kamen 30.000 anständige, junge Menschen, um gegen Gottlosigkeit & Obszönität sowie für ein sauberes Amerika zu demonstrieren. In mehreren anderen Städten folgten ähnliche Kundgebungen. Präsident Nixon soll dem Initiator der Bewegung, einem jungen Mann von damals 19 Jahren, spontan ein Glückwunschtelegramm geschickt haben.

Die letzte Unschuld abgestreift, die letzte Scheu.

Ich hatte das Image, mit dem ich manchmal bewußt, meistens jedoch unbewußt selbst arbeitete, gründlich satt.

Jetzt bin ich also verpönt. Mir ist dieses Vaterland zuwider.

Das Beste ist ein tiefer, trunkener Schlaf am Gestade . . .

A vast radiant beach in a cool jewelled moon
Couples naked race down by its quiet side
And we laugh like soft, mad children
Smug in the woolly cotton brains of infancy

Hey, sagte der Taxifahrer, wachen Sie auf!

Wo sind wir?

Am Flughafen.

Orly?

Natürlich. Charles de Gaulle ist noch nicht eröffnet.

Wir schreiben das Jahr 1971. Das ist die Nacht vom 2. auf den 3. Juli.

Ah ja, sagte Jim und bezahlte mit einer viel zu großen Francnote, auf die ihm der Taxilenker nichts herausgab — egal, er würde das hiesige Geld ohnehin nicht mehr brauchen.

Es heißt aber, daß Morrison später noch in der Stadt gesehen wurde.

Ja, sagte M. Wie sich herausstellte, konnte ich erst frühestens um 7 Uhr morgens fliegen.

Wohin? — Ich weiß nicht. Egal. Nichts wie weg von hier.

Weg von *ihr,* weg von *euch,* weg von *allem:* vor allem von *mir.*

Bleiben noch ein paar fragliche Stunden, so Petra.

Stimmt, sagte M. Die ich vermutlich in der City verbracht habe.

Wo zum Beispiel?

Zum Beispiel im LA COUPOLE.

Dort hätte er bis 2 Uhr früh bleiben können. Aber vermutlich mochten sie ihn nicht besonders in seinem desolaten Zustand.

Art-Deco-Idioten! Schön. Dann halt nicht.

Es soll ja noch andere Bumsen in Paris geben!

LE BULLE? — Daß er dort vorbeikam, ist nicht belegbar.

Aber es gibt eine Reihe von Indizien dafür, daß er schließlich im ROCK'N'ROLL CIRCUS landete.

Die Nachtluft, jetzt merklich kühler, ernüchterte etwas.

Beim Einbiegen in die Rue de Seine wurde ihm wieder bewußt, daß einer hinter ihm herging.

Er blieb stehen und wartete. Aber da blieb auch der andere stehen und wartete ebenfalls.

Ach was, leck mich doch, dachte ich, sagte M., schrieb Petra, und mit dem derart verbürgten Gedanken lassen wir Morrison das für ihn möglicherweise letale Lokal betreten.

Eine Nummer, wie eine russische Puppe.

Du trittst von einem Raum in den nächsten, aber dahinter sind immer noch weitere & weitere.

Weitere Träume (Alp- & Wunschträume), weitere Traum-Räume.

Morrison führt dich durch ein Museum, durch ein Wachsfigurenkabinett, durch eine Geisterbahn und / aber dahinter ist seine abendländische Seele.

Apropos abendländische Seele. Wieder im Louvre.

Morrison, wissen wir, ist da auch oft gewesen.

Die Gemälde hier hat er nicht sehr geschätzt.

Doch manche Skulpturen in der Antiken-Abteilung.

Now come on! singt Morrisons Stimmkonserve.

Und Morrisons Bild, zusammengesetzt aus zahllosen Helligkeits-(Dunkelheits-)Informationen, blickt vorerst sinnend zu Boden.

Turn the lights way down, sagt er. Man hört ihn nicht gleich. Hey, Mr. Lightman!

Ich bin kein Kind mehr, ich fürchte mich nicht im Dunkeln.

Konzentration. Er blickt etwas links vorbei am Mikrophon.

Zu Boden blickt er, als ob ihn dort etwas ablenkte.

Es kann jedoch auch etwas Zentrales sein, das er dort sieht.

Eine Erinnerung. Have you seen my grasshopper? Aber das ist eine andere Geschichte.

Eine *andere* Geschichte, okay. Was ist die *eine* Geschichte?

Die Geschichte jenes Abends, jener Nacht. Es muß inzwischen etwa 1 Uhr früh sein.

Jim hat den CIRCUS betreten. Die Freaks, die den Schuppen bevölkern, sehen aus wie auf einem von George Grosz und Tuli Kupferberg im Teamwork übermalten Boschgemälde.

Zumindest in M.s Erzählung, an die wir uns halten.

Oder halten wir uns an Hervé Muller?

Le soir du 2. Juillet, Morrison, une fois de plus, s'est rendu au ROCK'N'ROLL CIRCUS, qui à cette epoque, etait dévenu un point de rencontre de »junkies« parisiens. Jim hatte den

Gebrauch von Heroin immer rigoros abgelehnt. Pam hingegen verwendete es gelegentlich, ohne daß man sie als wirklich süchtig hätte bezeichnen können.

Anderseits wissen wir, daß Jim in der Vergangenheit fast keine Droge ausgelassen hatte. Und es gibt Gerüchte, die behaupten, daß er gerade in dieser Phase (Krise) daran interessiert war, seine diesbezüglichen Erfahrungen zu vervollständigen. Sogar einen Dealer nennt Muller, der behauptet, daß er extra für Morrison eine besonders pure Lieferung Stoff besorgt habe. Du mußt ja nicht fixen, Baby, du kannst auch schnupfen.

Sagte das Pam? – Nein, Pam war ja gar nicht da.

Es stimmt schon, so M., als ich in dieser Nacht den ROCK'N'ROLL CIRCUS betrat, hoffte ich einen Moment lang, sie könnte da sein.

Hey ihr, habt ihr Pam gesehen? – Er mußte das schreien.

Musik, an die er ja schließlich gewöhnt war, war ihm nie so höllisch laut erschienen – die Bässe schmerzten ihn in den Nervenwurzeln, die Höhen in den Nervenspitzen.

Hör einmal, du, hör mir zu! War Pamela hier? . . . Pamela, Pam, Mrs. Morrison – ach du Scheiße . . . Nein, ich bin nicht der Morrison, den du meinst . . . Ich suche nur jemanden – mich kannst du kreuzweis vergessen.

Ob ich was kaufen will? Ich? Nein, du mißverstehst mich . . . Pamela hat allerdings vielleicht was gekauft . . . Wie? Ich ein Bulle? Du spinnst! Du bist ja nicht dicht . . . Ich hab 250 Trips geworfen, aber jetzt bin ich nur mehr auf Alkohol und gedenke dabei zu bleiben.

Sicher, das könnte Morrison sagen (gesagt haben).

Aber wer weiß. Vielleicht sagte er auch etwas anderes.

Also (so Petra), sag schon! Was hast du gesagt?

Ich verstehe (so M.) mein eigenes Wort nicht.

Die Musik ist zu laut. Ich halt sie kaum aus.

Und dabei habe ich vor Verstärkern mit mehreren tausend Watt gesungen.

Sie spielen vielleicht eine STONES-Nummer. SATISFACTION.

Aber es wäre passender, wenn sie THE END spielten.

Der ferne Klang. Robby Kriegers Gitarre spricht indisch.

Was immer das sein mag. Nach der indischen Verfassung sind in der föderativen Republik Indien 15 Haupt- & Religionssprachen zugelassen.

Es könnte auch Khmer oder Annamitisch sein.

Aber das Indien, das hier anklingt, ist ein innerer Kontinent.

THE END. 11 Minuten und 35 Sekunden.

Auf der LP. Auf dem Videoband noch weit länger.

Da sitzen wir, jeder in seiner Einzelzelle.

Und registrieren die Wirkung, die diese Licht- & Farbimpulse auf unsere Stäbchen- & Zäpfchenzellen ausüben, diese vor mehr als 20 Jahren in Schwingung gebrachten Schallwellen auf unser Trommelfell, unsere Gehörknöchelchen etc., und das alles im Ensemble auf unser Großhirn, zwei Hemisphären, die durch einen tiefen Einschnitt voneinander getrennt sind.

Hinterhauptlappen, Schläfenlappen, aber nicht nur ...

An der Grenze zwischen Stirn- & Scheitellappen liegen zwei Gebiete mit den motorischen Zentren für die einzelnen Körperabschnitte und einem Zentrum für Sinneseindrücke aus der Körpergefühlszone.

Zum Großhirn gehört, nicht zu vergessen, auch das limbische System, das sich, erinnere ich mich aus den gehirnphysiologischen Vorlesungen, die ich zwei Semester lang besucht habe, um den Hirnstamm legt wie ein Saum.

Auf Vorgängen im limbischen System beruhen, so unser Professor, der auf genaue Definitionen Wert legte, die sog. gefühlsmäßigen Reaktionen, z. B. das Sexualverhalten.

Die Musik, so M., tose in seinem Kopf, und das zu diesem Ton synchrone Bild sei ein Strudel, ein Mahlstrom, in den er rückwärts abstürze.

Zurück, zurück, ins Kleinhirn, ins Zwischenhirn.

Vom limbischen System in die formatio reticularis, eine Reisebeschreibung.

In diesem Fall, so M., eine Fallbeschreibung.

Ich muß, sagte M., umgefallen sein, vielleicht hat ihm allerdings auch jemand einen Stoß gegeben.

Der Typ, den er nicht loswerden konnte, sei ihm jedenfalls bis aufs Klo gefolgt.

Und dann sei er flachgelegen. Er erinnere sich an den Anblick von Kacheln, sehr blau oder grün, aus recht ungewöhnlicher Perspektive.

Doch vielleicht kommt diese Einstellung erst später, in der berühmten Badewannenszene.

Die Musik also, so M., die tose in seinem Kopf. Exkurs über einen Kopf:

Ich hätte ihn, ehrlich gesagt, für einen simplen Januskopf gehalten.

Diesen Kopf (diesen Doppelkopf) dort im Louvre.

Doch handelt es sich (der darunter stehende Kommentar hat mich darüber aufgeklärt) um eine (übrigens gar nicht so seltene) Dionysosdarstellung.

Dionysos jeune et Dionysos agé. Der junge & der alte.

Ich umkreiste den Kopf ein paar Mal, die beiden Gesichter, das junge & das alte betrachtend, dann stieg ich die Treppenstufen hinauf, die in den oberen Teil des Gartens führten.

Zwar hatte der Nebel, der über den trapez- & dreiecksförmigen Beeten hing, schon dem französischen Teil der Anlage etwas Englisches verliehen.

Aber oben war tatsächlich die englische Gartenabteilung, die Steineichen standen in geplanter Natürlichkeit, es war beinahe alles so, wie Petra es beschrieben hatte.

(Aus Pauls Tagebuch.) Er erinnere sich (so M.) übrigens auch an einen Garten.

Die Erde unter den bloßen Füßen sei kühl. Offenbar habe er die Schuhe ausgezogen.

Hohe Bäume. Zypressen? Ist er über die Mauer geklettert? Stimmen.

Vater . . .!

Ja, Sohn . . .?

Ich möchte dich umbringen. Laß diesen Kelch an mir vorübergehn.

Und daran, wie er vor einem Spiegel gestanden sei, erinnere er sich.

Früher, als er noch Adonis war, ist er stundenlang vor dem Spiegel gestanden.

Den Kopf etwas schief gelegt, Wangen leicht eingesogen, am liebsten hätte er sich selbst vernascht.

Jetzt kann er kaum mehr stehen und jetzt kann er sich kaum mehr sehen und jetzt hat er den Spiegel blutig geschlagen.

Auch in der Wohnung (so M.) war Pamela nicht.

Vergebens sei er durch sämtliche Zimmer gerast.

Habe die Schlafzimmertür eingetreten (sie war ohnehin nicht versperrt).

Auf dem Bett einer ihrer üblichen Zettel, den er zerfetzt und über den Boden verstreut habe.

Nachher (so M.) bin ich auf dem Boden gelegen.

Oder war das schon vorher? Er lag auf der Erde.

Es stellt sich die Frage, wie und gegebenenfalls mit wessen Hilfe Jim aus der Rue de Seine in die Rue Beautreillis kam.

Can you picture what will be / so limitless & free / desperately in need / of some strangers hand / in a desperate land?

Hör zu! Bis hierher ist alles schön stilisierte Melancholie.

Dann aber wird er mit einem Mal auffordernd, Morrison, reißt einen Arm samt Mikrophon in die Höhe. Come on!

So grenzenlos frei, was soll denn das heißen, Petra, hast du dir diese Frage eigentlich schon einmal beantwortet?

Wenn du mich fragst, heißt das, in Zusammenhang mit Worten, Metaphern wie Verzweiflung, Verzweiflungsland usf., nichts anderes als tot, dead & gone, laß dir das von einem dir nach wie vor überaus Wohlmeinenden gesagt sein.

Und wirklich sieht Morrison in der folgenden Einstellung ziemlich bleich drein.

So hat er vielleicht tatsächlich ausgesehen als Badewannenleiche.

Gefunden von Pamela, die allerdings darauf bestanden hat, daß er im Tode schön war.

His arms resting on the porcelaine sides, his head leaned back, his long wet hair matted against the rim, a boyish smile across his clean shaven face . . .

Indes ist die Wahrheit wahrscheinlich weniger schön.

Wie sieht eine Heroinleiche aus, die man, nach nächtlicher Fahrt durch, sagen wir, die Rue Mazarine und die Rue Dauphine (wenn nötig auch gegen die Einbahn) über den Pont Neuf usw. in der Badewanne wiederzuerwecken versucht hat?

Der ROCK'N'ROLL CIRCUS communiquait, so Muller, par l'arrière avec les cuisines d'un night club beaucoup plus respectable, l'Alcazar, dont l'entrée se trouve dans l'artère directement parallele à la rue Mazarine.

Mag sein, daß man Jim, sollte er tatsächlich schon im CIRCUS ins Koma gefallen sein, mehr oder minder diskret durch dieses weit seriösere Lokal schwindelte.

Gerüchte, daß man ihn trug wie den toten Siegfried.

Meine Damen & Herren, was Sie hier sehen, ist ein Stück Aktionismus vom Feinsten, die spontane Inszenierung eines Gedichts des ihnen sicher allen wohlbekannten amerikanischen Rocksängers Jim Morrison, es nennt sich ROCK IS DEAD.

Und die Leute hätten gelacht und applaudiert und sich noch ein Weilchen unterhalten über den ebenso makabren wie, zugegeben, originellen Einfall.

Und die Urteile hätten geschwankt zwischen pep und dégoutant, aber dann hätte man sich wieder dem Ernst des wie gewohnt in den Morgen hinein verdämmernden Nachtlebens zugewandt.

Blödsinn (so M.) — man brauchte mich nicht zu tragen.
Auch nicht zu stützen. Ich konnte ganz gut allein gehn.
Laßt mich in Ruhe & Frieden, rührt mich nicht an!
Auch wenn ich ab & zu umfalle. Kann ja vorkommen.
Und lag also auf dem Boden. Lag auf der Erde.
Schmiegte sich an die Erde. Schmiegte sich in die Erde hinein.
Mund voller Erde, Hände voll Erde, Schwanz voller Erde.
Mutter . . .!
Ja, Sohn . . .!
Ich möchte dich ficken. (Ich *muß*.)
Sie kam ihm indessen nicht besonders entgegen.
Lag da, wie die Toten liegen, so daß ihn schließlich vor ihr ekelte.
So daß ihn schließlich vor sich selbst ekelte. Nun fühlte er sich beschmutzt.
Vielleicht war das der wirkliche Grund, warum er sich in die Badewanne setzte.
Abgesehn davon wollte er untertauchen.
Und welcher häusliche Ort wäre geeigneter dazu, das zu üben, als eine Badewanne?
Das Wasser ist warm und türkisgrün vom Badezusatz.
Er taucht eine Weile unter und hält die Luft an.
Ich werde alle Geheimnisse enthüllen: Geheimnisse des Glaubens und der Natur, Tod, Geburt, Zukunft, Vergangenheit, Kosmogonie, das Nichts.
Hört! Ich besitze alle Talente. Ich bin niemand und doch jemand.
(Das wären Sätze für Miami gewesen.) Wollt ihr, daß ich verschwinde, daß ich tauche, den Ring zu suchen?
Wollt ihr? Ich werde Gold machen. Medizinen.
Und dann?
Dann flog ich. Dann flog ich schon hoch über Paris.
Mich fröstelte. Es mußte einen Temperatursturz gegeben haben. Aber vielleicht lag es nur an der Flughöhe.

Über den neuerlichen Weg zum Flughafen hat mein Erinnerungscomputer allerdings nichts mehr gespeichert, da war, so scheint es, ein Kurzschluß.

Aber am Morgen war mein Blick so verloren und mein Inneres so leblos, daß jene, denen ich begegnet bin, mich vielleicht nicht gesehn haben.

Ich kletterte über die Mauer. Morgenrot auch.

Warum läßt du mich nicht allein? fragte ich. Ich muß doch auf dich aufpassen, sagte er. Sonst machst du mir noch mehr Blödsinn!

Wir stolperten durch den Friedhof. Uralte Gestalten umgaben uns.

Keine Musik. Aber das nasse Gras unter dem Nebel fühlte sich frisch an.

Zwei liebten sich in einer stillen Ecke. JIM IS ALIVE.

Parolen im Schein der Taschenlampe, die natürlich Morgenrot bei sich hatte.

WENN DER FINGER AUF DEN MOND ZEIGT, SCHAUT DER DUMME AUF DEN FINGER.

Schon recht, sagte Morgenrot. Aber ich weiß auch einen Spruch: DER SCHLAF DER VERNUNFT GEBIERT UNGEHEUER.

Um Morrisons Grab bildeten die Rückseiten der rundum stehenden Grabsteine einen beinah geschlossenen Raum; da stand einer am Drehkreuz.

Größe, Gewicht, Geburtsdatum, Halsweite, Schuhnummer.

1,72, sagte ich, etwa 65 kg, 1943, 39, 41.

A intervalles fixes, Dionysos ouvre aux humains son paradis sauvage et ce qui est interdit le reste du temps, devient alors possible.

Dionysos, las jemand vor, ist in seiner erwachsenen Form der Strahlende (lampter), der Illuminierte (phausterios), er glänzt wie ein Stern inmitten von Feuerrädern. Doch ist dieser luminöse, strahlende, flammende Gott ebenso der Dunkle

(Dionysos morychos), bekleidet mit dem Fell eines schwarzen Schafs (melanaigis). Er ist der nächtliche Gott (nyctelios), Doppelgänger des Zagreus, jener, der durch die Nacht schweift (nyctopolos). In dieser Form wird er Mittelpunkt seltsamer Kulte.

Da hast du's (so Morgenrot). Übrigens träumt kein Mensch so.

Sei still, sagte ich. Völlig überflüssigerweise scheuchte er ein Kaninchen ins Dunkel.

Ein Mädchen mimte die Tote. Ich versuchte, sie wachzukitzeln.

Bist du Petra? fragte ich. Um ihre Mundwinkel zuckte es. An dieser Stelle wachte ich aber auf.

Der Zug hielt in irgendeinem Bahnhof, Licht fiel durchs Fenster, eine schnarrende Stimme sprach durch den Lautsprecher.

Ich sagte: Merde. (Wir waren noch immer in Frankreich.)

Ich zog das Rouleau hinunter und drehte mich um.

Dann fuhren wir weiter. Und ich konnte mit meinem Traum wieder von vorn anfangen.

Ich kletterte über die Mauer. Kam Morgenrot mir nach?

Natürlich. Ein Freund wie er ist nicht abzuschütteln.

Du bist dir doch hoffentlich im klaren darüber, sagte er, was wir für den Fall, daß wir erwischt werden, zu gewärtigen haben?

Eine Verwaltungsstrafe wegen groben Unfugs zumindest. Vielleicht auch eine wegen Störung der öffentlichen Ordnung. Ganz zu schweigen vom sicherlich schwerer wiegenden Delikt Störung der Totenruhe.

Ach was, sagte ich. Wie kommst du auf solche Gedanken?

Indem ich das sagte, begann ich aber zu schaufeln.

Hast du, so Morgenrot, wenn schon, denn schon, den Pfahl mit?

Natürlich, sagte ich, aber als ich den Koffer öffnete, waren nur Bücher drin; den Vampirpfahl hatte ich glatt vergessen.

Als ich wieder erwachte und die Jalousie hochrollte, wurde mir klar, daß der Zug gerade in den Zielbahnhof einfuhr.

Rasch wusch ich mich, zog mich an, nahm den Koffer, stieg aus.

Draußen schien helle Sonne. Ich atmete auf.

Ich schickte ein Telegramm: Mit Morrison fertig.

Dann gönnte ich mir ein gutes, kräftiges Frühstück.

Und dann besorgte ich mir einen netten Leihwagen.

Ich fuhr einfach los. Ich hatte jetzt Lust am Fahren.

Zwar würde auch der Vorschuß, den mir der Verlag nach Zusendung des halben Manuskriptes freundlicherweise angewiesen hatte, nicht mehr allzu weit reichen, aber ein paar Tage Erholung in einer mit dem Roman in keiner Weise verbundenen Gegend würden mir guttun.

Vielleicht fuhr ich in meiner Euphorie zu weit, jedenfalls verlor ich gegen Abend allmählich die Orientierung.

Ich hatte kein bestimmtes Ziel, aber nach meinem Gefühl kurvte ich doch schon allzu lang auf einer serpentinenreichen Gebirgsstraße, die ich auf der Autokarte nicht finden konnte.

Seit gut einer Stunde keine Ortschaft und kein Verkehr — weder aus der Richtung, aus der ich kam, noch aus jener, in die ich, wie mir allmählich bewußt wurde, eigentlich gar nicht wollte.

Gottlob gab es endlich eine Ausweichstelle, die es mir ermöglichte, kurz zu halten, und dann, nachdem ich vergebens versucht hatte, einen Orientierungspunkt in der sehr still im Mondlicht ruhenden Gegend zu finden, umzukehren.

So kam es, daß ich sehr spät in einem Ort anlangte, an dem ich vorerst kein anderes Interesse hatte, als ohne besondere Umstände (und nach Einnahme eines den ärgsten Hunger stillenden Mitternachtsimbisses) zu nächtigen.

In der Bar auf dem Hauptplatz bekam ich noch einen Toast und erkundigte mich nach einem Hotel.

Ja, sagte der Kellner, da haben Sie Glück, es gibt eines.

Und zwar gar nicht weit. Hier im Hause genaugenommen. Gleich um die Ecke sei der Eingang.

Tatsächlich bemerkte ich nun, daß an der abgeblätterten Hausmauer über dem Vorgarten, in dem man schon sitzen konnte, obwohl dem Kalender nach noch Winter war, einmal der Name eines Hotels gestanden haben mußte.

Doch waren die meisten Buchstaben nur mehr als Schatten vorhanden, und bloß ein A und ein O waren übriggeblieben.

Der Patron hatte bereits geschlafen, von mir aus dem Bett geklingelt, murmelte er in etwa, daß er so spät keine Gäste mehr erwartet habe.

Das Hotel schien überhaupt alles andere als überfüllt zu sein, die Schlüssel hingen, das sah ich trotz meiner Müdigkeit, fast alle auf dem Brett.

Ich schenkte dem Zimmer, in das ich geführt wurde, kaum mehr Beachtung.

In Ordnung, sagte ich nur, fiel ins Bett und schlief.

Lang. Am Morgen riß ich das Fenster auf.

Da sah ich die Mauer. Und dahinter den Garten.